文春文庫

オリンピックを殺す日

堂場瞬一

文藝春秋

〈目次〉

単行本　二〇二二年九月　文藝春秋刊

ＤＴＰ制作　言語社

オリンピックを殺す日

プロローグ

「――金メダルの場面を振り返ってみました。常田(ときた)先生、今の三島(みしま)選手の試合、いかがでしたか？」

「完璧な試合展開でした。決勝でこれだけ、相手に何もさせない一方的な展開は、レスリングでは滅多にありません。それよりも、この場で一つ、問題提起をしたいと思います。東京オリンピックは最終盤ですが、ここまで日本人選手のメダルラッシュで、メディアは礼賛一色です。開幕までは、さまざまな問題点が議論されていたのに、すっかりなかったことになっている。そろそろ今回の――いや、今後のオリンピックの意義について、きちんと議論していくべきではないでしょうか。コロナ禍の中で行われている五輪は、今までとはまったく意味が違う。金メダルを取りました、はい、おめでとうで済ませるわけにはいきません」

「常田先生、質問の趣旨が――」

「そもそも開催の可否について、もっと議論が行われて然るべきでした。そういうことがなかったために、世間の人は、オリンピックが古臭い、老人たちのお楽しみだというイメージを持ってしまった。それに、メディアがオリンピックのスポンサーになっているのがそもそもおかしい。メディアはあらゆる事象から独立して、批判すべきことは批判するのが役目でしょう。それがインサイダーになってしまっては、メディアは本来の役割を放棄していると言わざるを得ない。しかも選手が望まない形での取材や、低レベルの記事も相当見かけました。とにかく今回の東京大会は、巨大化して集金・分配システムと化し、本来の意義を失ったオリンピックのあり方を見直す最大にして最後の機会だったのに、何もできていません。ですから――」

「――ここで一旦ＣＭです」

これが、元オリンピックレスリング日本代表にして城東大教授、常田大吾の最後のテレビ出演になった。

第一部　あの旗を目指せ

1

「――それでは、だいぶ早いですけど、今申し上げたスケジュールでお願いします」菅谷建人はさっと頭を下げた。

「実際、早いですね」目の前にいる宮間が苦笑した。「本番まで、まだ半年もあるでしょう」

「こういうのは、お祭りですから」菅谷は言った。「四年に一度ですよ？　半年前からブーストをかけても、早くはないでしょう」

原稿を依頼すると、フットワークの軽い宮間は、わざわざ東日スポーツの本社まで来てくれたのだった。一階のロビーの一角で打ち合わせ……人の出入りは多いが、背の高い衝立できちんと仕切られているので、さほど気にはならない。

宮間はカップ半分ほどに減ったコーヒーを一口飲んだ。この人も、いつまでも「現役感」が消えないな、と菅谷は会う度に感心する。引き締まった体型、豊かな髪、顔にも皺一つない。競泳の個人メドレーで、オリンピックに二大会連続出場。引退後は家業の不動産業を継ぐと同時に出身大学のコーチになり、後進の指導に力を注ぐ一方、オリンピックや世界水泳の度に解説で引っ張り出される。今回のオリンピックでも競泳の解説を書いてもらうため、東日スポーツでは早々と依頼したのだ。半年前から週一のコラムを掲載し、本番に備えることになる。

「菅谷さんは、もう現場はやらないんですか」宮間が訊ねる。

「そろそろ現場を外れる年齢ですからね」答えながら、菅谷は寂しさを感じた。今年四十歳。この年齢になると、スポーツ紙の記者も内勤が多くなる。原稿の取りまとめや取材の指示を担当するデスクになるタイミングなのだ。ただし菅谷は、まだデスクではない。所属は運動第三部。主にアマチュアスポーツを担当する部署で、「何でも屋」の遊軍をやっている。

「今回は、菅谷さんが原稿を受けてくれるわけじゃないんですね」宮間が念押しした。

「ええ。担当は別の若い記者になります。私はあくまで最初のお願いだけということで」本当はオリンピック担当として、自分でやり取りしたかったのだが。

「菅谷さんにはずいぶん取材してもらいましたよね」宮間が言った。

そう——東日スポーツに入社以来、菅谷はずっとオリンピックを担当してきた。四年に一度のオリンピックのために各競技の選手や監督・コーチへの取材を重ね、各地で開かれる大会にも足を運んだ。会社の席が温まる暇もないほどだったが、今となってはそれも懐かしい――東京オリンピックを最後に担当から外れ、以降、オリンピック取材には声がかからなくなっている。

菅谷はオリンピックのスペシャリストを自任していたから、外された時にはさすがに上司に激しく抗議した。しかし「そろそろ後輩に道を譲れよ」と諭されると、それ以上何も言えなくなってしまったのだった。実際過去にも、オリンピックを取材していた先輩が、四十歳ぐらいで担当を外れたことはあった。しかし内外の関係者と必死でコネを作ってきたのに、無駄になってしまう……フリーになってオリンピックの取材を続けようと考えたこともあったが、それは一瞬で吹っ飛んだ。二人の子どもはまだ小さく、何かと金もかかる。不安定なフリー記者になったら、将来が不安だ。今でもオリンピック担当に戻してくれるよう、事あるごとに上司に頼んでいるが、まったく受け入れられない。

「まあ、今後は若い奴らが取材しますから、鍛えてやって下さい」

「気の合う菅谷さんの方が、いいんですけどね」

「そう言ってもらえるのはありがたいですけど、スポーツは基本的に若い人のものですよね。プレーする方も、取材する方も」

「まあねえ」苦笑して、宮間がまたコーヒーを飲んだ。「それより、おかしな話を聞いたんですけど、知ってます？」

「何ですか？」〝おかしな〟と聞くと即座にアンテナが反応するのは、記者の習性だ。

「何か、大きな大会をやるとかやらないとか」

「大きいというのは、どういうレベルですか」

「世界レベルらしいですよ」

「競泳の？」新しい大会を開催するとなると、とんでもない手間や費用がかかるだろう。

「いや、複数の競技の」

「じゃあ、オリンピックみたいなものですか？」

「そこまで規模は大きくないでしょうけどね」

「とするとあれですか、『ＵＧ』的な？」

「そういう感じかもしれません」宮間がうなずく。

「でもあれは、二回で終わったじゃないですか」

ＵＧ――Ultimate Gamesは、極めて特殊な大会だった。主催は、世界的ＩＴ企業のラーガ。「全ての選手に公平な状態でプレーしてもらう」のが目的で、選手たちは開幕一ヶ月前から会場であるアメリカの島に閉じこめられ、徹底的なドーピング管理をされた。この大会が企画された頃は、各競技でのドーピング汚染が深刻だったという背景があるのだが、これはいかにも無理があった。費用が嵩（かさ）んだ上に、選手も「そこまで管理されたくない」と不満を言い出したこともあって、結局二回で終了した。二度目の大会で、厳しい管理をくぐり抜けてドーピング違反者が出たことも、終了の原因と言われている。ラーガはこの失敗で多額の負債を抱えこみ、アメリカの連邦破産法の適用を受ける遠因になった。

「理想が高過ぎたんでしょうね」宮間が言った。「窮屈な思いをしてまで試合したくないっていうのも、選手の本音でしたよ。菅谷さん、あれは取材しましたか？」

「いえ――それで、今度の大会はどうなんですか？　やはりＵＧみたいな感じになるんですか？」一度失敗したのを繰り返そうとする人間がいるのだろうか。教訓にするつもりでも、理念だけではやっていけまい。

「いや、あんな缶詰方式じゃないみたいですよ」宮間がコーヒーを飲み干した。「開催主体はまたＩＴ企業ですけどね。ネイピア」

「ラーガより全然大物じゃないですか」菅谷は目を見開いた。「ＮＥＳＴの一角だ」

巨大ＩＴ企業の頭文字を取った「ＮＥＳＴ」は、今や世界の経済を回す存在になっている。何かと問題もあるが、「ＮＥＳＴ」なしでは様々なことが動かないのも事実だ。ラーガも「巨人」と言われていたが、ＮＥＳＴに比べれば一ランク落ちる感じである。

「まあ、ネイピアは何でもやってますからね」宮間が苦笑する。「最終的な狙いは、エネルギーだって噂されてますよね。確かにこの世界、エネルギーを握った人間が勝つんだから」

「その大会、いつやるんですか？　規模は？」菅谷は話を元に引き戻した。

「いや、そこまで詳しい話は聞いてないですね。噂を耳に挟んだだけで」

「宮間さんが言うなら、本当なんでしょうけど」

「いやいや、噂は噂ですよ。私には何とも言えません――それでは」宮間が立ち上がる。

「コラムの一回目は、来月頭に送ります」

「ありがとうございます」菅谷も立ち上がり、一礼した。「担当者から改めて連絡させますので」

宮間を送り出すと、菅谷はすぐに編集局の自席に戻ってUGについて調べた。そうそう……理想は高く、しかし現実的ではない大会だったな、と思い出す。クリーンで公平な大会という理念は、確かにある程度は世間に響き、東日スポーツでもそれなりに大きな扱いで紹介した。陸上や競泳など各種競技が行われたが、全般に記録は低調……「ドーピングなしではこんなものか」という皮肉な声も聞こえたが、実際にはトップ選手の参加が少なかったことが原因だろう。各競技のトップ選手は、年間のスケジュールを綿密に決めている。一ヶ月以上も拘束されるような大会が新設されても、すぐに参加するのは難しいだろう。それにドーピングに縁のないクリーンな選手だったら、この大会に参加して、わざわざ「完全にクリーンな状況で戦った」とアピールする意味もない。

スポーツは理想だけじゃやっていけないんだよな、と菅谷は溜息をついた。その点、オリンピックというのはやはりすごい。様々な問題を孕んでいるとはいえ、今でも四年に一度、あれだけのトップ選手が集まって開催されるのだから。スポーツ記者になって、何度もオリンピックを現地取材した菅谷には、やはり強い思い入れがある。

「何だ、何かあったか」

声をかけられ、はっと顔を上げる。デスクの上野だった。

「お疲れです」

「別に疲れてねえよ」皮肉っぽく言って、上野が隣の椅子を引いて座った。「で？ずいぶん一生懸命調べてたけど、何だ」

「UGって覚えてます？」

「あったねえ」上野がうなずく。「二回でやめちゃったやつだろう？　理想は分かるけど、現実は甘くなかったんだろうな」

「ですよね……でかいスポーツの大会を始めるのは、やっぱり大変ですよ」

「UGってさ、代理店やイベント会社なんかがちゃんと入ってなかったそうだぜ。それじゃ上手くいくわけないよ」

「代理店の差配がないと無理ですよね。あいつら、やっぱりノウハウの蓄積があるから」

大きなスポーツ大会は、ただ競技だけを行えばいいというわけではない。会場の確保や整備、資金の調達、観客やメディアへの対応……オリンピックともなれば、様々なところから実働部隊が集められ、代理店の能力が問われる。つまり、「どう仕切るか」だ。

「噂なんですけど、またUGみたいな大会が計画されてるらしいんです」

「懲りない連中がいるわけか」馬鹿にしたように上野が言った。「今度もドーピングフリーのクリーンな大会ってやつかい？　そう上手くいくかね」

「趣旨はまだ分からないんですけど、主催というかスポンサーが、ネイピアらしいんですよ」

「ネイピアか……あそこなら、金はいくらでもありそうだな。四半期の純利益が二兆円とかになるんだから」

「上野さん、そんなに経済ネタに詳しかったでしたっけ？」

「あれだよ」上野が咳払いした。「株だ、株」

「株、始めたんですか？」

「俺だって、そろそろ将来設計を考えるさ。まあ、原資が少ないから、利益はそんなに出てるわけじゃない……とにかく、経済紙をよく読むようになった」

「そうですか」

　上野が株に手を出したくなる理由も理解できないではない。スポーツ紙の記者の給料など、たかが知れているのだ。一般のサラリーマンの平均年収に比べれば低くはないが、四十歳になる菅谷の年収も、六百万円を少し超えるぐらいである。妻は専業主婦、子どもも二人いるから、生活は結構ぎりぎりの感じだ。今後、教育費がさらにかかってくるだろうから、不安でしかない。

「お前も株、やればいいじゃないか」

「その資金がないですよ」菅谷は苦笑いした。自分の小遣いで株に手を出しても、儲けは大きくないだろう。逆に損したら、大変なことになる。やはりギャンブル性の高い投資には手が出せない……。

「ま、これだけ景気の悪い中で、よくそういう企画が出てくるもんだよな。それとも、マネタイズできる見こみでもあるのかね」上野が首を傾げる。「その大会のこと、どこまで出てるんだ？」

「ネットでは全然引っかからないですね。俺は知り合いから聞いただけなんで」

「その知り合いは信用できるのか？」上野は「誰だ」とは聞いてこなかった。スポーツ紙は、一般紙に比べればネタ元を隠すことは少ないが、そういう機会がまったくないわけでもない。

「信用度では、俺の知り合いで五本の指に入ります」

「なるほど……おい、これ、独自ネタにできないか？」

「え？」

「何だよ、その反応は」上野が険しい表情を浮かべる。「気になることがあったら取材して書くのが記者の基本だろうが。大体お前、オリンピック担当を外れてからやる気が見えないぜ」

「そういうわけじゃ……」上野の指摘が痛い。実際、東日スポーツにおける自分の人生は、既に長い晩年に入っている感じもする。だが認めた瞬間、この会社にはいられなくなる予感がしていた。

「じゃあ、調べてみろよ。もしもこれがUGみたいな世界規模の大会だったら、でかい特ダネになるぜ」

「それ、取材の指示ってことでいいですか?」

「アドバイスだよ。たまには本気で気合い入れて、仕事してみな」

「俺、そんなに気合い入ってないですかね」菅谷は自嘲気味に言った。

「入ってないねえ」上野があっさり言った。「オリンピック担当を外れてから、さっぱりじゃないか。ショックなのは分かるけど、しょうがないんだよ。うちの社で、お前ぐらい何度もオリンピックの現地取材をした記者はいないんだぜ? 何回だ?」

「夏冬合わせて七回」

「それだけやったら、もう十分じゃないか。オリンピック評論家になれるぜ」上野が声を上げて笑った。「まあ、過去の仕事にプライドを持つのは悪いことじゃないよ。でも、そろそろ新しい方向を見つけないとな。まだ先は長いんだしさ……お前、今何歳だっけ?」

「今年ちょうど四十ですけど」

「だったら、六十五歳の定年まで、二十五年もあるんだぜ? これから先、何を取材していくか、考えた方がいい。もしもネイピアの大会をすっぱ抜けたら――面白いことになるんじゃないか」

上野の言い分も分からないではないが、自分はオリンピック記者だという意識は未だに消えていない。

「じゃあ、この件をネタにできたら、オリンピック担当に戻して下さいよ」

「それはまあ……別の問題だ」

そう簡単にはいかないか。そもそもこの件を本当に記事にできるだろうか。ネイピア――取材相手としては大きい、というよりスポーツ紙の記者が普段取材する相手ではない。少しだけのやる気、そして自信のなさ。それでも動かないわけにはいかないだろうと思う。知ってしまったら、真相を完全にほじくり出すまで納得しないのが記者というものだ。

2

ネイピアの日本法人は渋谷にある。完成から数年、まだ新しく清潔な超高層ビルの受付で、菅谷は自分が普段とは違う緊張感に支配されているのを意識した。実際いつもは、汗臭い現場ばかりなのだ。

受付に人はおらず、会うべき相手と直接話す方式だった。しかしそのやり方に度肝を抜かれる――スマートフォンサイズのモニターの前に立つと、「ピン」と軽い電子音がして、すぐに画面に人が現れた。どういうことなのかと戸惑っているうちに、画面の向こうの若い男が「東日スポーツの菅谷さんですね」と声をかけてきた。

「はい……谷川（たにがわ）さんですか」今日の取材を担当してくれる広報の人間だ。

「谷川です。どうぞ、その横のゲートからお入り下さい」

「入館証とか、いらないんですか」

「セキュリティチェックは完了しました。そのままエレベーターで二十五階まで上がって下さい。そこでお待ちしております」

　画面が暗くなると同時に、ゲートが開いた。どういう仕組みかと不気味に感じたが、後で聞いてみればいいだろう。そういえば、取材を申しこんだ時に顔写真を送ってくれと言われて戸惑ったが、あれと関係あるのだろうか。

　エレベーターで二十五階まで上がると、目の前に谷川が立っていた。小柄な男で、まだ二十代だろうか。ネクタイなしでスーツを着ているのが、いかにも軽快な感じである。菅谷が戸惑っている様子を見て、「どうかしましたか」と声をかけてきた。

「いや……セキュリティゲート、どういう仕組みなんですか」

「顔認証です。取材を申しこまれた時、顔写真を送っていただいたでしょう？　あれで菅谷さんを来客者リストに登録しました」

「へえ」

「これで、社内のBゾーン——来客者が入れるスペースには自由に出入りできます。あちこちにカメラをしこんでありますよ」

　言われてさっと左右を見回したが、それらしきものは見当たらない。そうなんですね、と適当に相槌を打った。

「ただし、この取材が終わるまでです。次にお出でになる時には、再登録が必要になります」

「面倒じゃないですか？」

「そんなことはないです。登録も自動的に行いますから……今も、出入りには社員証を使っている会社も多いでしょうけど」

「うちもそうです。訪問客には、それ専用のカードを出しますね」

「一々チェックしたりするのは、面倒じゃなかったですか？」

「そうでもないですよ。そういうのが普通だと思います」ネイピアは世界有数のＩＴ企業だから、新しいシステムを積極的に導入しているのだろう。

「では、こちらへ」

谷川が先に立って歩き出す。廊下を歩いている分には、ごく普通の会社という感じである。清潔で明るく、奇抜な感じは一切ない。

案内されたのは小さな会議室だった。ここも特に、目を引くような造りではない。六人ほどがつけるテーブルと、巨大なディスプレーがあるぐらい。何か、予想もしていないギミックがあって脅かされるかもしれないが。

「すぐに担当が参りますので」

「担当というのは、どのセクションの方ですか」

「日本法人の企画担当役員です」

「その方が、新しい大会の担当なんですか」

「それは、本人に確認して下さい——どうぞ、お座り下さい」

しかし菅谷は座らなかった。取材相手が来るまでは椅子に座らない、というのは新人時代に先輩から叩きこまれた礼儀である。このままでいつまで待たされるか——しかしすぐにノックの音が響き、ドアが開いた。入って来たのは、身長百八十センチほどのスリムな体型の男だった。明るい青色のウィンドウペーンのスーツに黒いシャツ、紫と金のストライプのネクタイ。悪趣味になる一歩手前という感じだろうか。顔立ちも派手……目も唇も大きく、しかもよく日焼けしている。

「どうも、遅れまして。小柴(こしば)です」

「東日スポーツの菅谷です」

二人は名刺を交換した。ネイピアでも、まだ名刺交換文化は残っているようだ、とほっとしながら相手の名刺を確認する。小柴秀俊(ひでとし)、肩書きはCPO——チーフプランニングオフィサーだろうか、と推測した。それにしても大したものだと思う。小柴はどう見ても、まだ三十歳ぐらいだ。それで、世界最大のIT企業の日本法人役員を務めているとは。

小柴に促され、菅谷は彼と向かい合ってテーブルについた。

「ネイピアで、スポーツ紙の取材を受けるのは初めてですよ」小柴が、派手な顔に派手な笑みを浮かべる。

「私もＩＴ企業の取材をするのは初めてです」

　小柴が菅谷の名刺を取り上げて確認した。

「運動第三部というのは……」

「アマチュアスポーツ担当です。第一部がプロ野球、第二部がサッカー――そんな感じで担当が決まっているんですよ」

「なるほど」小柴がうなずき、名刺を丁寧にテーブルに置いた。「それで、今日のご用件は？」

「はっきりしない話で申し訳ないんですが」菅谷は遠慮がちに切り出した。

「どうぞ」小柴は気にする様子もない。

「実は、御社の方で、大規模なスポーツの大会を計画している、という情報を聞きました。その真偽を伺いたいんです」

「うちが？　日本法人は関係ないですよ」

「本社サイドの話ですか？」

「正直、本社で何をやっているかまでは、我々は把握していません。日本法人というのは、単なる営業拠点みたいなものなんです。ネイピアも大きな会社ですからね」

「それは分かります。でも、オリンピック並みの大きな大会だという話を聞いています。そういうことだと、さすがに日本にも情報が入ってくるんじゃないですか？」

「いや……君、知ってるか？」小柴が、隣に座る谷川の顔を見やった。谷川は、無言で首を横に振る。

「ネイピアぐらい大きな会社になると、オリンピックに匹敵するようなイベントを開くことも不可能ではないでしょう」

「オリンピックを開催するのに、いくらぐらいかかるんですか」小柴が逆に訊ねた。

「東京オリンピックの経費は三兆円だった、と言われています」

「三兆……」小柴が苦笑する。「いくらうちでも、それは無理でしょう」

「そうですか？　四半期の純益が二兆円の会社でしょう」

「それは数字の上だけの話ですよ。いずれにせよ、今のは単なる噂じゃないですか」小柴がさらりと否定した。

そう言われると、菅谷の方では攻め手を失ってしまう。「ここだけの話だが」「まだ書かないで欲しい」と言われると、楽観的に予想していたのだ。実際、そういうことはよくある。

「かなり確実な――信頼できる人から聞いた話なんですけどね」

「それは、私には何とも言えません」

「そうですか……」

「ただ、本社サイドの話が全て日本に流れてくるわけでもないですから。日本法人は、基本的に単なる営業拠点なんですよ」小柴が先ほどの話を繰り返した。

「本当にそうなんですか？」

「もちろん。だから、偉そうなことは言えないんです」小柴が苦笑した。「ネイピアのサービスも、基本的には全部本社――アメリカ発ですからね。こっちは、本社の言うがままに動くだけで」

「そんなものですか？」

「そんなものですよ」小柴が真顔でうなずいた。「申し訳ないですね、無駄足を踏ませてしまったようで」

「そちらが喋ってくれれば、無駄足にはならないんですが」菅谷は軽く食い下がった。

「喋ることがないんですから、しょうがないです」小柴が肩をすくめる。「お時間を無駄にさせてしまってすみません」

「いえ……」本当に無駄足だ。宮間のことだから、いい加減な話はしないと思うが、そもそも彼が聞いた情報が間違っていたのかもしれない。

小柴が菅谷の名刺を手にし、怪訝（けげん）そうな表情を浮かべた。

「菅谷さん……菅谷さん、ずっと東日スポーツですか？」

「ええ」

「私、取材してもらったことがあると思います」

「ＩＴ企業の取材なんか、これが初めてですよ」先ほども同じようなことを言った。

「いや、大昔の話です。私、大学二年まで本格的に陸上の短距離をやっていて……百メートルのベストタイムは十秒〇六です」

そこではっと思い出した。小柴……小柴秀俊。そうだ、あの小柴秀俊ではないか。大学二年の時、インカレで十秒〇六の好タイムを叩き出し、「次に九秒台を出すのでは」と言われた男である。しかしそこがピークで、その後疲労骨折などの怪我に悩まされ、いつの間にか第一線から消えてしまった。

「確かに、インカレで取材しました」

「そうか、やっぱりあの菅谷さんですか」小柴が嬉しそうな表情でうなずいた。

「よく覚えてますね」菅谷は感心してしまった。小柴はあのインカレまで、「有力選手」ではあったが「超有力選手」ではなかった。取材したのも、インカレの決勝後、一度だけである。もちろんきちんと名乗って話を聞いたのだが、たった一度会っただけの記者の名前を覚えているとは。

「人の名前を覚えるのは得意なんですよ……でも菅谷さんの場合、下の名前がうちの弟と同じなんです。弟は同じ字で『けんと』なんですけどね」

「なるほど、そういうことですか。それにしてもすごい偶然ですね。こちらへはどういう経緯で？」

「話すと長くなりますが」と言いながら、小柴は話してくれた。怪我で競技生活を完全に諦めたのは、大学四年生の春。そこで一念発起(いちねんほっき)してアメリカの大学に留学し、卒業後、現地のIT企業に職を得た。数年後、ネイピアの日本法人発足に伴ってスカウトされ、帰国。

「それでもう役員ですか……すごい出世ですね」

「タイミングもよかったんだと思いますよ。というか、タイミングが全てでしょうね」

小柴がやけに爽やかに笑う。

「陸上をやめたことは後悔してないんですか？」

「後悔してもしょうがないですよ」小柴がうなずく。「時々、日本人選手の試合を見て、自分だったらもっと速く走れたな、と思うこともありましたけど、妄想です。十秒〇六は、もう十二年も前の話ですから」

ということは、小柴はまだ三十二歳だ。その年齢で、これだけ高い地位に就き、重要な仕事を任されている――菅谷には想像もできない人生だ。当然、収入も俺の何倍もあるんだろうな、としみったれたことを考えてしまう。

「そういう方だったら、スポーツにも依然として興味があるのでは？」

「ありますけど、あくまで一ファンとしてですよ」小柴が苦笑する。「その……本社が企画しているという大会に協力しているとか、そういうわけではありません」

「そうですか……」ふと、菅谷は十二年前のことを思い出した。「インカレの後、テレビに追いかけ回されて大変だったでしょう。知り合いから聞きました」

「ああ」小柴がうなずく。「断りましたけどね。インカレの直後に疲労骨折が発覚して、その治療とリハビリで競技から離れたんです。調子に乗ってテレビになんか出てる場合じゃなかったんですよ。それにテレビの人っていうのは、どうもね……結構本気で喧嘩しました。間に入った陸上部の監督には、ご迷惑をおかけしましたよ」

「テレビは信用できない？」

「そういうわけじゃないですけど、価値観が違うというか。新聞の場合は、だいたい純粋に記録を伝えるだけでしょう？　でも、テレビはいじってくるから。ああいうのに平気で出る選手がいるのが信じられないな」小柴が呆れたように首を横に振った。

「アピールのためじゃないんですか。特にマイナー競技だったら、その存在を知ってもらう意味もある」

「誰に対してのアピールなんですかね」小柴が首を捻った。「世間？　競技人口を増やすために子どもたち向けに？　よく分からないな」

「まあ……テレビの連中は口先だけですからね」菅谷は苦笑してしまった。

「意味を感じませんでした」小柴がぽん、と膝を叩いた。「ま、古い話です。この世界、怪我してやめる人間なんて、いくらでもいますから」

「悔しく思う時はないですか？　怪我さえなければ――」

「怪我も自分の責任ですよ」小柴がさらりと言った。「しょうがないことです。さて、そろそろよろしいですか？　菅谷さんが知りたいことには答えられなくて申し訳ないですが」

「いえ……」

「しかし、あの菅谷さんとはね」小柴が立ち上がる。「人の縁は不思議なものですね。また菅谷さんにお会いするとは思わなかった」

「私もですよ」菅谷も椅子から離れる。「変な話ですけど、私が取材した相手の中では、あなたが出世頭かもしれない」

テーブルを挟んで対峙する小柴が、微妙な表情を浮かべる。「何をもって出世と言うか、ですけどね」とどこか悔しそうに言った。

菅谷の意識では「大出世」なのだが。この先、小柴がネイピア本社で出世の階段を上がっていく可能性もあるだろう。そしてネイピア――巨大ＩＴ企業群のＮＥＳＴは、これからも社会のベースであり続けるだろう。つまり小柴は、世界の頂点で仕事をしていくことになる。

この件はガセネタだったのか――しかし菅谷は、妙に引っかかっていた。宮間は情報を取るプロというわけではないが、スポーツ界には広い人脈を持っている。いい加減な話だと判断したら自分には話さないだろうとも思った。

まだ当たりどころはある。そこを突いていこうと菅谷は決めた。

3

宮間から第一回の原稿が来て、菅谷も礼の電話をかけた。ひとしきり原稿について感想を述べた後、先日の件を切り出す。

「ああ、どうですか？　調べてるんですか」宮間も興味を持っている様子だった。

「実はネイピアの日本法人に直当たりをしたんです。否定されました」

「え、そうなんですか？」意外だとでもいうように宮間が言った。「もう、ちゃんと発起人がいるみたいですけどね」

「発起人？　ネイピアが主催でやるんじゃないんですか」意外な展開だ。

「仕組みはよく分からないですけど、とにかく発起人がいるんですね」

「名前、分かってますか？」

「全員は分かりませんけど、例えば小向アリス」

「ええ？」菅谷は一段高い声を出してしまった。「小向アリスって、テニスの？」

「知ってるでしょう？」

「もちろんです。直接取材したことはないですけど」小向アリスは日系のテニス選手で、十年前には世界ランキングのベストテンにまで食いこんでいた。引退後は日米を行ったり来たりしながら、テニススクールなどを主宰して活躍している。「彼女が発起人なんですか？」

「その一人、ということみたいです」

「ありがとうございます。取材してみます」

電話を切って、すぐに小向アリスの動向を調べた。ＳＮＳをチェックすると、今は日本にいるらしい。アポを取って行くべきかどうか、悩む。事前に取材の意図を明かしたら、拒否されるかもしれない。嘘の取材——最近の活動などについて聞くことにしてもいいのだが、それも気が引ける。

スクールの日程を調べる。アリスは、東京と大阪でスクールを開設しており、ホームページで彼女が指導する日は告知されていた。そのタイミングで直接訪ね、いきなり聞いてしまおう。

調べると、明日まで大阪、明後日は東京へ来てスクールに顔を出すことが分かった。これならロスは少なくて済む。気合いを入れて、菅谷はアリスの経歴について改めて調べ始めた。

アリスのテニススクールは、りんかい線の品川シーサイド駅近くにあった。小さな体育館といった風情の建物で、正面の出入り口にはアリスの顔の巨大なイラスト入りの看板がかかっている。なかなかの自己顕示欲だが、プロはこういうことを堂々とやっていくものだろう。

この日アリスが直接指導するのは、午後一時から二時の間となっている。菅谷は二時少し前にスクールに到着して、受付に顔を出した。事務の女性に名刺を渡してつないでもらおうとした時に、今日最初の幸運に巡り合う。

「菅谷さん？　ご無沙汰してます。坂井（さかい）杏子（きょうこ）です」

「ああ、坂井さん」なかなか人の名前を覚えられない菅谷にしてはすぐに、名前と顔がつながった。杏子も元テニス選手で、菅谷は何度か取材したことがある。「今、ここで……」

「アリスと一緒にスクールをやってるんですよ」

「知らなかった」菅谷は調査不足を恥じた。講師の顔ぶれを確認すれば、すぐに分かったはずである。「久しぶりですけど……坂井さんとは何年ぶりでしたっけ」

「五年？　六年ぐらい経つかも」杏子が首を傾げる。「今日はアリスの取材ですか？」

「ええ」

杏子が手元のタブレット端末を覗きこみ、怪訝そうな表情を浮かべる。

「アポ、いただいてましたっけ？」

「いや、アポなしです。急に時間が空いたので、スクールの様子を見てみたいなと思って……指導が終わった後で、彼女と話せる時間はありますか？」

「夕方まではいますから、時間が空けば――やっぱり、アポを取ってもらった方がよかったですね」

「今、遊軍で暇なんで、あちこちに顔を出してるんですよ。顔繋ぎっていうことで」

「じゃあ、ちょっとスケジュールを確認してみますね。練習、そろそろ終わりですけど、ご覧になります？」

「できれば」

杏子に連れられて、屋内コートに入る。外から見るよりもずっと大きい――コート二面が取れる広さで、アリスは子どもたちを集めて話をしていた。子どもと言っても、高校生ぐらいまでいる。アリスとしては、ここから一人でも多くのプロ選手を出したいのだろう。高校生はその一歩手前という感じか。

菅谷は杏子と並んで、少し離れたところからアリスの様子を見守った。現役を引退してから五年ほど経つのに、まだ現役選手の気配を色濃く残している。スパッツを穿いた足は筋肉質で、タンクトップを着ているせいで肩や背中の筋肉もまったく衰えていないのが分かった。このまま明日からトーナメントに出場できそうなぐらいである。

「仕上がってますね」菅谷は感心して杏子に告げた。

「あれでも、引退してから五キロ太ったって、嘆いてますよ」

「現役時代と変わらないように見えるけど」菅谷は首を傾げた。

「それは、見えない部分でいろいろありますよ。私も太りました」

「ちゃんとコントロールしているんじゃないんですか」菅谷は、横に立つ杏子をちらりと見た。ゆったりしたシルエットのジャージなので、体の線は出ていない。

「スポーツ選手は大変なんです。最近、引退医学っていうのがあるんですけど、ご存じですか？」

「もちろん」菅谷はうなずいた。アスリートは現役時代に徹底的に体を酷使しているので、一般人とは体の状態が違っている。しかし引退すれば、どうしても一般人と同じような生活に戻らなくてはいけないので、そのための手助けをする、というのが引退医学の眼目だ。食生活の見直しや怪我のアフターケア、競技用の筋肉を上手く落とすトレーニングなどの研究が進んでいる。

「私もアリスも、ちゃんと引退医学の先生にアドバイスを受けて体をケアしています。でもやっぱり限界はあって。食欲は、コントロールするのが一番難しいですよね」

「確かに」アスリートではない——スポーツの経験は高校時代のサッカー部が最後だ——菅谷は、そろそろ中年太りが気になってきていた。引退医学の専門家にアドバイスを受けてみるのも手かもしれない。それで上手く体を作り直せれば、「体験ルポ」として長期連載もできるのではないか。

「——終わったみたいですね」

杏子が言った直後、「ありがとうございました！」という子どもたちの声の合唱が響く。同時に、誰かが合図したように一斉に頭を下げる。アリスは一礼せず、子どもたちに軽く手を振ってその場を離れた。長身の男性がつき添っている——彼もこのスクールのスタッフだろう。

「ちょっと待ってて下さい」

杏子がアリスに駆け寄る。一人その場に取り残された菅谷は、子どもたちが練習を再開したのをぼんやりと眺めた。小学生ぐらいの子どもたちもしっかりラリーができていて、基礎の確かさを感じさせる。高校生になると、もうプロプレーヤー並みだ。屋内なので、ボールを打つ音に短いエコーがかかる。スポーツでは「音」もプレーヤーにとっては大事な要素になるのだが、こういうのは気にならないのだろうか。

杏子がアリスと短く会話を交わす。アリスは、歩きながら菅谷をちらりと見た。目が合った瞬間、さっと笑みを浮かべる。ごく自然な表情ではあったが、「営業用」という感じがしないでもない。

現役時代のアリスは、何かと気難しいことで有名だった。特にメディアとの関係は最悪。気に食わない記者と遣り合うのは日常茶飯事だったし、会見自体をキャンセルすることもあった。それで叩かれ、「メンタル的に耐えられない」として大きな大会の出場を見合わせたことすらある。

アリスは最初、成績よりもルックスで注目された選手だった。アメリカの「Ｎｕｍｂｅｒ」誌の水着特集に何度も登場し、しかも言動は奔放。ミュージシャンや俳優、ＮＢＡの選手たちと浮名を流した。記者たちも、スポーツ取材ではなく芸能取材のようなスタンスで臨んでいた。日本のメディアは「マスゴミ」などと馬鹿にされているが、海外のメディアもレベルは変わらないと思う。もちろん、アリスの態度にも問題はあったのだが……彼女が引退したのは、マスコミとの摩擦で精神的にダメージを受けたせいだと、まことしやかに囁かれている。

しかし杏子は、現役を引退してからのアリスは急に柔らかくなったと言う。未だに独身で、恋人の噂は絶えないが、現役選手でなければマスコミの興味も半減するということだろう。追いかけられなくなって、精神的にも楽になったのかもしれない。

杏子が駆け戻って来て、ぱっと両手を広げて見せる。

「十分？」

「シャワーだけ浴びさせて下さい、と。その後十分だけ時間が取れます。大丈夫ですか？　もしも不十分だったら、改めてアポを取り直してもらえれば、調整しますよ」

「いや、今回は本当に単なるご挨拶ですから」

「じゃあ、カフェテリアの方で少し待っていてもらえますか？　五分ぐらいで行けますので」

「そんなに早く？」菅谷は目を細めた。女性のシャワーは、もっと時間がかかるものではないか？

「アリスは烏の行水なんですよ。アメリカでそういうのを何て言うか、知りませんけど」

菅谷は、練習場に併設された小さなカフェテリアに入った。ここもチェーンの店で、スクール関係者だけではなく一般の人も入れるようになっている。こういう家賃収入も、スクールの経営には大事なのだろう。

一般の人も入れる店ではあるのだが、菅谷はすりガラスのパーティションで区切られた一角へ案内された。奥にはドア……ここがスクールの事務室につながっているのだろう。

杏子がすぐにコーヒーを持ってきてくれた。カップ三つと、ポット。

「ポットで？」

「アリスは、コーヒー中毒なんですよ」杏子が微笑む。「いつもポット一杯に用意しておかないと機嫌が悪くなるので」

「相変わらず、気まぐれですか？」現役時代のマスコミへの対応は「気まぐれ」と批判されたものだが、あれは、低俗な質問ばかりをぶつけていたマスコミ側も悪い――同じマスコミの人間である菅谷もそう思うぐらいだった。自分がテニスの担当だったら、馬鹿な質問はしないのだが、と何度も苦々しく感じたものである。

「気まぐれというか、まあ……お姫様ですからね」杏子が苦笑する。「でも、アリスにはちゃんと理想もあります」

「世界で通用する選手を育てたい――ですね」

「そうなんです」杏子がうなずく。「アリスって、日系アメリカ人――母親は日本人でしょう？　でもアメリカのスクールで育って、アメリカでプロデビューした。それでも、日本への思い入れは強いんですよ。日本でもしっかりしたスクールを作って、世界に羽ばたいて欲しいって、いつも言ってます」

「見込みはどうなんですか？」

「もうプロデビューした子もいますから。内田さくらとか」杏子がうなずく。

「そうでした。彼女、ここの出身でしたね」

「そのうち、ちゃんと取材してもらうことになると思います。強くなりますよ」

「それは楽しみですね」その頃、自分が何をしているかは分からないが。

結局アリスは、十分後に現れた。「五分」という杏子の言葉は希望的観測に過ぎなかったのだが、これぐらい待つのは何でもない。

アリスは長袖のTシャツにジーンズというラフな格好に着替えていた。ノーメイクで髪も濡れたままだったが、そういうことは気にしないタイプらしい。女性アスリートは「見られる」ことも意識しているとよく言われるのだが。そしてマスク。最近、ヨーロッパで新たなインフルエンザの変異株が流行し始めており、アメリカや日本でも既に陽性者が確認されていた。今のところ重症化する傾向はないが、「マスク着用」は推奨されている。とはいえ、菅谷はどうしてもマスクを忘れがち……新型コロナ禍が続いていた時のマスク生活の嫌な記憶が残っている。今回の新型インフルは「重い風邪」ぐらいの症状にしかならないようだから、さほど気にはならない。しかし、アリスがマスクをしているのが意外だった。アメリカやヨーロッパの人は、基本的にマスクに抵抗があると聞くのだが。

アリスが右手を差し出してきたので、菅谷はその手を握った。身長は、自分よりも数センチ高い――確か現役時代は百八十センチ、と公表していたはずだ。握手は力強く、顔に張りついた笑みは自信の表れのようだった。

「初めまして」日本語は流暢だ――現役時代も、会見は日英二ヶ国語でこなしていた。そして菅谷に対する敵意は感じられない。

「お忙しいところ、すみません」握手を終えると、菅谷は名刺を取り出した。

「東日スポーツさん……昔はよく取材してもらいました。児玉（こだま）さん、お元気ですか」現役時代の刺々（とげとげ）しい雰囲気は一切感じられない。

「ああ……はい。いや、彼は会社を辞めました」菅谷の三年ほど後輩の記者だ。

「あら」アリスが目を見開く。

「今はフリーです。主にサッカーを取材しています」

「彼、テニスが専門じゃなかったの？」

「元々サッカーなんですよ」

「じゃあ、私のこともいやいや取材してたのかな」アリスが唇を尖らせる。

「そんなこともないでしょうけど。現役時代のあなたを取材するのは、楽しかったと思いますよ」

「そうとは思えないけど……お互いに。どうぞ」

促され、菅谷は腰を下ろした。アリスは自分でポットからカップにコーヒーを注ぐ。菅谷ももう飲んでいたのだが、かなり浅煎りで薄いコーヒーだった。これなら一日に何杯飲んでも平気だろう。お茶代わりの感覚かもしれない。

「突然、お時間をいただいてありがとうございます」菅谷は下手（したて）に出た。

「いえ、全然」コーヒーを飲むためにマスクをずらしたアリスの顔には、笑みが張りついたままだった。営業用……ではない。いかにも自然だと感じさせる。

「今日はちょっとご挨拶したくて」

「もちろん、全然いいですよ。アポを取ってもらえれば、もっとゆっくり話せますけど。スクールの宣伝もしたいわ」

「それもぜひ、取材させて下さい。有望な選手も多いんでしょう?」

「何人もいますよ」アリスの笑顔がさらに明るくなる。「私、テニスは有望だと思うんです」

「どういう意味で、ですか?」

「個人競技でしょう? 日本は今、人口が減ってきているから、これからチームスポーツで優秀なアスリートを揃えるのは難しくなると思うんです。個人競技の選手の方が、世界で活躍できる可能性は高いですね」

「なるほど」

その後もアリスは、今後の日本のスポーツ界のあり方について熱く語り続けた。意外と言っては失礼かもしれないが、現状をよく見て、将来のビジョンもしっかり描いていることに感心する。彼女は、日本の人口減少を非常に問題視しているのだった。

「あと二十年で一億人を割って、四十年後には九千万人を下回るって言われてるでしょう?」

「そうですね」

「しかも高齢化が進んで、本格的に競技スポーツをする若い人が減ってくる。そうなったら、日本の団体スポーツは、世界で通用しなくなりますよ」

「それで個人競技ですか」

　彼女の言うことには一理ある。野球にしろサッカーにしろ、競技人口は減る一方で、いかに科学的なトレーニングが進んでも、今後はレベルは上がらないかもしれない。しかも団体競技の場合は、関わる人が多くなるから大変だ。もちろんプロテニスプレーヤーも一人で世界を転戦するわけではなく、技術面、メンタル面のコーチや医療スタッフなど、多くの人が帯同して選手を支える。それでも団体競技に比べればこぢんまりとしたものだ。

「後は、かけ持ちしかないでしょうね」

「二刀流？」

「それも本格的な」アリスがうなずく。「アメリカだと、夏は野球で冬はフットボールなどをかけ持ちするのが一般的ですけど、日本だとそういう風じゃないでしょう？」

「何か一つに打ちこむ人が尊敬されますね」

「でも、優秀なアスリートが二つの競技をかけ持ちすれば、可能性も二倍に増えるでしょう。もちろん、フィジカルとメンタルのサポートが大事になりますけどね。うちの兄もそれで失敗しました」

「そうなんですか？」

「大学まで野球とフットボールをやっていて、どちらかでドラフトにかかるだろうって言われていたんです。でもフットボールで大怪我して、両方駄目になってしまって。今は投資ファンドで働いて、ものすごく儲けてますけど、やっぱり悔いは残ってるみたいですね」

先月会った小柴のことを思い出す。彼は現役時代に未練はないと言っていたが、あれは本音だろうか。アスリートに怪我はつきものだが、あれさえなければ百メートルで九秒台を出していたはず――そんな思いにずっと囚われていても不思議ではない。実際、今の選手を見て歯痒(はがゆ)く思うこともあると言うし。

「ところで」菅谷はコーヒーを一口飲んで話題を変えた。「何か、大きな大会の発起人になられたとか」

「ああ、アリス・カップですか？　情報、早いですね」

「それは……」

「アリスの名前を冠した、小学生向けの大会です」杏子が横から説明した。

「そうそう」アリスが杏子に顔を向けて笑う。さらに菅谷に視線を向けたが、今度は戸惑いの表情が浮かんでいた。「でも、まだ公式には発表してませんよ。一年以上先の話ですから、まだ書かないで下さいね」

「いや、テニスではなく」どう説明したらいいか分からず、菅谷は一瞬口籠(くちごも)った。この大会に関する情報はあまりにも少ない。

「違うんですか？」

「もっと総合的な大会です」

「何のことですか？」困ったようにアリスが首を傾げる。「まさか、私の名前が勝手に使われているとか」

「そういうことではありません」

「現役時代に、そういうことがあったんですよね。人の写真を勝手に使って、サイトの宣伝にとか……中国の企業にやられた時は、後始末が大変でした」

昔からよくある手口だ。有名人の写真などを勝手に使ってユーザーを信用させる……それに引っかかるユーザーはあまりいないと思うが。

「きちんとした大会です。もっと世界的な、様々なスポーツを網羅した、オリンピックのような」

「さあ……どういうことでしょう」

「あなたが教えてくれると思っていたんですが」

「本当だったら、私が知りたいですよ。何か、変な噂じゃないんですか」

アリスがあっさり否定して、それからはスクールの現状、それに来年開催するアリス・カップの話を始めた。アリス・カップについては詳細はまだ固まっていないようで、今の段階では話を聞いても記事にできそうにないが。

一方的にまくし立てた後、アリスが腕時計をちらりと見た。オメガ――アリスは現役時代オメガとアンバサダー契約を結んでいたはずだが、引退した後も律儀に使い続けているのだろう。世界ランキング十位に入るような選手なら、もっと高価な時計を愛用していてもおかしくないのだが。

「ごめんなさい、次の予定が入っているので」

「忙しいんですね」

「もしかしたら、現役時代よりも」アリスの顔に笑みが戻る。「あの頃は、自分のことだけ考えていればよかったですから。今は、他にも考えることがたくさんあります」

アリスがマスクをかけ直して立ち上がる。菅谷も釣られて立ち上がったが、彼女は握手を求めてこなかった。名刺もテーブルに残したまま。無礼な態度とも言えるが、それを責める気にはなれない。この話は、本当に単なる噂なのだろうか。それとも……。

杏子が外まで送ってくれた。ろくにアリスに話を聞けなかったので、何だか自信がなくなってくる。二十年近いキャリアがあるのだから、もっと上手く情報を引き出せなかっただろうか。

「すみません、アポなしで急に来てしまって」杏子に向かって頭を下げた。

「いえいえ、次はぜひアポを取って来て下さい。時間をちゃんと確保しますから」

「あなた、彼女のマネージャーというわけじゃないでしょう?」もらった名刺の肩書きは、このスクールの「シニアコーチ」だ。

「何でも屋ですよ。そんなに大きいスクールじゃないですから、コーチングからお金の計算まで、何でもやってます。アリスじゃないけど、それこそ現役を引退してこのスクールに関わるようになってからの方が、ずっと忙しくなりました」

「そうですか……」引退後のアスリートの人生は様々だ。彼女たちのように現役時代よりも忙しくしている人もいるし、完全に燃え尽きてしまい、なかなか普通の生活に戻れない人もいる。「その後」の人生を追いかけて取材してみたいと思うこともあるのだが、デスクたちは常に消極的だった。一流のアスリートは、普通の人が経験していない世界を経験している。それ故、「その後」を取材しても共感を得られる記事になる可能性は低い——確かにそうだ。面白半分になら書けそうだが、スポーツ紙にも矜持（きょうじ）はある。テレビのバラエティ番組の「あの人は今」のような感じで面白おかしく書く記事には、選手に対する尊敬がない。

「ところで、さっきの話なんですけど」杏子が遠慮がちに切り出した。

「発起人のことですか？」

「ええ」

「それが何か？」

「アリス、話せないこともあるんですよ」杏子が声をひそめる。

「もしかしたら本当に、そういう大きな大会の発起人になっているんですか？」

菅谷は杏子の方を向いた。三月、まだ冷たい風が彼女の長い髪を揺らす。杏子は話していいものかどうか、気持ちを決めかねている様子だった。

「私は、はっきりしたことは知りませんよ。でも、ネイピアの人がここを訪ねて来たことがあります」

「小柴さん、ですか?」

「いえ」杏子が首を傾げる。「アメリカ人——本社の人ですね」

「それ、いつ頃ですか」

「去年の暮れだったかな。スクールを通さないで、アリスと直接アポを取っていたみたいです。カフェテリアで、一時間ぐらい話しこんでいきました。アリスが一時間も割くなんて、珍しいんですけどね。スケジュールは分刻みなので」

「その人の名前、分かりますか?」

「ええ、事務所に戻れば」杏子がうなずく。

「後で構いませんから、教えてもらえませんか?」

相手がネイピアのアメリカ本社の人間なら、取材は相当難しい。しかし誰なのかが分かれば、可能性はゼロではないはずだ。

4

杏子が送ってくれた名刺の持ち主の所属セクションは、ネイピア本社のNew Business Launch Section——新規事業立ち上げ本部、という感じだろうか。ジェイムズ・ファン・ダイク。杏子の記憶では、四十歳ぐらいの長身の白人で、やけにフレンドリーな態度だったという。確認はしなかったが、アリスとは以前からの知り合いのようだった。

ネイピアは以前、テニス・全米オープンのスポンサーだったことがある。そこからアリスと知り合いになったのではないか、と菅谷は想像した。大会に出場する選手とスポンサーが様々な場面で顔を合わせることは、菅谷も知っている。

「James Van Dijk」という名前で検索してみると、確かにネイピア社にそういう名前の幹部がいることが分かった。ネイピア社は、今は単なるIT企業の枠を超え、多種多様な分野に進出している。文化・スポーツ活動にも積極的で、「New Business Launch Section」はそういうことを担当する部署ではないかと想像できた。

ネイピアが提供しているSNSサービスで、本人の顔や簡単な経歴も確認できた。投稿はスポーツ絡みが多い。アメリカの四大プロスポーツ——野球、アメフト、バスケットボール、アイスホッケー——に関しては、かなり熱く語っている。ファン・ダイク自身もスポーツマンで、かなり本格的に走っているようだった。去年は二回、フルマラソンを完走している。

菅谷は上野に状況を報告することにした。

「何だ、まだ取材してたのか」上野が少し呆れたように言った。

「やるように言ったのは上野さんですよ」

「そうだっけ？　まあ、いいよ。それでどんな状況になってるんだ？」

菅谷はこれまでに摑んだ情報を説明した。

「小向アリスは嘘をついていたと？」上野が目を細める。

「悪意はないと思います。まだ秘密にしておきたいだけじゃないかと」

「公表のタイミングを待ってるってことかね」上野が顎を撫でる。

「そういうことじゃないですかね」菅谷はうなずいた。「小向アリスに接触していたネイピアの幹部が割れたんですけど、アメリカへ行かせてもらえませんか？」

「アメリカ？　うーん……」上野が腕組みして首を捻った。「それはちょっと、ハードルが高いな」

「俺一人が取材に行くだけですよ。それぐらい、何とか……」

「三部の予算は逼迫してるんだ。確実に記事になるようなネタじゃないと、出張は認められないと思うな。記事になるかどうか、今の段階だと分からないだろう？」

「それは……そうですね」菅谷も認めざるを得なかった。

「別の手を考えろよ。今はリモート取材も普通だし、取り敢えずメールで取材を申しこんでみたらどうだ？」

「メールやリモートだと、ニュアンスが通じにくいじゃないですか」

「それは分かるけどさ」上野は積極的には動いてくれない感じだった。

「あの、矢田浩輔の件とかどうですか」菅谷はふと思い出して言ってみた。

「ああ、矢田ね」上野がうなずく。

「矢田の取材、手が薄いんじゃないですか？　もうオープン戦も始まってるのに、うちの記事、通信社電ばかりですよ」

矢田は日本の高校を卒業後、直接大リーグのサンフランシスコ・ジャイアンツと契約して渡米した。それから四年、マイナー暮らしを続けてきたのだが、今年はメジャーのキャンプに招かれ、その力をアピールしている。オープン戦でも打ちまくり、シーズン開幕はメジャーで迎えるのではないかと噂されている。

「矢田の担当はまだ決まってない。今年もシーズン中だけ、アメリカに記者を一人送ることになると思うけどな」

「侘しいですね」

「昔とは違うよ」

三十年ほど前——日本人が大リーグで活躍し始めた頃は、それこそスポーツ紙は毎年お祭り騒ぎだったという。複数の特派員を送って、直接取材して記事にするのが当たり前だった。しかし今は、日本人大リーガーの存在も当たり前になる一方で、取材予算は削られ続けている。東日スポーツにも、常駐の特派員を置いておく余裕はなくなった。注目の選手がいる年だけ、シーズン中に記者を派遣する、という方法になっている。今年は矢田が注目の的なので、誰かがアメリカに派遣されるはずだが。

「一ヶ月——半月ぐらい、矢田を取材する名目で渡米できませんか」

「矢田を本格的に追いかけたら、ネイピアを取材する余裕なんかなくなるぞ。それに、大リーグも運動一部の担当だぜ」

「そこを何とか」

「うーん……」上野は本格的に悩み始めてしまった。しかし最終的には、部長と相談する、ということで話がまとまった。

「オリンピックに代わるかもしれない大会、ということで推してもらえませんか」菅谷は頼んだ。「部長、オリンピック嫌いじゃないですか」

「まあな」

運動第三部の部長、小村（こむら）は、オリンピックを何度も取材し、海外を駆け回った。しかし取材を続けていくうちに、オリンピックが抱える様々な問題点が気になり始めて、自分から手を上げて担当を外してもらったのだという。そういうパターンは珍しいのだが、小村にすればそれが精一杯の反抗だったのだろう。スポーツ紙は、ＪＯＣを始め各種競技団体と正面から喧嘩するわけにはいかないが、批判的になることもある。だいたいは「まあまあ」で片づけられてしまうのだが、小村は「俺は降りる」とはっきり宣言したのだという。具体的に何があったか、菅谷は聞いていないが、そもそも小村は気が短い。三部の部員も、いつも顔色をうかがって仕事をしている。

「俺が一度話すけど、後はお前がちゃんと説得しろよ」

「そのつもりです」

これで一歩進んだだろうか……気の短い小村を説得するのは、相当難しいのだが。

自宅へ戻ると、長男の健太郎が渋い表情を浮かべてテレビを見ていた。おかしいな……土曜は、所属しているサッカーチームの練習がある日なのだ。週三回練習、日曜に試合というのが大体のパターンである。しかし残念ながら、菅谷は息子のプレーを観たことがほとんどない。スポーツ新聞の取材は、大会などが開かれることが多い土日に集中しているのだ。普通に仕事をしていれば、息子の試合を観にいく機会はなくなってしまう。

「どうした」

「怪我しちゃった」

見ると、左足首に包帯がまかれている。

「練習で?」

「うん」健太郎の表情は相変わらず渋い。

「痛むのか?」

「まあね」

菅谷は、キッチンで夕食の準備をしている妻の朱美のところへ行った。

「何があったんだ?」

「自爆よ、自爆」朱美が低い声で言った。「準備運動で走ってる時に、芝に足を引っかけたの」

「そんなことで？」足をきちんと上げることを意識しないから、そんな怪我をするのだ——いや、健太郎がこんなイージーミスをするのは不思議だ。今、六年生の長男は、間違いなく見どころがある。将来はプロへ、も夢ではない気がしていた。自分にはスポーツ記者として培った「目」があるから、あながち親馬鹿というわけではない。

「それで、怪我の具合は？」

「捻挫だって。かなりひどいみたいだから、ちょっと長引くかも」

「そうか」骨折より捻挫の方が治りが悪いこともある。特に足首は……関節や腱が複雑な場所だから、簡単には復帰できないかもしれない。「落ちこんでるんじゃないか？」

「そうね。怪我なんかしたの、初めてだから」

菅谷はリビングルームに戻って健太郎を慰めたが、父親の言葉は耳を素通りしてしまうようだった。まだ痛いのか、怪我したショックに襲われているのか。あまりしつこく言ってもしょうがないと思い、菅谷はまたキッチンに戻った。

「あのさ、アメリカ取材が入るかもしれないんだ」

「そうなの？」途端に、朱美が不機嫌な表情を浮かべた。「いつ？　どれぐらい？」

「時期はできるだけ早く。期間は……分からないな」

「そうなんだ」

「でもさ、もう子どもたちも大きいんだから、昔みたいには大変じゃないだろう」

オリンピックを取材していた頃の菅谷は、出張ばかりしていた。大会前には調整中の有力選手を追いかけ、大会になると本番一ヶ月前から現地入りして、取材の準備をしていたものである。当時はまだ子どもたちも小さかったから、朱美はキリキリ舞いしていて、未だにその頃のことをあれこれ言われる時がある。

「四月からは健太郎も中学生だし、自分のことは自分でやれるだろう」

「でも、義仁はまだ三年生よ。手がかかるのよ、あの子」

「出張は、なるべく短く済ませるよ」菅谷は逃げに入った。行ってしまえば何とかなるだろうとは思うが、朱美に対して申し訳なく思う気持ちも強い。せいぜい、彼女が気に入りそうな土産でも買ってこよう。

それぐらいしか思い浮かばないのが、自分でも情けなかった。

月曜日、出社した途端に菅谷は部長の小村に呼ばれた。ネイピアの件だろうと想像はついていたが、やはり緊張する。

部長席のところに椅子を引いてきて、早速話を始める。小村は普段から眼光鋭く、奇妙な迫力がある。目を合わせないように気をつけないと……と思ったが、小村が突然、想像もしていなかったことを言い出したので、ついまじまじと顔を見てしまった。

「ネタ元から聞いたんだが、新しい大会、やるみたいだな」

「部長、それはどういう……」ネタ元、という言葉に菅谷は引っかかった。

「昨日、ゴルフに行ったんだが」

「はい」話が飛んで、菅谷は一瞬混乱した。確かに昨日は暖かく、春のゴルフ日和という感じだったが。

「中嶋さんに会ったんだ」

「ええ」中嶋康貴は元プロゴルファーだ。選手としてはそこそこだったのだが、「名伯楽」として有名で、自分の主宰するスクールから何人ものプロを輩出している。内外に知り合いが多いので、「フィクサー」とも呼ばれていた。別に悪いことをするわけではなく、本人もそう呼ばれるのは満更でない感じである。

「中嶋さんも、その大会のことを知っていたんだ」

「中嶋さんが絡んでいるんですか？」

「いや、中嶋さん本人は絡んでいない。ただ、高井謙から相談を受けているそうだ」

「本当ですか」菅谷は思わず目を見開いた。

　高井謙は、アメリカを主戦場とするプロゴルファーで、マスターズと全米オープンでそれぞれ一回ずつ優勝している。日本人ゴルファーとして、世界で最も成功した一人と言っていいだろう。確か今年三十八歳で、選手としてのピークは過ぎているが、依然としてアメリカでプレーすることにこだわり続けている。

「高井が、その大会の発起人に入るべきかどうか、悩んで相談してきたと言うんだ」

「なるほど」

果たしてその「大会」がどれほどの規模になるかは分からないが、一流選手に声がかかっているのは間違いない。世界のトップクラスで戦った人――アリスは既に現役ではないし、高井もかつての勢いはないが、スポーツ好きが名前を聞けばすぐに分かる人間が二人も出てきた。おそらく海外の多くの選手にも声がかかっているのだろう。

「お前、高井に会って来い」

「いいんですか」急に許可が出て、菅谷は驚いた。

「大会の件は、上野にも話を聞いた。まだよく分からないが、これは反オリンピックを目指す大会かもしれないぞ」

「オリンピックに対する批判もあるでしょうけど、正面から対抗するつもりなんでしょうか」

「それは主催者に聞いてみないと分からないな。だから、高井をとっかかりにして調べてこい」

「いいんですか？」菅谷は再度確認した。

「オリンピックなんか、もうやめりゃいいんだよ」急に小村が激昂(げっこう)した。声は低く抑えているのだが、顔が真っ赤になり、怒りの表情を浮かべている。

「部長がオリンピック嫌いなのは知ってますが……」

「お前はまだ、オリンピックが必要だと思ってるのか？」

「一生の目標として目指している選手もいるし、楽しみにしているファンも多いでしょう」菅谷は反論した。自分が長年取材してきた対象を否定されるのは、自分自身が否定されるようなものである。小村の本意は何だろう？　自分の個人的な主義主張のために取材しろ、と言っているのか？

「公文書みたいな綺麗事を言うな。もう、オリンピックを望んでいる人間なんかいないんだ」

「それは極論だと思いますが」さすがに菅谷も声が大きくなってしまう。

「まあ……いいよ」小村が深呼吸して、大きな目をさらに大きく見開いた。「俺が何を考えてるかなんて、どうでもいい。うちとしても、紙面でオリンピック反対なんて明確に打ち出す必要はないし、そもそもそんなことはできないんだから。せいぜい、東京大会の前に批判の記事をぶち上げたぐらいだろう」

コロナ禍の影響をもろに被った東京五輪は、オリンピックの歴史の中で、最も奇異な大会として記録されるだろう。一年延期、無観客開催、次々に新型コロナに感染する関係者……菅谷の取材経験の中でも、特に異様なものだった。観客の声援がない会場で試合に挑む選手たち。それでもパフォーマンスが落ちなかったのは、大したものだと思う。

東日でも、大会前はコロナの影響下での大会開催に対して批判的なトーンの記事を掲載した。菅谷は「やれるなら選手のために開催してあげたい」という考えだったが、社としては、様々な問題点を論わねばならないという判断だったのだろう。しかし大会が始まると、一転して批判的な記事は姿を消し、「日本選手バンザイ」の記事で紙面は埋め尽くされた。

　あのオリンピック期間中、筆頭デスクだった小村が休暇を取って姿を消していたことを思い出す。緊急事態宣言の最中で、どこかへ旅行に行けるわけでもなかったのに……。

「あれは小村の反抗だ」と陰口を叩く同僚もいた。そして休暇から戻ってくると、「もうオリンピック取材から降りる」と宣言したのだった。

「部長、どうしてそんなにオリンピックを嫌うんですか」

「お前は現場で取材していて、おかしいと思わなかったか？　能天気にオリンピック万歳だったら、その方がおかしい」逆に小村が聞いてきた。

「それは、問題点はいろいろあると思いますけど……」

「俺はそれに我慢できなくなっただけだ。いずれ、暇な時に話してやる——とにかく今回のアメリカ出張は許可する。無理に矢田の取材をする必要はない。高井の取材をきっかけに、何とか全容を解明しろ。二週間やる。お前の都合のいいタイミングで出発しろ」

「私は別に、オリンピック批判の記事を書くつもりはありません」菅谷は宣言した。

「東京大会は異常だったかもしれませんけど……」

「コロナだけが問題じゃないんだ」小村の口調は真剣だった。「オリンピックはもう、イベントとして限界に来ている。北京冬季大会を思いだせ。フィギュアのドーピング問題、お前はどう思った？」

「ドーピングは悪です」菅谷は言い切ったが、小村はそれで満足したわけではなかった。

「ドーピングしてまで勝ちたい——勝つ意味は何だ？　選手にはマイナスしかない。得をするのは周辺にいる人間だけで、選手は使い捨てだ。それにスキージャンプやショートトラックでの明らかにおかしな判定もあった。俺たちも、その直後は騒いだが、結局きちんとした検証はしていない。こういう問題はどうして起きると思う？　オリンピックが大きくなり過ぎたからだ。そこで得られる栄誉や金が莫大なものだからこそ、露骨に卑怯な真似をする人間も出てくる」

「確かにそういう面もあるかもしれませんが……」菅谷は、小村の強い口調に気圧(けお)された。

「俺たちは、その時々の問題を追いかけるけど、長期的に問題を検証するまではしない。正当な批判もしないで……それでいいのか？」

「取材相手を批判ですか？　事件やスキャンダルでも起こせばともかく、それ以外で批判というのは……」

「確かに、事実関係を伝えるのが新聞かもしれない。それはスポーツ紙も一般紙も同じだろう。でも、読者が自分で判断する材料を提供するのも大事だぞ」

それは単に、自分の考えを押しつけたいだけではないか、と菅谷は訝(いぶか)った。しかし小村は、意外なことを言い出した。

「お前をオリンピック担当から外したのは俺だ」

菅谷は思わず黙りこんだ。そういう噂は聞いていたが、本当に小村だったとは……どういうつもりだと怒りがこみ上げ、思わず唇を嚙んでしまう。

「長いこと同じ問題、同じ相手を取材していると、絶対に相手に搦め捕られる。対象と一体化してしまうんだ。特に日本の記者はそうなりがちだ。海外だったら、友好的だが批判する、というのもあるかもしれないが、日本はまだ言論も報道も未成熟なんだよ。いや、おかしな方向にねじ曲がっていると言うべきかな。お前も同じだ。俺はお前を、そこから救い出したつもりだ。お前は、各競技団体とべったりし過ぎたんだよ」

「取材だから当然じゃないですか」菅谷は思わず反論した。そこで取ってきたネタが特ダネになったこともある。

「俺が欲しいのは、そういうネタじゃないんだ。今までのスポーツ紙にない、真っ当な批判的な記事を載せたい。お前はそれをやってくれるんじゃないかと思ったんだが、失敗だったな」

「俺は……オリンピックの担当だったことに誇りを持ってますよ」

「相手がおかしな方向へ突っ走った時に、それに追従することにも誇りを持てるのか？」

強烈な一撃に、菅谷はつい黙りこんでしまった。それを見た小村が、少しだけ声のトーンを落とす。

「お前、まだ四十だろう。先は長い。ここから巻き返すことだって可能だぞ」

「今までの俺が駄目だったっていうんですか」上野だけでなく、部長も同じように見ていたのか、とがっくりする。

「少なくとも、俺が期待するような記事は出してないな。スポーツ紙も変わらないといけないのに」

「部長が考える、理想のスポーツ紙はどんな感じなんですか？　それを言ってもらわないと……」

「お前は指示されたら、そのままの記事を書くのか？　俺は、そんな記者はいらない……とにかく今回は、面白そうなネタが目の前にぶら下がってるじゃないか。まずこれをきっちり取材してみろよ。上手く記事になったら、ゆっくり呑みながら、今後のスポーツ報道のあり方について話し合おうじゃないか」

5

出張の許可は出たものの、菅谷はあまり張り切れなかった。部長やデスクに言われたことが、ずっと引っかかっている。それは出発の日になっても変わらず……もやもやしたままダラス・フォートワース空港行きの便に乗りこみ、狭いエコノミークラスのシートに身を落ち着けた瞬間、これからの長旅を考えてうんざりしてしまう。行き先は、高井がアメリカでの本拠地にしているマイアミ。代理人と接触して取材のアポは取れたのだが、そこから先がどうなるかは分からない。高井に「知らない」と否定された後のことまでは、考えていなかった。

小村に言われたことがずっと頭の中に残っている。「各競技団体とべったりし過ぎた」「今のところ失敗だった」「誇りを持てるのか？」……強烈な批判。部長があんな風に思っていたら、いつ外されて閑職に飛ばされてもおかしくない。しかし小村は、萱谷をアメリカへ送り出した。自分が思うような記事を出してくると期待しているのか、それとも……だいたい、小村の言うことは極端過ぎる。スポーツ紙は基本的に、スポーツの結果とその裏側、それに伴う人間ドラマを伝えるのが役目だ。ライバルを蹴落とすために、どれほどの練習を積み重ねたか。日本シリーズで大活躍したプロ野球選手を支えた家族の力。怪我から奇跡の復活を遂げたサッカー選手をサポートしたかつてのライバルの友情……日本人は、そういうウエットな話を好む。それはオリンピックでも変わらない。他紙が知らないエピソードを取材して、本人の活躍に絡めて書くことにこそ、オリンピック担当の醍醐味がある。だからこそ、一つの大会が終わると、次の大会までの四年間、必死に「しこみ」を続けるのだ。小村は、そういう地道な取材が面倒になってきただけではないか。

オリンピックに対する批判については、萱谷も十分認知している。「金がかかり過ぎる」「その金が不透明な形で関係者に流れている」「開催に名乗りを上げる都市がなくなってきている」——萱谷も同感できるような批判もある。しかしそういうのは運営側の問題で、選手には関係ないではないか。どんなにオリンピックが批判されても、選手に罪はない。常に選手に寄り添って取材してきた萱谷は、その一点だけは譲るつもりはなかった。

長い旅になる。ダラス・フォートワース空港までのフライトは十一時間強。そこで二時間の乗り継ぎ待ちがあり、タンパ国際空港まではさらに二時間半のフライトだ。

フライト中は寝ているしかなかった。菅谷は旅慣れていて、海外取材の経験も豊富なのだが、それでもアメリカへの出張はヨーロッパよりも疲れることが多い。フライトは長いし、時差もよろしくない。アメリカに渡ってからもさらに移動が続くことが多いので、取材しているよりも、飛行機に乗っているか、レンタカーのハンドルを握っている時間の方が長い感じがする。飛行機で移動中は寝ておくのが、基本的な時差ぼけ対策になる。

予定通りタンパ国際空港に着いたのは、現地時間で午後一時前。菅谷は、海外にいる時にも腕時計を現地時間に合わせることはない。スマートフォンの時計が勝手に現地時間に合うので、腕時計は日本の時刻のままにしている。日本の締め切り時間がすぐに分かるようにするためだ。

空港から出られたのは、午後二時過ぎ。外へ出ると、むっとする熱気に迎えられる。アメリカ南部に位置するフロリダはこの季節でもかなり暑く、しかも湿度が高い。広い空港の敷地内で少し迷った末に、ハーツのレンタカーショップを見つける。アメリカで車を運転するのも久しぶりだ……大都市部では東京と同じ感覚で、地下鉄やタクシーを使って取材に回れるのだが、それ以外の場所はレンタカーでないと移動に困る。

ナビを頼りに走り出したものの、海外のナビは日本製のものに比べると不親切……初めて走るタンパの道路には、不安しか感じなかった。それでも何とか、空港から近いホテルにチェックインする。

しかし、腹が減ったな……考えてみれば昼飯抜きなのだ。ダラスからタンパ行きの便の中で、軽いスナックを食べただけ。部屋を出て、遅い昼飯を取るために街を歩き出した。ホテルなどはぽつぽつとあるが、レストランは見当たらない。結局、ホテルのすぐ横にあるガソリンスタンドに併設されたサブウェイに入って、ターキーサンドウィッチでそそくさと昼食を済ませた。こういうのを食べると、ああ、アメリカ取材が始まったな、と思う。基本的にアメリカでは食べ物に期待してはいけないということを、菅谷はとうの昔に学んでいた。時間もないので、この手のファストフードに頼ることになる。

部屋へ戻って一眠り。あくまで睡眠時間の調整ということにして、スマートフォンの目覚ましを一時間後に設定した。一瞬で眠りに落ち、けたたましいアラームの音で現実に引き戻される。頭がぼんやりしていたが、起きることにした。このまま本格的に寝てしまうと、絶対に時差ぼけになる。初日は頑張って起きていて、夜は早めに寝ることが、時差ぼけにならないコツだ。

無理にデスクに向かい、資料を確認する。さらに、高井の代理人にメールを送った。予定通りタンパに到着、明日午前十時、自宅に伺う——そう考えると結構時間はある。今のうちに高井の家を確認しておいてもいいな、と思った。明日の朝、迷って約束に遅れたら洒落にならない。

レンタカーのフォードを乗り出し、まずホテルの近くをドライブする。起伏のない、走りやすい道路が広がっているのはありがたい。しかしいかにもアメリカの街らしく、どこが中心部なのかは判然としない。日本の街のように、鉄道の駅を中心に発達していると、街の全体像を把握しやすいのだが。

高井の自宅は、ゴルフコースのすぐ近くにある。普段練習するのに便利な場所を選んだ、ということだろう。高井は米ツアーに参戦してから数年後、チームのトレーナーだった現地の女性と結婚したので、こういうところに住むことにも抵抗はないのかもしれない。

メジャーで二勝を挙げているプロゴルファーの家はどれだけ巨大かと思っていたが、実際にはこぢんまりとしていた。しっかりしたゲートに囲まれてはいるものの、真っ白な外壁が特徴的な家は、それほど大きく見えない。すぐ近くにセブン－イレブンがあるのか……それを便利だと考えてしまうのは、日本人的な感覚かもしれない。

これで高井の家は覚えた。明日の朝、改めて出直して……と思ったところで、セブン－イレブンの方から歩いて来る一人の男に気づく。

高井。

どうする？　アポはあくまで明日である。今日は見なかったことにして、出直してもいい。向こうにも都合があるだろうし……しかし菅谷はつい、車の外へ出て声をかけてしまった。

「高井さん」

　高井が怪訝そうな表情でこちらを見る。

「東日スポーツの菅谷です」

「あれ、取材は明日じゃないんですか」

「明日です。さっき着いたばかりなんですけど、高井さんの家の場所を確かめておこうと思って」

「ここですよ」高井が、ビニール袋を持った手を掲げ、二階建ての家を指差した。「どうしますか？　何だったら、今から話をしてもいいですよ」

「お忙しいんじゃないですか？」

「今日はもう、トレーニングも終わってるから……あなたの方で別の予定があるなら、明日にしますけど」

「いえ、ないです。でも、代理人の方は同席しなくていいんですか？」

「僕の代理人はニューヨークにいますよ。普段も取材に立ち会うことはない。ただ調整しているだけで」

「だったら、高井さんがよければ……」一日早く動ければ、この後も上手くいくかもしれない。何しろ自分に許された時間は二週間だけなのだ。「もう夕方ですけど」

「何だったら飯でも食べていく？」

「いや、それは申し訳ないですから」さすがに、いきなり相手の家に上がりこんで夕飯をご馳走してもらうのは気が引ける。「高井さんこそ、今から話をして、食事の邪魔になりませんか？」

「今日は八時からなんです」高井が腕時計を見た。「まだ余裕はありますから」

「じゃあ、よろしいですか」

「もちろん。しかし、考えてみればこの家に日本の記者さんが入るのは初めてだな。ネタになります？」

「そういう取材じゃないので……お邪魔にならないようにします」

「いいですよ、どうぞ」

アメリカのゴルフツアーもそろそろシーズン入りだ。全盛期の頃なら、高井はとても取材を受けるような状況ではなかっただろう。今は出場する試合を絞っているので、比較的余裕がありそうだ。ゴルファーの場合、第一線でプレーできる期間は他の競技に比べて長いのだが、それでも三十代後半になると衰えてくる。仕方ないとはいえ、自分より年下の高井が既に「晩年」を迎えていることに、菅谷はかすかな寂しさを感じた。

さほど大きくない家だと思っていたが、その第一印象は勘違いだとすぐに分かった。間口こそそれほど広くないのだが、奥に深い。しかも庭が小さなゴルフコースのようになっていた。芝もきちんと整備され、パッティングなどの練習なら、家にいてもできるようになっているのだった。

高井は、その庭を見渡せるポーチに椅子を持ち出し、菅谷に勧めてくれた。夕方、暑さも和らいできて、頬を撫でる風は日本の秋のそれのようだった。

高井が出してくれたミネラルウォーターを一口飲んで、菅谷は切り出した。

「今年は何試合ぐらい出場予定なんですか」

「まだ決めてません。膝と相談しながらですね」高井が右膝を軽く叩いた。「まさか、ゴルフで膝を傷めるとは思わなかった」

そうだ、高井は二年ほど前に手術を受けていたのだった。以来成績が低迷している。膝を傷めるとは思わなかったと言っても、ゴルフも全身運動である。体に常に「ひねり」が加わるので、関節にかかる負荷は相当なものだろう。

「大変でしたね」菅谷は無難な答えに徹した。

「まあ、こういうこともあるでしょう。ゴルフは三十年もやってきたし……」

高井が言葉を呑んだ。本人は既に、引退も視野に入れているのかもしれない。シニアツアーに出る手もあるはずだが、怪我を抱えたままではそれも難しいと考えているのか。ここで高井の引退宣言を聞ければ特ダネになるのだが、高井もはっきりとは喋るまい。普段からつき合いの深い記者なら、つい漏らしてしまうこともあると思うが、菅谷は高井とは数回会ったことがあるだけなのだ。粘れば本音を引き出すことはできるかもしれないが、ここに時間をかけるのは今回の取材の本筋ではない。

「取材の内容については、お知らせした通りなんですが」菅谷は切り出した。内容が分かっていてこの取材を受けたということは、高井には話す気がある、と前向きに考える。

「ああ、その件ね」高井がミネラルウォーターを一口飲んだ。「うん、まあ……言えることと言えないことがありますよ」

「言えることは何ですか？」

「困ったな」高井が頭をがしがしと掻いた。「取材は受けると言ったけど、実は言えない契約になっているんですよ」

「どことの契約ですか？　ネイピア？」

「ああ、それは……」高井が口の前で手を左から右へ動かした。チャック、ということか。

「ネイピアと守秘義務契約でも結んだんですか?」

「ネイピアではないけどね。ネイピア本体では」高井の言い方は微妙だった。

「大きな大会だと聞いています。それこそオリンピックに匹敵するような。そういう大会だったら、確かに事前に情報が漏れるのはまずいですよね」

「そうなのかな」高井が首を捻る。「僕はプレーヤーだから、大会運営について何か言えるほど知識はない。大変なことは想像できますけどね」

「こういう場合、ネイピア本体が主催するわけじゃなくて、リスク分散のためにも実行委員会のようなものができると思います。そこと守秘義務契約を結んだんじゃないですか？」

「まあ、秘密は秘密なんで」高井がまたミネラルウォーターを飲んだ。「そのうち明らかになるでしょう。特ダネにしたいんですか？」

「情報を知ったら書きたいですよ。それが記者の本能です。だいたい、私が知っているぐらいだから、この情報はある程度広がっていると思いますよ」

「でしょうね」

「高井さんから情報が出たことは絶対に言いませんから、知ってることを教えてもらえませんか？」

「僕は、そんなに詳しく事情を知ってるわけじゃないんだけどね。メディアがオリンピックのスポンサーになっているのがおかしいという、彼の主張に賛同して、名前は貸したけど」

「彼？」主催者ということだろうか。「誰ですか？」

「いやいや、それは」高井が首を横に振って話を曖昧にした。

「とにかく、高井さんも発起人ということですか」

「たくさんいる中の一人ですよ。中心になっているのは、僕じゃない」

「だったら、どんな人たちが？」

「ＳＨＱって知ってます？」

「もちろんです」Sports HeadQuarters。いわゆるスポーツセレブの団体で、世界各国で慈善活動などを展開している。「今回は、ＳＨＱが主催しているんですか」

「いや、まあ……僕なんかはまだ一応現役だから」

曖昧な言い方で、菅谷は何となく状況を察した。SHQには確か、明確な会員規定はない。誰もが認める超一流選手が集っているのだが、基本的には「お友だち」が増えていった感じだと思う。たった一つの共通点は、「既に現役を退いていること」。現役時代からボランティアや寄付などの活動を行っている選手はいるが、より自由な立場でスポーツ普及のために活動する――というのが眼目のようだ。

「高井さんは、SHQには入っていませんよね」

「そろそろお声がかかると思うけどね。つまり――ツアーに出なくなったら」

「だったら、まだまだ先じゃないですか」今のも一種の引退宣言かもしれないと思いつつ、菅谷は高井を持ち上げた。彼のように長く怪我で苦しみ、年齢の壁も迫ってきているアスリートに対しては「まだ頑張って欲しい」「あなたのプレーを観たい」という励ましが一番効果的なことを、菅谷は経験的に知っている。しかし今、高井の表情はまったく変わらなかった。既に引退を決めて、公表するタイミングを待っているだけかもしれない。

「その大会のことなんですが」菅谷は話を引き戻した。「SHQが主催者なんですか」

「どうなんでしょうね」高井ははっきりしない。「僕は、詳しいことは何も聞いていないんで」

「詳細を聞いていないとしても、開催するかどうかはご存じですか？　そういう前提で話が回ってきたわけじゃないんですか」

「うーん……」高井が首を捻る。「答えにくいな。答えちゃいけないことになってる」

それが既に答えになっているのだが、と菅谷は思った。大きな計画では、「外部に対する保秘」が条件になることはよくある。そういう場合、計画自体がまだ曖昧――それこそ計画段階で情報が漏れると、噂が先走って計画自体が潰れてしまうことがままあるからだ。

「誰なら喋ってくれますかね。SHQのメンバーとか？」

「日本人だと、そうだね……あの娘、小向アリスとか」

「もう会いました」菅谷はつい苦笑を浮かべてしまった。

「ああ、そうなんですか」高井が納得した様子でうなずく。「それで彼女は何と？」

「否定というか、何も言わなかったというか」菅谷は首を横に振った。「高井さんと同じ理由で、喋れなかったんじゃないでしょうか」

「まあ、僕に当たるのは筋違いじゃないですかね。どうしても話が聞きたいなら、SHQの中で誰か探すのがいいんじゃないですか。英語は大丈夫なんでしょう？」

「普通に取材するぐらいなら」

「だったら、アメリカで他の人を探すべきですね。SHQだって、元々はアメリカ人アスリートが中心になって作った組織なんだから」

菅谷はSHQの全容について詳しくはないが、調べるのは難しくないはずだ。彼らの目的はスポーツをしたい子どもたちへの金銭的・環境的な支援、そしてスポーツの普及である。メンバーはさまざまな形で顔を出して、スポーツの素晴らしさについてアピールしている。しかし、個別撃破しても、いい材料にぶち当たる保証はない。アメリカでの二週間がそれで潰れてしまったら……結局成果なしで帰国することになるかもしれない。

「SHQって、どういう組織だと思います？」高井が逆に訊ねてきた。

「どういうって……一種のボランティア団体ですよね」

「アスリートが看板になってね。でも、イベントを開いたりして、金も動く。彼らには――僕も含めてだけど、そういうことに関するノウハウはありません」

「ええ――つまり、裏方がいるんですね？」

「裏方、スポンサー……言い方はいろいろですけどね」

「そんなにちゃんとしたスポンサーがついているんですか？」

SHQ主催のイベントは、世界各国で行われている。それを問題なく運営するためには、常駐のスタッフ――事務局が必要だろう。それもかなり大人数の。もちろん、SHQに参加するようなスーパーアスリートだったら、現役を引退しても金に悩むことはないはずで、スタッフを大量に抱えて事務局を運営していくのも難しくはないだろう。

ただしアスリートというのは、どこか怠惰なところがある。自分のプレーに関しては命を削るほどの努力をするが、それ以外については案外気にしないし、一般的な常識を知らずに人に騙されてしまうことも珍しくない。

「スポンサー……まあ、スポンサーと言っていいでしょうね」高井の説明は、相変わらず歯切れが悪い。

困ったな。高井も、自分のことではないが故に、はっきり言えないのだろう。それこそ守秘義務を負わされているのかもしれないし。考えろ。何かヒントがあるはず──正解とは思えなかったが、菅谷は思いついたことをそのまま口にしてみた。

「もしかしたら、ネイピアがＳＨＱのスポンサーなんですか」

「うーん……」

「では、サポーター？　パートナー？　様々な雑務の面倒を見ているという感じで？」

高井が菅谷の顔をまじまじと見た。分かるか分からないかぐらい素早くうなずく。そうか、ネイピアとＳＨＱは間違いなく結びついている。両者が共同で企画したのがこの大会ということか。

「ザ・ゲーム」高井がぼそりと言った。

「どういうことですか？」

「英語で、スポーツの大会のことを『ゲーム』って言うでしょう？」

「ええ」

「定冠詞のTheをつければ……分かるでしょう？」

「そういう名前の大会なんですか？」

あまりにも抽象的かつ適当で、菅谷にはピンとこなかった。大きな大会というなら、それなりに響きがいい名前を考えるべきではないだろうか。しかし考えてみれば「あの大会」になるわけで、全てのスポーツ大会の上位に位置する究極の大会、というニュアンスに取れなくもない。

「いったいどういう大会になるんですか？」

「それは言えないですね。というか、実際にどんな感じになるか、僕自身も理解していると は言いにくい」

一歩真相に踏みこんだ。そういう大会——ザ・ゲームという名前の大会が開催される前提で、今は話が進んでいる。

「でも、コンセプトとか」

「これぐらいにしませんか」高井がいきなり話を打ち切りにかかった。表情は険しい。喋ってはいけないことを喋ってしまったと後悔しているのかもしれない。

「高井さん、守秘義務も分かりますけど、これは私にとっては絶対に書く価値がある話なんです」

「うーん」高井が両手を組んで後頭部にあてがった。「どうかな。今までの大会とはちょっと違いますよ」

「でも、基本は同じじゃないですか。一流のアスリートが集まって技を競う——それは、オリンピックに対抗するものじゃないんですか」

「そこ、デリケートな問題だから」高井が指摘した。

「そうですか？」

「別に、オリンピックを潰そうとか、そういうことじゃないんで。まあ、僕はオリンピックにはそんなに思い入れはないけど」

「高井さんも東京オリンピックに出てるじゃないですか」

「出てるけど、やっぱりちょっとね……こんなこと、書かないで下さいよ」

「書くなと言われるなら書きません」

「あのね、僕らもそうだし、他には野球とかサッカーとか……プロとしてシステムが成立しているスポーツ、あるでしょう？　僕らの場合は、ツアーの日程や会場に合わせて調整していくわけですよ。何十年も、そういうシステムでやってきた。そこでオリンピックと言われても……ということです。スケジュールが狂ってしまう」

「金にもならないし」

「まあ、プロとしては、そこは無視できない要素ですね。オリンピックも、アマチュアだけでやるなら問題ないんだけど、プロを呼ぶとなると大変じゃないですか。だからサッカーや野球では、トップ選手は集まらないわけで」

確かに……野球は既にオリンピック競技ではないが、実施されていた頃は、大リーガーが参加しないことで、どうしてもレベルが下がると指摘されていた。野球の本場・アメリカでは、ワールドシリーズという頂点があり、それ以外は国際大会であっても格下と見做（みな）されているのも実情である。サッカーも、ワールドカップの権威は大変なもので、それ故オリンピックの代表には年齢制限がかかる。つまりオリンピックは、必ずしも「トップアスリートによる最高の大会」とは言えない。

「まあ、オリンピックの理念も分からないじゃないですよ。今大事なのは、集金と分配でしょう」高井が冷静に指摘する。「放映権料、観客収入……それを集めて各競技団体に配分して、普及と隆盛に利用する。その途中で広告代理店が儲かる。たくさんの人が少しずつ潤う。結局全部金――アマチュアのアスリートが、誰かの金儲けの手段になっている。だから今、アスリートは純粋に頑張っているだけ、なんて考えている人は少数派でしょう。何だか白けませんか？　僕たちはプロだから、金が動いて当然だけど、アマチュアはね……」

「誰かが儲けたかどうかは、ちゃんと検証されたことはないですよ」菅谷はつい反発した。

「オリンピックで儲けました、なんてわざわざ自慢する人はいないでしょう」高井が苦笑する。「もちろんオリンピックは、集金システムとしてはなかなか優れています。ただね、それも限界にきてるんじゃないかな」

「どういうことですか？」

「NBCが手を引くかもしれない、という噂、知ってます？」

「ああ……聞いたことはあります」放映権料は巨額だ。菅谷がオリンピックを取材していた頃、NBCは、夏冬の四大会で総額四千五百億円を超える放映権料をIOCに支払っていて、これがIOCの大きな収入源になっていたのは間違いない。

「結局ね、アメリカのテレビ局は採算でしか動かないから。オリンピックも視聴率を取れなくなってきていて、旨味がなくなってるんでしょう」

「三大ネットワークの他の局が契約する可能性は？」

「アメリカ人って、オリンピックにそんなに興味がないんですよね。日本人の方が、よほどオリンピック好きじゃないかな」

「確かにそれはあると思います」菅谷も認めた。

「NBCが引いたら、IOCは当然他の局と契約したいだろうけど、アメリカの局がやらないとしたらどうなるかな……どこの国の局が契約するにしても、今までみたいな額にはならないでしょうね。だからIOCが、この先、財政的に苦しくなるのは間違いない。これからオリンピックがどうなるかは分かりませんね」

「それは分かります。でも、ザ・ゲームは……」

「ジェイムズ・ファン・ダイクって知ってます？」

突然その名前が出てきて、菅谷は「ええ」と言うしかなかった。

「ああ、菅谷さんは結構調べているんですね。その人に直接聞いたらどうですか」

「でも、ネイピアの幹部ですよ。そう簡単には取材に応じてもらえないでしょう。例えば高井さんがつないでくれれば――」

「それは無理です」高井があっさり言った。「この件では、僕なんかは完全な下っ端だから」

「しかし……」

「明日はどうしますか？　僕の取材は今日で済んだと思うけど」

「高井さんの家をツアーで案内してもらってもいいですけど」

「ツアーするほど大きくないですよ」高井が苦笑いした。「次は、カリフォルニアへ移動した方がいいんじゃないですか」

「ネイピアの本社——サンノゼですね」

「分かってるじゃないですか。それと、カリフォルニアへ行くなら、他にも会うべき人がいるかも」

「誰ですか？」

「アンリ・コティ。今、映画の撮影中じゃないかな」

「彼もＳＨＱの一員なんですか」

「それは調べれば分かるでしょう」高井が急に素っ気なくなった。「お役に立てなくて申し訳ないですね。せっかく日本から来てもらったのに」

「この出張を通すのも、大変だったんですよ。経費削減で」菅谷はつい愚痴を零した。

「メディアの世界も大変でしょうね。今まで通りというわけにはいかないでしょう。でも、取材活動は同じようにやろうとしている。それは正しいことなんですかね。時代の流れに合っていますか？」

高井は、喋ったことよりも遥かに多くのことを知っている——その確信はあったが、このまま続けて話を聞いても、これ以上の情報は得られないだろう。別の誰かから話を聞いて、それをさらに高井にぶつけた方が効果的だ。

東から西へ一気に移動か——と考えるとうんざりしたが、アメリカ取材ではよくあることだ。時間が無駄になることだけが不安だったが、やらないわけにはいかない。

ホテルに戻ると、萱谷はすぐに翌日のサンフランシスコ行きの便を予約した。朝六時過ぎという早いフライトはきついが、一日を有効に使えると前向きに考えることにした。そこですぐにネイピアへ連絡して、ジェイムズ・ファン・ダイクへの取材を申しこんだ。そこで失敗したら、ロスへ飛んでアンリ・コティに話を聞けばいい。ただし、どうしたものか……コティに取材するには代理人を摑まえる必要があるが、そこへ辿りつくのも大変だ。しかしそこで萱谷は、天啓のようにある手がかりを思い出した。文化社会部の同僚にメールし、必要な情報を教えてもらうように頼む。多少時間はかかるだろうが、これで何とかつながるはずだ。

さて、時差ぼけにならないためにさっさと寝ないと。夕飯も抜いて、早々にベッドに潜りこんだが、簡単には眠れなかった。自分は、高く分厚い壁を素手で叩き続けているだけではないか？

6

サンフランシスコ国際空港に到着して、菅谷は改めて時差ぼけを意識した。フライトは約六時間。途切れ途切れの睡眠のせいで、かえって調子が狂ってしまっている。しかもタンパとは時差があるので、サンフランシスコはまだ午前九時半——今日は一日が長い。ネイピア本社のあるサンノゼまでは車で一時間ほどのはずだが、自分で運転していくのは危険な気がした。電車にしようか……。

サンノゼへの行き方を調べるために、空港内のカフェに入った。卵とベーコン、それに二杯のコーヒーで腹を満たしながら電車について調べると、カルトレインの直通で行けると分かった。本数も結構あるので、それほど時間をロスせずに済むだろう。しかし車の方が速い。コーヒー二杯で目が冴えてきたので、自分で運転する方がいいだろうか。

迷っているうちに、ネイピアからのメールが着信した。昨夜、広報担当セクションに、ジェイムズ・ファン・ダイクへの取材を申しこんでいて、その返事だった。意外なことにOK……ただし時間が厳しく指定されている。今日の午後一時から三十分だけなら会えるということだった。

となると、時間を節約するために車を使うしかない。

菅谷はカフェのレジで強烈なミント味のガムを買い、その足でレンタカー店へ向かった。戦闘再開。しかし今のところ、作戦も勝算もない。

予想より早く、ちょうど昼時にサンノゼに到着する。アポに遅れるわけにはいかないから、昼食は後回しにすることにした。

サンノゼの市内を流していると、いかにもアメリカらしい街だな、と思えてくる。高層ビルが建ち並ぶ一方、街路樹は緑豊かで、あちこちに公園もある。

ネイピアの本社は、ダウンタウンから少し離れた川沿いにあった。まったく同じデザインの超高層ビルが二棟、並んで建っていて、地元では「ブラザーズ」と呼ばれているらしい。確かに双子の兄弟という感じがしないでもない。

日本法人では、顔認証で社内に入れるシステムだったが、ここでは通常の来訪者カードを渡された。案内してくれたのは日本人の女性――いや、日系だろうか。見た目、まだ二十代。小柄で目がくりくりした、可愛らしい感じだった。

「北村真実です」受付で挨拶した真実の名刺を確認すると、ジェイムズ・ファン・ダイクと同じセクションだった。日本の企業のように、広報担当が取材に立ち会う方式ではないらしい。

「あなたは……日系ですか？」

「いえ、日本人ですよ」快活な調子で真実が答える。「こっちの大学を卒業して、ネイピアに就職しました」

「日本人の社員も多いんですか？」

「少数派ですね。アメリカの人種別の人口比と同じぐらいです。採用に関して、特別な意図はないようですが」

よく喋る子だ、と菅谷は思った。海外で仕事をする日本人にありがち——自己主張の強い海外の人たちに負けないようにと、必要以上に張り切ってしまうのだ。

「急なアポですみませんでした」菅谷は自分の名刺を渡しながら頭を下げた。

「いえいえ。たまたま今日は空いていたので」

「ミスタ・ジェイムズ・ファン・ダイクは忙しいんでしょう？」

「暇ではないですね。ここにいないことも多いですし」

「イベントで？」

「そうですね。うちもいろいろやってますから。今は、何が本業なのか、分からないぐらいで」

「私は、ＩＴ企業の認識ですけどね」

「世界、ですかね」真実がさらりと言った。

「世界？」

「ネイピアは新しい世界を作ろうとしている、ということです」

「何だか怖いな。世界征服を企んでいるみたいだ」

「邪悪な意図がなければ、独裁者が世界を治める方が平和になると思いませんか？」真実がニコリと笑った。

「世界を征服すれば、邪悪な意図を持つようになると思いますけどね」

「その辺は分かりません。実際に征服したわけじゃないので」真実が肩をすくめる。

エレベーターで二十階まで上がり、ジェイムズ・ファン・ダイクの部屋に案内された。それほど特徴のない部屋——窓が広く、サンノゼの市街地を一望できる一等地なのだが、彼本人の好みが反映されているとは思えない。いかにも、デフォルトで入っていた什器をそのまま使っているようだった。アメリカのオフィスは、個人の好みにカスタマイズすることも結構あるのだが。

デスクについていたジェイムズ・ファン・ダイクが立ち上がる。大きな男だ——たぶん、百九十センチぐらいある。しかし痩身で、いかにも「走る男」という感じがした。顔の下半分は髭に覆われている。ジャケットにジーンズという軽装で、世界的なＩＴ企業の幹部というより、山でソロキャンプでもしている方が似合いそうだった。

握手は力強く、手を握り潰されるかと思うほどだった。名刺を交換するとニコリと笑い、日本語で「スガヤサン」と言った。

「日本語、分かるんですか？」菅谷は英語で訊ねた。

「ほんの少し」ジェイムズ・ファン・ダイクが人差し指と親指の間を五ミリぐらい開けて、日本語で言った。そこから英語に切り替える。「世界中どこへでも行くので、挨拶の言葉ぐらいは覚えます。ただ、これ以上の日本語は話せませんけどね」

「では、英語で」

「私のことはジェイムズと呼んで下さい」

「私は、タケと」

ここまでは、比較的友好的なやり取りだった。ファーストネームで呼び合うのは、アメリカでは普通だが、シビアな取材だと、最後まで「ミスタ」をつけて通すことになる。

「さて、何か面白そうな話ですね」

「面白いかどうかは分かりません」前振りの雑談をするにも材料がないので、菅谷はすぐに本題を切り出した。「ザ・ゲームについて教えて下さい」

「それは？」ファン・ダイクが怪訝そうな表情を浮かべた。

「ネイピア――そしてSHQが企画している世界的な、大きなスポーツの大会です。オリンピックに代わるような」

「それに関しては、何も言えることはないですね、タケ」

「計画しているかどうかも？」

「仮に計画していても、言えるとは限りません。あらゆる出来事には、公表のタイミングがあるでしょう。それを間違えると、計画自体が潰れてしまう」

「では、計画はあるんですね」一歩踏みこんだ発言だ、と思った。

「あるかないかも言えない、ということです」

間違いなくザ・ゲームの計画はある。なければないで、否定すればいいだけではないか。そこを突っこんでもいいのだが、言葉の綱引きが続くだけのような予感がしたので、菅谷は言葉を呑んだ。

「ネイピアとＳＨＱの関係について教えて下さい。ネイピアはＳＨＱのスポンサーなんですか？」

「スポンサーというのとは、ちょっと違いますね」

「ＳＨＱと友好的なパートナーシップを結んでいるという理解でいいですか？」

「ビジネスではないですよ。そもそもＳＨＱはビジネスをしていない。彼らの活動は、善意と理想に基づいたものです」

「そこにネイピアが金や人を出しているんじゃないですか」

「理想に共鳴すれば、協力するのはおかしくないでしょう」真顔でファン・ダイクがうなずく。

「いつからですか？」

「十年前にＳＨＱができてすぐです」

「あなたも、ＳＨＱとのパートナーシップで、重要な役割を果たしているんですか？」

「いろいろと仕事はしていますよ」ファン・ダイクがうなずく。極めて真面目な表情で、そこに嘘はなさそうだった。「ただしうちとしては、ビジネスではない。あくまで社会貢献……のようなものです。ＳＨＱとの関係は、金銭関係が介在しないパートナーシップと理解して下さい」

「確かにSHQの活動は、営利的とは言えませんが……」菅谷は次のカードを切った。

「あなたは、日本へ行くこともあるんですね」

「ありますよ」ファン・ダイクがうなずく。「世界中どこへでも。仕事があれば、国境は関係ありません」

「昨年も来日しましたよね」

「昨年？」ファン・ダイクがジャケットのポケットからスマートフォンを取り出した。すぐに「そうですね。確かに行っています」と認めてうなずいた。

菅谷はそこでかすかな疑念を感じた。確かにファン・ダイクは、世界中を飛び回っているかもしれない。しかし、去年日本へ行ったかどうかを、わざわざスマートフォンで確認しなければならないのだろうか？　いくら何でも、それぐらいは覚えていそうなものだが。今の動きはわざとらしい……内心の疑念が顔に出ないように気をつけながら、質問を続ける。

「日本で、テニス選手のアリス・コムカイに会いましたよね」

「ええ、そうですね」ファン・ダイクの顔に笑みが戻った。「私も、彼女とはつき合いが長い」

「彼女もSHQのメンバーですよね」

「そうです。でも、それが何か？」

「ザ・ゲームの発起人に誘ったんじゃないですか」

「ミスタ・スガヤ……」ファン・ダイクはこちらをファーストネームで呼ぶのを忘れていた。「私の行動を全て説明する義務があるとは思えない」

「ザ・ゲームに関係していることだったら、聞きたいですね」

「あなたに話す義務はない」ファン・ダイクの口調が頑(かたく)なになる。目つきが鋭く、体が大きい分、嫌な迫力が生じた。

「大きなスポーツの大会となったら、世界中が注目しますよ。私は、世界中のスポーツファンのためにも、この話を書きたいんです」

「それがメディアの役目ですか」

「当然です」

「そうですか……メディアは変わらないんですね。私も以前は新聞記者でしたが」

「本当ですか」思わずソファから身を乗り出してしまった。

「大昔ですよ……アリゾナの地方紙から始めて、最後はロサンゼルス・タイムズでした。まだアメリカの古き良きメディアが健在だった頃ですね。ネットの影響を受けて、部数がどんどん減っていった苦しい時期でもありましたが」

　メディアの世界において、ネットの影響は日本よりもアメリカの方がはるかに早く大きかったと言われている。多くの地方紙が廃刊になり、大手紙はネットに移行して何とか生き残りを図った。日本の新聞は、気息奄々(きそくえんえん)の状態でもまだしっかり発行を続けているとはいえ、どこも経営は苦しい。

日本でインターネットが本格的に普及し始めたのは、一九九五年。新聞やテレビの広告はネットに食われ、ニュースもネットで読む時代が来るから、新聞は十年で廃刊になると言われていたらしい。定年が近い先輩たちは「予定より十年以上長く生き延びてるよ」と皮肉を吐く。この状況をどう判断すればいいか、菅谷には分からなかった。自分でもネットを使うし——今はネットがなければ取材にならない——便利だとは思うが、それによって自分たちの仕事が危険な方向に追いやられていることに息苦しさも感じていた。いざとなったら紙の発行をやめて、ネット専業に移行する手があるだろうが、その時に今と同じだけの給与が保証されるとは思えない。多くのユーザーにとって、ネットで流れる情報は無料であるのが当たり前なのだ。

「アリスとはどんな話をしたんですか」彼とメディア論を展開しても仕方ないので、話を引き戻した。

「いろいろですよ。彼女はSHQの『顔』の一人でもある。子ども対象の新しい大会を開く計画があって、その相談をしました。『アリス・カップ』という名前になる予定ですが」

その話は、アリス本人からも聞いていた。

「ザ・ゲームだったら、もっと大変じゃないですか？　世界中から選手を集めるのは——」

「仮定の話にはお答えできませんね」ファン・ダイクが首を横に振った。

「仮にザ・ゲームが開かれるとして」彼の「仮定の話」を無視して続ける。「やはり準備は大変なんでしょう？　スポンサーも集めないといけないですし、各競技団体との調整も必要ですよね」

「どうでしょうね」

「どういう理念の大会なのか、分かりませんが……」

「申し訳ないが、この件について、これ以上あなたと話をする意味はないと思う」ファン・ダイクが話を打ち切りにかかった。「それより、コースケ・ヤダはどうですか。開幕ロースターに入りそうだ」

「そんなことまでチェックしているんですか」菅谷が日本人だからサービスで話しているのかと思ったが、よほどのジャイアンツファンでもない限り、日本人ルーキーの動向など把握していないだろう。取材していて分かったのだが、アメリカ人は基本的に地元のチーム以外に興味がない。

「昔はドジャース担当もやっていて……日本人選手もたくさん見てきたからね。日本人選手は、皆いい働きをした。ヤダにも期待していますよ」

ファン・ダイクは、過去に大リーグに在籍した日本人選手の名前をつらつらと挙げた。その中には、藤原雄大（ふじわらゆうだい）の名前もあった。懐かしい……日本人大リーガーのパイオニアの一人である藤原は、日本のプロ野球を経ず、社会人チームから新設のニューヨーク・フリーバーズ入りして、長く抑え投手として活躍した。現役引退後も日本には戻らず、フリーバーズの巡回投手コーチとして若手を育てている。菅谷が驚かされたのは、東京オリンピックのアメリカ代表監督になったことだった。どうして日本人がアメリカ代表の監督を……と驚きをもって報じられたのだが、これが大リーグ側のオリンピックに対する態度だったのだろう。トップ選手を出せるわけではないし、日本でやるオリンピックだから日本人に任せておけ、と。ナショナルチームの監督を外国人が務めるのは珍しくもないが、アメリカの国技とも言える野球で、外国人に監督をやらせたのは、大胆というか何というか。

「ミスタ・フジワラは、今でもフリーバーズの巡回コーチをしているんですか」

「そのようですね。彼は人に教えるのが得意だ。実際、彼の教えを受けたピッチャーが四人、サイ・ヤング賞を受賞している。それだけで、彼のコーチとしての優秀さが分かるでしょう。あなたも日本人として誇りに思うのでは？」

「そうですね……彼がアメリカに渡った頃、私はまだ新聞記者になっていませんでしたが」

「私は彼の試合を取材したことがある」ファン・ダイクの表情は明るかった。こういう話なら、いくらでも続けられるようだ。「シーズン終盤、我がドジャースは1点のビハインドで最後の攻撃に入った。九回のマウンドに立ったミスタ・フジワラはヒットとエラー、フォアボールでノーアウト満塁のピンチを招いたが、その後三者連続三振で試合を終わらせた。試合の後の取材で、私は思わず聞いたよ。わざと盛り上げて、最後を連続三振で締めたのか、と」

「彼は何と？」

「ノーコメント」ファン・ダイクが皮肉っぽく笑った。「彼は、取材を受けるのが嫌いな人だった。こっちとしては、やりにくいことこの上なかったですね……ま、いずれにせよ古き良き時代の話だ。今は、選手も取材も変わったでしょう」

「そう——なんでしょうね」昔の取材については詳しく知らないので、何とも言えない。先輩たちに話を聞いても、ピンとこないことが多かった。

「これからは、メディアの取材方法も変わっていくでしょうね。記事の出し方も……こういうことに終わりはないでしょうけど、今が一番大きな変革期かもしれない」

「そうかもしれません」

「遠いところを申し訳ない」ファン・ダイクが立ち上がった。「あなたも記者なら、人に言えない事情も分かるでしょう」

「ザ・ゲームは開催される。しかし今はまだ、表沙汰にはできない——そういうことですか」

「ノーコメント」ファン・ダイクがニヤリと笑った。「ミスタ・フジワラのノーコメントに、私も少なからず影響を受けているんですよね」

参ったな……新しい情報もなく、時差ぼけもひどい。一晩ゆっくり休んで、明日の朝から巻き返そう、と決めた。本社の文化社会部に頼んだ依頼の返事もまだだ。菅谷は空港に近いホテルを予約し、取材計画を立て直すことにした。この近くに日本人街があると気づいたが、遅い昼食のためにわざわざ足を運ぶ気にはならない。アメリカに来てまだ二日目、日本食が恋しいわけではないし、アメリカの日本食に期待すると大変な目に遭う。郷に入っては郷に従えで、アメリカ流の料理を食べるのがいいだろう。

結局選んだ店は、メキシコ料理店だった。米と豆が入ったブリトーで軽く済ませる。アメリカのレストランは、どこもとんでもない量の料理を出すものだが、この店は適量――食が細い菅谷にもちょうどよかった。

ホテルにチェックインし、シャワーを浴びる。午後三時半。時差の関係もあって、今日一日がもう終わってしまったような気分だった。

さて、どうしたものか。

早くも打つ手がなくなり、うんざりしてしまう。コティに接触できるかどうかがポイントだが、この取材が上手くいく保証はない。何もできないまま、サンノゼのホテルで時間を潰しているほど馬鹿らしいことはない。

眠気と戦いながらデスクにつき、SHQについて詳しく調べていく。SHQは十年前に、元NBAプレーヤーのジャック・ジョンソンと、元NHLプレーヤーのサム・ジョンソンの兄弟が中心になって作られた組織である。怪我の多いスポーツ界にあって、二人とも長く活躍し、本業以外にCM契約などで富を築いた。金と経験をスポーツ界に還元しようと始めたのが、この慈善団体である。最初の賛同者には、ジョンソン兄弟と親交があったトップクラスのアスリート十人が名を連ねている。その十人の全盛期の総年俸はどれぐらいになるだろうと考えると、目が眩むような思いがする。ヨーロッパの小国の年間予算に匹敵するのではないだろうか。

活動は多岐に渡っている。特に目立つのが、子どもたちを対象にした各種大会の運営だ。先ほど話題になった「アリス・カップ」もその一つなのだろう。さらに普及活動として、あまりスポーツに馴染みのない国でのデモンストレーションがある。特にアフリカ――アフリカ各国には、トップアスリートになる可能性を秘めた身体能力の高い子どもが多いのだが、彼らを取り巻く環境は豊かではない。陸上に関しては、スポーツ用品メーカーなどの投資で、優秀な選手が多数育成されているが、他の競技でも、という狙いだろう。

アリスも、何度もアフリカに渡っていた。その時の動画を見ると、クレーコート――というより急造のテニスコートでエキシビションマッチを行っていることが多い。整備が間に合わなかったのか、ボールがバウンドする度に細かい土埃が舞い上がる。しまいには、アリスはマスクをつけてラリーをするようになった。それでも、試合の様子を見る子どもたちの目は輝いていて、未知の楽しみに興奮しているのがありありと分かった。

現役を引退したら、こういう活動も楽しいだろうな、と思う。金持ちの道楽と言ってしまえばそれまでだが、こういう金の使い方は有益と言うべきだろう。

メールの着信……反射的に腕時計を見ると、日本時間で午前九時半だった。取材の予定でもなければ、東日スポーツの記者が動き出す時間帯ではないが、文化社会部の如月からだった。

お問い合わせの件、日本の配給会社の担当者と話をしました。そちらと直接打ち合わせてもらえないでしょうか。向こうはオンラインでの打ち合わせを希望しています。

そういうことなら、即座に取りかかろう。配給会社の担当者にメールを送り、一、二度やりとりをした後、オンラインでの打ち合わせを始めた。これが予想外の成果を挙げた。アンリ・コティは確かに今、映画の撮影でカリフォルニアに滞在している。今日までサンフランシスコでロケ、明日はオフになっているはず――もしも取材したいなら、代理人を通じて現場マネージャーと話をする必要があるが、紹介してあげてもいい、ということだった。

ありがたいと何度も頭を下げ、礼を言った。糸が切れたと思った瞬間、別の糸がつながる。菅谷は、目の前に現れた次の糸に、早速しがみついた。

7

アンリ・コティはそもそも、二刀流のアスリートとして有名になった。

　先祖を辿ればフランス貴族の血を引く名門の出で、夏は馬術、冬はアルペン競技で、計四回、オリンピックに出場している。その合間に俳優活動を始め、今や世界的なマネーメーキングスターになった。アスリートとしてもまだやる気――アルペンの選手としては既に引退を表明しているが、馬術に関してはあくまで「現役」というのが彼の言い分だった。確かに、馬術に年齢はあまり関係ない。驚くほど高齢の選手がオリンピックに出場することもあるから、チャンスがあればまた狙う――という言い分にも嘘は感じられなかった。もっとも今は、俳優業一筋という感じである。いや、彼にすれば俳優も「余技」なのかもしれないが。パリ郊外には、先祖代々受け継いだ広大なぶどう農園があり、そこからの収入だけで、何もしないでも暮らしていける、という噂だった。本当かどうかは本人に聞いてみないと分からないが、萱谷の想像が及ばないような世界に住む人もいるのかもしれない。

　萱谷は、ベイショア・フリーウェイをサンフランシスコに向けて、車を走らせていた。片側四車線の広い道路で、午前中の早い時間にもかかわらず、それほど混んでいない。サンノゼ方面からサンフランシスコへ出勤する人は少ないのかもしれない。一方、逆方向――南へ向かう道路は、ところどころで車が動かなくなるほど渋滞していた。

　一晩たっぷり寝て、時差ぼけは何とか解消したようだった。それにしても昨夜は、妙に上手くいった――コティの代理人と話し、そこから現場マネージャーを摑まえることがてきて、今日、本人に会える方向で話が進んだ。こんなにスムーズに話が進むのは珍しい。もっとも、確約ではないのだが。

コティは今日一日オフだが、夜の便でハリウッドに戻らなくてはいけないという。それまでは空いているとはいえ、会えるかどうかは何とも言えない。もちろん、あなたが訪ねて来ることは伝えておくが、取材を受けるかは気分次第——というのが現場マネージャーの説明だった。

会えばきちんと話ができる自信はあるが、気まぐれな映画スターは、ふらりとナパバレー辺りに出かけてしまう可能性もあるわけだ。とにかく、コティが滞在しているホテルを訪ねて、まずはマネージャーと話してみるしかない。

サンフランシスコのダウンタウンまでは、約一時間。早めに出たので、午前九時にはコティが滞在するホテルの近くに車を停めていた。ここは記憶にある——萱谷はサンフランシスコには何度も取材に来たことがあり、ここにも泊まったことがある。ユニオン・スクエアに面したこのホテルは、市内のどこに行くにも便利なのだが、映画スターが泊まるホテルとしては少し格落ちの感がある。近くには、リッツ・カールトンやフォーシーズンズなど、四つ星、五つ星ホテルもあるのに……名門ということなら、ノブ・ヒルのフェアモントもある。いずれも、新聞記者の出張経費で泊まれるような値段ではない。スイートルームは、と考えるとめまいがするほどだったが、コティにとっては痛くも痒くもないだろう。

ホテルの正面の道路には、ケーブルカーの路線が走っているので、車は停めにくい。右折して路上駐車し、スマートフォンを取り出してコティのマネージャーに電話をかけた。ところがコティは、既に部屋を出ているという。行き先は不明。日本の配給会社の担当者によると、一人でふらりと、見知らぬ街を散歩するような習慣があるらしい。コティのような有名人が一人で街を歩いていたら、面倒なことになりそうだが。サンフランシスコには、あまり上品でない地区もあるのだ。

菅谷は車を降りて、周囲を見回した。三月のサンフランシスコはまだ気温が低く、午前九時だと肌寒さを感じるほどである。コートが必要だったなと思ったが、買う気にはなれない。これからどこへ行くか分からないから、大荷物は邪魔になる。

車を停めたまま、ユニオン・スクエア側に歩いて出る。それほど大きな広場ではないが、ここがサンフランシスコの中心である。街は完全に目覚めていて、スーツ姿で早足で歩いている人の姿が目立つ。そう言えば、西海岸の金融ビジネスの中心地と言われるフィナンシャル・ディストリクトがこの近くなのだ。

マネージャーから折り返しの電話を待つしかないわけか……手持ち無沙汰になってしまう。コーヒーが欲しいな、と思ったが、目につくところにはスターバックスもない。ニューヨークなら、一ブロックに一軒の割合でスターバックスがあるのだが。

ふと気づくと、向こうからアンリ・コティその人が歩いて来るところだった。マスクで顔の半分は隠れているが、見間違えようがないオーラがある。黄色い薄いコートを羽織り、スターバックスの大きなカップを持っている。おいおい、一人でコーヒーを買いに出かけたのか？　ずいぶん大胆な行動だと驚いたものの、これは千載一遇のチャンスだと気合いを入れ直す。

コティは、道路を右へ折れた。そちら側にもホテルの出入り口があるので、目立つ正面を避けたつもりかもしれない。駆け出した菅谷は、後ろから声をかけた。

「ミスタ・コティ」フランス人の彼に対しては「ムッシュ」と呼びかけるべきだったかと思ったが、コティは振り向いた。

菅谷もコティの映画は何本か観たことがあるが、大きなスクリーンで観るのと実際に本人を見るのとではだいぶ印象が違う。まず、意外に小柄だった。もっとも、アルペン競技や馬術では、体が大きければ有利というわけではない。そして眼鏡。これまで、眼鏡をかけたコティを観たことはなかったと思う。ごく普通の眼鏡に見えるが、十分変装になっていた。

菅谷は駆け寄り、すぐにコティに挨拶した。

「タケル・スガヤです」

「ああ、日本の新聞記者？　話は聞いてるよ」マスクを顎に下ろしたコティが愛想良く言う。生で聞く声が細く頼りないのが意外だった。女性ファンの間では「声がセクシー」と評判なのだが。

「今、いいですか？　ちょっと取材させてもらいたいことがあるんです」

「いいよ」コテイが気さくな調子で言った。「ちょうど暇を持て余してたんだ。話す相手もいないし……取材なら大歓迎」

ありがたい、と胸を撫で下ろす。ちょっと気さく過ぎる感じもしたが、それを上手く利用させてもらおう。コテイがスマートフォンを取り出し、マネージャーと一言二言話す。それから萱谷に向き直り、「君、車かい？」と訊ねた。萱谷は、交差点の向こうを指差した。没個性な白いフォードのセダンは、ここからは直接見えないのだが。

「ちょっとドライブしないか？　海が見たいんだけど、ここからは結構遠いみたいだね」

「いいですよ。どこにしますか？」

「どうかな……フェリー・プラザとか、行き方は分かる？」

「何となく分かります」

萱谷はコテイのためにドアを開けようとしたが、彼は首を振って断り、自分でドアを引いて助手席に乗りこんだ。萱谷は何となく勘で車を走らせた。サンフランシスコは坂が多い街だが、中心部は碁盤の目のようになっているので、車は走らせやすい。とにかく東の方へ……ということで、一方通行を避けて走り続ける。

「マスク、してるんですね」

「君もするべきだな。僕は新型コロナにかかって、酷い目に遭った。今も、新型インフルエンザは怖いよ」

「そうですか……一人でコーヒーを調達するんですか？」萱谷は思わず訊ねた。

「だって、自分で飲む分だから」コティが不思議そうに言った。「君も、そういうタイプなのか？」

「そういうタイプ？」

「僕には常に執事がついていて、何でも雑用をこなしてくれる、みたいに思っている」

「いや、そういうわけじゃないですよ」いつの時代の話だ、と苦笑してしまう。

「勝手なイメージだよね。本当は、ただ古いだけの家で、メインテナンスの手間を抱えて困ってるのに」

「フランスの農園ですよね？」

「田舎でねえ」コティが皮肉っぽく言った。「ぶどうとじゃがいも畑の中で育つと、どうしても海に憧れる」

「せっかくサンフランシスコで撮影していたのに、海じゃなかったんですか」

「今回はツインピークスの方でね……何だい、あなたは映画の取材で来たんじゃないのか？」

「違います」そこまで詳しい話は通っていなかったのか——いや、菅谷は彼の代理人にはちゃんと話したのだが、どこかで情報が抜け落ちてしまったのかもしれない。こんなことならきちんと文書で取材を申しこめばよかったが、そんなことをしていたら時間がかかって仕方がない。会えただけでも幸運だと思わなければ。ここから先、きちんと話が聞けるかどうかは菅谷の腕にかかっている。

ポスト・ストリートからカーニー・ストリートに出て、高層ビル街の中を走り続ける。さらにカリフォルニア・ストリートからマーケット・ストリート――遠くにクラシカルなデザインの高いタワーが見えてきた。あれがフェリービルだろう。

右端の車線に車を停めておけるようなので、そこに寄せる。この辺は観光地のはずだが、午前中のこの時間では、まだ人出は少なかった。車を降りると、コティがさっさと歩き出す。タワーのあるビルの脇を通ると、その先はすぐ海――サンフランシスコ湾だ。すぐ右手に見えているのはベイブリッジだろう。寒いことを除けば、確かに爽快な光景ではある。いかにも地元の人らしい若者や家族連れの姿がちらほら……目の前を、百八十センチぐらいありそうな長身の女性が、ポニーテールを揺らしながら走り抜けて行く。こういう場所ならジョギングも楽しいだろうな、とふと思った。菅谷自身はスポーツ新聞社に在籍しながら、体を動かすことにはすっかりご無沙汰なのだが。

コティはベンチに腰を下ろし、背中を丸めてコーヒーを啜った。かすかな香りが漂い、菅谷も無性にコーヒーが欲しくなったが、何とか我慢する。

「あなたがこんなに簡単に取材に応じてくれるとは思わなかった」

「今日は暇だったんで」コティがあっさり答える。「こっちでもう一ヶ月以上撮影をやってるんだけど、飽き飽きだね。自由も欲しい。毎日同じ人たちと会うだけで、精神的な牢獄に入れられたみたいな気分だ。取材はむしろありがたい……代理人が、勝手に断ってるんだけどね。こっちには何の相談もないんだから、ひどい話だよ」

「でも、一々受けていたらキリがないでしょう」

「普段はね。今は本当に暇なんだ」コティが菅谷を見て、爽やかな笑みを浮かべた。

「それで？　映画の取材じゃないって？」

「SHQ。あなたもアルペン選手として引退し、今はSHQのメンバーですよね」

「ああ、本当は半引退の身だけど、強引に勧誘された……麗しの貴族たちに」歌うような口調でコティが言った。

「貴族？」

「どう考えても、スポーツ界の貴族だろう。金持ちの集まりだよ」

「スポーツの普及のために慈善事業をやっているんですよね」菅谷はその活動には共感できていた。いわゆるノブレスオブリージュ――高貴な人の義務ではないだろうか。

「あれは税金対策だよ」コティがあっさり言った。「寄付、慈善事業……全部、税金対策になる」

「でも、やっていることは立派じゃないですか。あなたも、SHQのイベントで世界を回っている」

「そういう旅は好きなんだ」コティは依然として淡々としていた。「映画界の人たちとは、あまり肌が合わなくてね。あいつら、金のことばかり言ってる。だから僕は、金を儲けられるんだけど」

どうにも捉えどころがない――昨日話した日本の配給会社の担当者も「コティの相手

をするのは難しいですよ」と忠告していた。気まぐれで、何を考えているか分からない。機嫌がいい時はいくらでも話してくれるが、ちょっと臍を曲げると取材はキャンセルして徘徊するそうだ。数年前、映画のプロモーションで来日した時は、渋谷で一時行方不明になって、配給会社が大騒ぎになったことがあるという。

「ザ・ゲームについて何か知っていますか」

「いや、知らない」コティがあっさり言った。「知らないというのは、詳しいことは知らないという意味」

「本当に開催されるんですか」

「駄目だ。言えない」

短い一言に、菅谷は慌ててコティの顔を見た。からかっている……わけではないようだ。表情は真剣である。

「口止めされてるんだ」

「詳細については誰にも言わないように、と？　あなたも発起人なんですか」

「そう。でも、それも言っちゃいけないことになってる」

どうやら今日は機嫌はいいようだが、それでも話の核心にはなかなか辿り着かない。コーヒーを一口飲むと、目を細めてベイブリッジを見やる。そのまま、ぼそぼそと喋り始めた。「いつかは誰かが聞きに来るんじゃないかと思ってたよ。秘密っていうのは、どこかから漏れるんだよね」

「ザ・ゲームも秘密なんですか？　秘密にする意味が分かりません」菅谷は反論した。「大きな大会を開く――それだけじゃないですか。スポーツイベントが一つ増えるだけだ。それとも、オリンピック関係者を怒らせるのを恐れているんですか？」

「お、なかなか鋭いね」コティが面白そうに言った。「さすが、ジャーナリストだ。うるさいだけかと思ってると、意外に頭が切れる」

意外に、は余計だと思った。しかしコティのように多くの取材を受けた人間は、記者の馬鹿な質問にうんざりしているのかもしれない。こっちとしては、向こうがどう思おうが、絶対に聞かなければならないことがあるのだが。今回は――ザ・ゲームは、本当に開催されるのか？

「オリンピック関係者が激怒するような規模の大会なんですか？」アスリートの数は限られている。トップアスリートともなれば尚更だ。オリンピックは、一部競技を除いてはトップアスリートが集う大会で、同じような大会が他に開催されれば、その存在意義が問われかねない。あるいは……菅谷はふと浮かんだ疑問を口にした。「オリンピックと同時期に行われるんですか？　つまり、オリンピック潰しですか？」

「いやいや、そんな意図はないでしょう」

「今のは、開催される前提での発言ですよね？」菅谷はつい突っこんだ。

「困るなあ、僕をそんなに攻めないで欲しい」コティが両手を広げて、おどけた表情を浮かべる。「僕は単なるＳＨＱのメンバーだ。これに関しては発言権もない」

「でも、発起人なんでしょう？」

「ノーコメント」コティが体の向きを変えて菅谷の顔を見た。「こういうのは、いずれはっきりするでしょう。今無理に取材して書かなくてもいいのでは？」

「情報を知ったら、人より早く書きたいと思うのは、ジャーナリストの基本ですよ」

「それに意味があるとは思えないけどなあ」コティが首を傾げる。「早く伝えることとか、誰も気にしてないんじゃない？　いろいろなメディアをクロスチェックしている人なんかいないでしょう。世の中、忙しい人ばかりなんだから」

そう言われると反論の言葉がない。菅谷は唇を噛み、何とかコティの口を割らせる方法がないかと考えた。しかしコティは、涼しい表情でコーヒーを啜っており、こちらの質問を受け入れる気配がない。緩そうに見えて、なかなかハードな男だ……。

「ま、焦らなくてもいいんじゃない？　いずれ明らかになることだし」

「ザ・ゲームが開かれるかどうかだけでも教えてもらえませんか。そのためにわざわざ日本から来たんです」菅谷は泣き落としにかかった。こういう手は使いたくないのだが……いわば最後の手段で、これが効かなかったらお手上げだ。「何も分からないまま、帰るわけにはいきませんよ」

「そう言われるとなあ」コティが頭を掻いた。菅谷の記憶にあるコティの髪型は、さらさらの金髪を耳が隠れるぐらいまで伸ばしたものなのだが、今はごく短い。映画用の役作りかもしれない。

「どうなんですか？　ＳＨＱとネイピアがどんな風に動いているか、教えてもらえませんか」

「それはあなたも分かっているわけだ」コティが急に真顔になった。「あなたにはいずれ、情報が入ってくるんじゃないかな」

「そうですかね」

「求めよ、さらば与えられん」コティがニヤリと笑う。「人より早くこの事実を報道することに意味があるかは分からないけど、あちこちにぶつかっていけば、何か分かるんじゃないかな。僕を押せば、どこかで意外な効果があるかもしれない」

「どういう……ことですか」持って回ったような言い方に苛立ちを覚える。しかしコティの顔を見ていると、何も言えなくなってしまうのだった。

「日本で取材した方がいいよ。日本でも、事情を知っている人はいる」

「誰ですか？　話してくれる人がいるなら教えて下さい」

「いずれ、あなたの耳には入るようにしておくよ」

「プッシュしてくれるんですか？」

「ここだけの話」コティが唇の前で人差し指を立てた。「大きな声で喋らないでくれ。僕の名前も出さないように。でも、待っていればいいことがある」

「喋れないのは守秘義務――それとも脅かされているんですか？」

「まさか」コティが呆れたように言って首を横に振った。「理念の問題だよ」

「理念？」

「僕は彼の理念に共鳴した。その理念を守るためには口を閉ざす。メディアには話さない」

「彼？」やはり主導する人がいるのだろう。「誰のことですか？」

コティは何も答えず立ち上がった。「帰るよ。送ってもらわなくて結構」と淡々と告げる。

「それはやめた方がいいですね」

コティが不思議そうな表情を浮かべたが、すぐに苦笑に変わった。付近を歩いていた人たちがコティに気づいて近づいてきたのだ。日本なら厄介なことになる――しかしコティは気楽な調子で握手や写真撮影に応じている。人出が多い時間帯だったらパニックになっていたかもしれないが、取り敢えずすぐに落ち着いた。

「帰るまでに、また人に囲まれますよ」

「送ってもらっても、恩を感じるわけじゃないけど」

こういうのらりくらりのタイプが一番やりにくい。これまで菅谷が取材してきたのはほとんどスポーツ選手で、こちらが質問を間違えなければ、まず問題なくきちんと答えが返ってきた。常に「勝ちか負け」の二者択一の中で生きてきたアスリートの場合、答えはいつも単純なのだ。

しかしコティは、曖昧な世界に生きているようだ。どこへ流れ着くか分からない会話を続けているうちに、菅谷は疲れきっていた。

菅谷はアメリカでの取材を続けた。SHQのメンバー数人には会えたが、ザ・ゲームについての明確な説明はしてもらえない。全体的には「開かれるのは間違いないが話せない」というニュアンスを得ていたものの、これで記事にできるわけではない。高井とは電話でも話したが、やはりはっきりした情報は得られなかった。

上野と相談して、取り敢えずアメリカ取材は打ち切ることになった。

「まあ、あれだな。かなり極秘扱いになっているということだろう」上野は既に諦めた様子だった。このデスクは、人をけしかけるのが好きなのに、見切りが早い。

「極秘にしなければならないほど、重要な大会だということですよ」菅谷は反論したが、我ながら説得力がないと思った。「とにかく、日本へ戻ります。日本で取材できることを進めますよ」

「それしかないな。今回の件が無駄だったとは言わないが……ま、部長が直々に許可を出した取材だから、俺には何も言えない」

皮肉がきつい。そうでなくても二週間近く、自分の取材能力の低さに辟易していたのだ。この取材をきっかけに、記者人生の後半を何とか上向かせようと思っていたのだが、今のところは下向きの矢印に乗っているような気分だ。オリンピック取材への復帰も見えてこない。

菅谷は最終的にサンフランシスコに戻っていた。アメリカ国内をあちこち飛び回ってくたくた……二週間という決まった時間内では、できることは限られている。羽田行きの便は明後日の午後出発で、明日一日がぽっかり空いてしまった。ぎりぎりまで取材を入れようと思っていたのだが、結局誰ともアポは取れていない。

一日ぐらい、ぼんやりしていてもいいか……そう言えば、サンフランシスコ湾を渡った向こう、バークリーにはフリーバーズ傘下のトリプルAチームの本拠地がある。トリプルAも開幕しているし、マイナーの試合を見ておくのもいいだろう。何事も経験だと思ったが、同時に藤原に会えるかもしれない、と淡い期待を抱く。藤原には東京オリンピックの時に取材していたが、あまりいい印象はない……しかしあれから彼がどうなっているかにも興味があった。もっとも、巡回コーチの予定など、どこを調べてもはっきりしないのだが。フリーバーズに確認すれば分かるかもしれないし、取材を申しこむことはできるだろうが、いい名目が思い浮かばない。

まあ、いいか。上手く藤原に会えればそれでよし。会えなくても、トリプルAのレベルをこの目で確認するだけでもいいだろう。菅谷は長年アマチュアスポーツばかりを担当していたが、野球に関しては純粋なファン目線で見ている。

アメリカ取材の締めがトリプルAの試合観戦というのも、いかにも今回の旅に合っているのではないだろうか。メジャーに戻れないまま、俺の取材は終わる……。

トリプルAの球場は、メジャーのそれほど大きくはないが、そこそこの規模がある。ここは座席数一万ぐらいだろうか。土曜のデーゲームで、ほぼ満員になっている。菅谷は一塁側ダグアウトのすぐ上の席に陣取った。

そして藤原を見つけた。

フィールドジャケットを着て、ベンチの端に腰かけている。自軍のピッチャーが戻って来る度に、必ず声をかけていた。アメリカのコーチにしては面倒見がいい――良過ぎる感じがしたが、これが彼流のやり方なのだろう。メジャーのコーチは、選手からアドバイスを求められれば助言を送るが、そうでなければ何も言わないのが一般的だという。しかし藤原は、積極的に声をかけるようにしているらしい。どのやり方が正しいかは分からないが、教え子が四人もサイ・ヤング賞を受賞しているということは、彼の流儀は正義だ。

試合を最後まで観て、菅谷は球場の関係者出入り口に回った。金網で区切られているが、出入り口のドアはそのすぐ向こうだ。藤原が出て来れば分かるだろう。

試合が終わって三十分ほどして、マスクをかけた藤原が姿を見せた。

「藤原さん」

声をかけると、藤原が怪訝そうな表情を浮かべてこちらを見た。間近で見ると、年を取ったな、としみじみと思う。既に五十代になっている藤原の顔には皺が目立ち、髪もずいぶん白くなっている。ただし体は萎(しぼ)んでおらず――しかも太ってもいなかった――

現役時代の雰囲気すらかすかにある。

「藤原さん、東日スポーツの菅谷です」

「東日？　何でまた、俺を追いかけてくるんだ？」藤原がその場に足を止め、マスクを顎まで下げてぼやく。

「ただのご挨拶です」

「俺に挨拶しても何にもならないのに」

現役時代と同じように愛想がない。変わらないな、とむしろ嬉しくなった。

「取材じゃありませんから」菅谷は強調した。別に藤原に聞くこともないのだが、こういう風に対応されるとむきになってしまう。

「まあ、いいけど……」

「マスクですか――用心深いですね」

「新型インフルは怖いさ。アメリカでマスクをしてると、相変わらず変な目で見られるんだけどな」言ってマスクをかけ直す。

二人は金網越しに向かい合った。正面から見ると、迫力に驚く。日本のプロ野球を経ずに大リーグ入りした男は、やはり独特のオーラを持っているようだ。

「ちょっとアメリカを回って取材していまして、明日帰国するんです」

「へえ」

「今日一日空いたので、マイナーの試合を観ておこうと」

「ついで、か」藤原が鼻を鳴らした。

「勉強です……以前、藤原さんには取材したことがあります」

「そう？」

「東京オリンピックの時に」

「ああ」藤原が嫌そうな表情を浮かべる。

「あまりいい記憶じゃないんですか？」アメリカは決勝で日本に敗れ、銀メダルに終わっている。代表チームを託された立場としては、忸怩（じくじ）たるものもあるのだろう。

「いい記憶じゃないというか、違和感だらけだった」

「そうですか？」

「やっぱり野球は、オリンピックに馴染まない。だからまた、競技から外されたんだし」

「でも、国を代表して戦うわけですから」

「野球は、そういう文化じゃないからね。メジャーは、アメリカの中で完結している。俺は今でも、ワールドシリーズが世界最高の戦いだと思ってるよ。日本はどうなんだ？」藤原が逆に質問した。「金メダルで、そんなに盛り上がってたか？」

「それは……そうです」菅谷は言葉を濁した。何とも答えにくい。

「アメリカでは、全然盛り上がらなかった。長く根づいた文化を変えるのは大変なんだ。というより、無理に変える必要はないだろう。新しいことがやりたいなら、まったく新しく始めればいいんだ。既存のもの、全然文化が違うものを無理に押しこめば、おかしな感じになるのは当然だろう」

「やっぱり、オリンピックは藤原さんにとっては……」

「選手としては大事だった」藤原がうなずく。そう、彼はソウルとバルセロナオリンピックの日本代表だったのだ。「だけどメジャーにきて、野球という文化はオリンピックに馴染まないと確信したよ。だから東京では、違和感しかなかったんだ。試合をやる以上は勝つために必死だったけど、それだけのことだ。俺のキャリアの中でどんな意味があったのかは、自分でも分からない」

「でも、オリンピックですよ」菅谷はすぐに反論した。「世界中のアスリートが、オリンピックを目指してしのぎを削っているんです」

「だから、そういう競技もある、ということだから。野球は違う。それだけの話じゃないかな……何だい、あんた、俺とオリンピック談義をしたかったのか？」

「そういうわけじゃないですけど」

「あれは俺にとっては仕事だった。プロだから、仕事として振られればきちんとやる。でも……」藤原が拳で胸を叩いた。「ハートはあそこにはなかった。日々の試合を戦ってワールドシリーズを目指すのが、メジャーにいる人間の役目だよ」

「はあ……」アメリカの四大スポーツに関わる人は、皆同じ感覚なのかもしれないと菅谷は思った。アメリカは人口三億人を超える巨大な国で、スポーツの市場も大きい。しかも長年、スポーツが基本的な文化として根づいてきたので、金を投じることを躊躇わない人も多い。そしてアメリカのスポーツは、市場が大きいが故に国内で完結してしまう。もちろん、アメリカで人気のスポーツを世界に「輸出」しようという動きもあり、それに成功したのがバスケットボールだとよく言われている。バルセロナオリンピックに出場したアメリカ代表「ドリームチーム」の圧倒的な活躍で、バスケットボール人気は世界で沸騰した。バスケットボールをプレーする人が少なかったアフリカ諸国でも、マイケル・ジョーダンの背番号「23」をプリントしたTシャツが飛ぶように売れたという。その結果、各国でバスケットボールが盛んになり、今やオリンピックで本家・アメリカチームが苦戦するほどになった——しかしそれは、野球には当てはまらないようだ。

国内で完結する——それが文化だと言われれば反論しようがない。しかし藤原のように、正面からオリンピックを否定するのもどうか。彼もオリンピアンなのだが、その誇りは微塵も残っていないようだ。オリンピックに出場したプライドだけを胸に、その後の人生を生きていく人もいるというのに。

「オリンピックに代わるような、大きな国際大会が開催されるという情報があるんです」藤原に話しても仕方ないと思いながら、菅谷はつい言った。

「へえ……でも、それは野球には関係ないだろうな」

「そういう噂、聞いてませんか？」

「全然」藤原が肩をすくめた。「聞いても聞き流すだろうけどね。さっきも言ったけど、国際大会は、今の俺には何の意味もない。メジャーも開幕したばかりだ。これから半年、やることが山積みでね……じゃあ」

藤原がさっと頭を下げ、踵を返した。何と素っ気ないことか。この面会はまったく意味がなかった、と萱谷は悔いた。アメリカに来てからの俺は、空回りばかりしている。

8

日本へ戻った翌日、萱谷は出社して上野と小村にすぐ報告した。

「可能性は高いが確信はない、か」小村が結論をさっさと口にした。

「緘口令が敷かれているんだと思います。SHQのメンバーや有名アスリートが発起人に名前を連ねているのは間違いないと思いますが、事前に情報が漏れるのを避けようとしているんでしょう」

「そこまで神経質になる意味が分からんな」小村が厳しい表情で言った。「一斉発表したいのかもしれないが、事前に書かれて悪いことは別にないだろう」

「俺もそう思いますが……」

「お前は突っこみが甘い。この取材は続行しろ」

「部長、今はこういう取材に人手を割く余裕はないんですが……オリンピックも近いですし」上野が遠慮気味に反論した。

「萱谷はオリンピック担当じゃないだろう。中途半端にしないで、きっちり突っこんで取材しろ。お前もちゃんと発破をかけろよ」

言われて、上野が嫌そうな表情を浮かべる。こんな面倒なことを押しつけやがって、と思っているのは明らかだった。これ以上何か言われないようにと、萱谷はすぐに自席に戻った。萱谷の席は太い柱の陰にあり、上野からは直接見えないのだ。

席に着いた途端に、電話に付箋が貼りつけてあるのに気づいた。フリーアドレスを採用した知り合いの会社では、こういう文化——誰かが電話を受けてメモを残す——がすっかり消えてしまったという。個人の電話も全てスマートフォンになり、どこにいても受けられるから、誰かが代わりに電話に出てメモを残すようなことはなくなったというのだ。しかし東日スポーツでは、未だに「伝言文化」は健在である。

本村氏に電話されたし。

簡潔なメッセージと電話番号を書いたのは、隣の席に座る後輩の田中だった。本村……その名前の知り合いはいない。田中に確認しようとしたが、彼は席を外していた。何だか怪しい感じがするが、かかってきた電話は逃さないようにと教育を受けているのが記者だ。萱谷は残された番号——携帯ではなく固定電話の番号だった——にかけた。

「ワンホテル社長室でございます」涼やかな女性の声。

ワンホテル？　ターミナル駅の前でよく見るビジネスホテルのチェーンだ。社長室ということは、この電話番号は本社のそれなのか？

「東日スポーツの菅谷と申します」疑念を抱きながら話を続けた。「そちらの本村さんという方からお電話をいただいたのですが」

「本村秀光（ひでみつ）は弊社社長でございますが」電話の向こうで、女性が怪訝そうに言った。

「社長？」そうだ、とすぐに思い出す。かつては――大学時代はオリンピックも視野に入っていたぐらいの有望な競泳選手だった。菅谷が生まれた頃の話だが。

「お繋ぎします」

すぐに電話の相手が代わった。野太い声で、「本村です」と告げる。

「東日スポーツの菅谷です。お電話いただいたようですが」言いながら記憶をひっくり返す。一面識もない社長から直接電話がかかってくる理由が思い当たらない。

「ああ、菅谷さん」本村の声のトーンが少しだけ上がった。いかにも、待望の電話がかかってきたという感じ。「すみませんね、お忙しいところ」

「いえ、大丈夫ですが……どういった御用件でしょうか」陸上部の話かな、と想像した。ワンホテルの陸上部は、実業団の駅伝などではかなりの好成績を残していたのだが、コロナ禍で活動を停止、解散してしまった。その時に、当時の監督や選手から取材して記事を書いたが、社長とは面識がない。

「ちょっとお会いできないですかね」

「社長と、ですか」思わず聞いてしまった。

「そうですよ」本村は不思議そうな声で言った。「そのためにお電話したんだから」

「陸上部の話でしょうか？　復活させるとか……」

「その予定はないが、お時間、いただけますか？　よろしければ今日にでも」

海外から帰国した翌日の常で、頭が少しぼうっとしている。しかし向こうから「会いたい」と言ってきているのだから、断るわけにはいかない。ネタになる話かもしれないし。

「こちらは構いませんが、何時にどこへ伺いましょうか」

「うちで飯でも食べませんか？　ランチタイムに」

「ええ……」ワンホテルで飯と言われても。ワンホテルはリーズナブルな価格設定のビジネスホテルで、出張族には人気だが、特に食事に力を入れてはいないはずだ。菅谷も何度も泊まったが、可もなく不可もなくだったと思う。

「十二時、どうですか？　場所は、うちの社長室の者から改めて連絡させます」

「分かりました」

「楽しみにしていますよ」

本村は電話を切ってしまった。何が楽しみなのか……さっぱり事情が分からないが、ここは出たとこ勝負でいいだろう。取って食われるようなことはないだろうし。

追っているネタが明るみに出てこないのに、余計な話は入ってくる——この仕事も、なかなか上手くいかないものだ。

　ワンホテルの本社は品川にある。JR品川駅から歩いて五分ほどのオフィスビルの、十階から十五階……しかし指定されたのは、そのすぐ近くにある「ワンホテル品川スイート」だった。どこがスイートなんだよ、と狭い部屋を思い出しながら皮肉に思ったが、調べてみると、ワンホテルグループは各地のホテル網を再編し、一部には「スイート」の名称をつけて高級化を図っているようだ。

　指定された二十階――最上階のレストランに入ると、出入り口のところで、きちんとスーツを着た女性が出迎えてくれた。菅谷はすぐに、彼女がかつてワンホテルの陸上部にいた野村美恵だと気づいた。現役時代は、いかにも長距離の女子アスリートらしく、贅肉を全て削ぎ落とした細い体型をキープしていたのだが、今は頬がふっくらして、むしろ健康的になった感じだった。

「野村さんですよね？」

「はい」美恵が穏やかな笑みを浮かべた。

「実業団駅伝で、取材させていただいたことがあります……覚えてないと思いますが」

「すみません」苦笑しながら美恵が頭を下げる。「現役時代は、自分のことで精一杯でしたから。こちらへどうぞ」

　最上階のレストランは、昼飯時とあってほぼ満席だった。サラダバーの横を通り過ぎた時、このレストランはかなり高級だと分かった。野菜の種類や質を見れば、だいたい想像がつく。出張でホテルに泊まる機会が多い菅谷は、その宿の「格」を見抜く独自の基準をいくつも持っている。

「今は社長室にいるんですか？」

「ええ。陸上部が解散したタイミングで現役を引退しまして……拾ってもらった感じです」

「でも、陸上部の選手は元々社員だったじゃないですか」

「まだ現役の子たちは、競技を続けるために移籍するしかなかったですから。私はたまたま引退のタイミングが合って、そのままお世話になっています」

「そうなんですね……大変でしたね」

「あの頃は、どこも大変だったと思います——こちらへどうぞ」

レストランの一角にある重厚な茶色のドアを、美恵がノックした。くぐもった声で「どうぞ」と返事がくる。美恵がドアを開け「おいでになりました」と一声かけて、菅谷が入れるようにさらに広くドアを押し開けた。菅谷は美恵に軽くうなずきかけ、部屋に入った。

個室スペースで、中央には八人が腰かけられる大きなテーブルが置いてある。それでも部屋には余裕があり、別にテーブルを持ちこめば、その倍ぐらいの人数は収容できるだろう。本村は、広い窓を背に座っていたが、菅谷の顔を見るとすぐに立ち上がった。本村の顔は事前にネットで見て確認していたが、そこで見た顔よりも少し老けている。

オールバックに撫でつけた白髪はまばらになりかけているし、顔の肉も落ちている。

「お忙しいところ、すみませんね」本村は愛想がよかった。

「いえ、大丈夫です。実は昨日、アメリカから帰ってきたばかりでして、今日は資料の整理をしていました」

「知ってますよ」

「はい？」菅谷は、椅子を引こうとした手を止めた。何でそんなことを知っている？

「私にも、いろいろ情報源があります」真顔で本村がうなずいた。「どうぞ、お座り下さい。時間は大丈夫ですか？」

「ええ」

不気味な感じはするが、席に着かずに立ち去るほどではない。覚悟を決めて、菅谷はテーブルについた。白いクロスがかかった広いテーブルを挟んで二人きりになると、ひどく奇妙な感じがする。

「名刺交換は後にしましょう。そもそもあなたの名刺データは、うちの会社に残っていました」

「陸上部を取材した時のものですね？」

「私にとっては、忸怩たるものがありますよ」本村の顔に、本当に悔しそうな表情が浮かぶ。そういう昔話をしたいのだろうか？　それなら適当に流して、と考えた瞬間に、またドアがノックされた。レストランの店員が二人、膳を持って入って来る。目の前に置かれたのを見ると、松花堂弁当だ。朱塗りの皿に入った刺身、籠に入れられた魚や鶏肉の焼き物、青い四角い器に盛られた野菜や湯葉の煮物など、バランスの取れた組み合わせになっている。それに飯と味噌汁。お茶も置かれた。

店員二人が出ていくと、本村は「どうぞ、召し上がって下さい」と勧めた。本当は、飯を奢ってもらう謂れはない……菅谷は、取材先でこういうことをされるのが嫌いだった。何だか利益供与になるような感じがする。たいていの場合、向こうは好意で出してくれるだけなのだが。この松花堂弁当はいくらぐらいするのだろう、とつい考えてしまう。

「人の出入りが頻繁だと困るから、弁当にしたんです。苦手なものがないといいんですが」

「こういう商売をしていると、何でも食べるようになります」

「逞しくて結構ですな」満足そうに言って、本村が箸を取り上げる。

菅谷も食事に手をつけた。ホテルのレストランは、だいたい味気ない。菅谷の両親の話では「若い頃、ホテルの食事は最上級のご馳走だった」そうだが、それは半世紀も前の話だろう。今は、街中のレストランの方がレベルが高いはずだ。しかしここの食事はそこそこ美味い。

本村は、新型インフルの話題から切り出した。

「コロナほどじゃないけど、面倒になりそうですな」

「アメリカではマスクをしている人が少なくて、ちょっと怖かったですね」そう言いながら、菅谷もついマスクをつけ忘れることがある。

「習慣の違いだろうけど、オリンピック、大丈夫なんですかね」

「コロナ禍の時よりはひどくないと思いますが」

「誰を憎むこともできないけど、コロナには本当に参りましたよ」

「旅行業界や宿泊業界は大変でしたよね」

「一時は、会社を畳むことも考えました。実際、ホテルのいくつかは手放したし、他の財産の売却も……それで何とか生き延びたんですよ」

「客がいなくても、ホテル自体は稼働していないといけなかったわけですからね」菅谷はうなずいた。ただ金が出ていくだけの日々は、徐々に死に近づくような感じだっただろう。

「今は何とか持ち直しましたけど、私としては陸上部を解散せざるを得なかったことが、最大の後悔です」

「社長の肝入りでしたからね」

「道楽と言われましたが、社員全体をまとめるシンボルとしても、あのチームは必要だったんですよ」

本村は、大学卒業後は競技生活から離れたものの、スポーツに対する想いは薄れることなく、日本有数のホテルチェーンを父親から引き継ぐと、自社の陸上チームを立ち上げたのだ。競泳から陸上へ「転身」した理由を、本村はチーム発足時のインタビューで

「チーム競技の駅伝の方が、会社のシンボルになりやすい」と語っていた。

「いい線行っていたんですけどね」

「これからというところでしたよ」本村が首を横に振った。「駅伝で頑張って、マラソンでも勝てる選手が育ちつつあったのに」

「例えば、岡山選手」岡山元紀は箱根駅伝で活躍したランナーで、ワンホテルに入社後は実業団駅伝で戦うと同時に、フルマラソンにも挑戦を始めた。初マラソンで二時間八分台を叩き出し、「次代のエース」と期待されて順調にタイムを短縮して、一時は二時間四分台の日本記録を持っていた。しかし、東京オリンピック直前にワンホテルのチームが解散。フリーになり、東京オリンピックでは猛暑のせいで惨敗した。フリーとしての活動もまったく上手くいかなかった。コロナ禍のせいで、いかに有望な選手であっても、スポンサーはどんどん撤退してしまったのである。そして結果を出せないまま、岡山は今年三十五歳になった。長距離選手の寿命は短距離選手ほど短くないとはいえ、トップレベルとしての限界は近づいているかもしれない。結局、去年の春に名門の実業団チームに参加して、練習を続けている。

「コロナ禍も落ち着いたところで、陸上部を復活させる手はないんですか？」

「私はやりたいんですよ。しかし社内には、反対の声が多くてね」

「余計なもの、ということですか？」

「違う」本村が菅谷をぎろりと睨みつけた。「コロナ禍で、我々もリスク管理を学んだんですよ。本業を守るのが第一なのはもちろんだけど……陸上部が余計なものとは、誰も言っていない。また大きなトラブルが起きた時に、選手に迷惑が及ぶのは可哀想じゃないか、ということです」

「しかし日本のスポーツでは、会社のバックアップが極めて大事ですからね」

　もちろん各スポーツにはプロがいるが、自分の活動費を賄（まかな）えるだけ稼いでいる選手は多くはない。マイナー競技ともなるとなおさらだ。それ故、企業がバックアップして選手の活動を支える――というのは、日本では長く続くスポーツ文化になっている。

　文化、か。藤原の言葉がふと脳裏に浮かんだ。彼の口から文化という言葉が出たのに驚いたが、二十年以上もアメリカで暮らして野球にかかわっていると、思うところもあるのだろう。

「岡山選手、相当苦労していますね」

「何とかしたいんだが」本村が苦しそうな表情を浮かべる。「私は、新しい所属先を世話すると、彼には話したんですよ。でも岡山は、もう迷惑はかけたくないと言いましてね。変なところで義理堅いというか、頑ななんです」

「確かに、意固地になるところがありますよね」菅谷は指摘した。

「そうなんですよ」本村がうなずく。「素直になればいいのにねえ。彼ももう三十五歳ですよ。チャンスはあまり残されていない。金の心配をしないで練習に専念して欲しいんですが。あなた、彼と話はできますか？」

「いや、どうでしょう」それが今日の用件なのか、と菅谷は想像した。要するに、俺をメッセンジャーとして使おうというわけか。別にこれは屈辱でも何でもない。まだトップレベルで活躍できる選手に力を貸したい人がいる。その橋渡しをするのは、必ずしもスポーツ記者の仕事を大きくはみ出すものではない。記事にさえすれば、記者としての本分は果たしたことになる。

「まあ、記者さんに頼むのは筋違いですね。ただ、彼は最近、相当追いこまれているようなんですよ。そういう状況になると、自分の殻に閉じこもってしまう人がいる。岡山はまさにそういうタイプなんです」

「分かります」彼に取材した時のことを思い出す。他愛ない質問に対しても必死に考えこみ、答える時には菅谷の目を真っ直ぐ見た。雰囲気を解(ほぐ)すために、冗談半分で質問したのに……洒落が通じないタイプで、考え過ぎると穴にはまりこんでしまいそうだな、と思ったものだ。

「まあ、誰かに仲介役になってもらって、彼には走ってもらいますよ。今年はチャンスがある。二時間四分台のかつての日本記録を持っている人間が、このまま消えてしまってはもったいない」

「まったくです」

　コロナ禍がなく、ワンホテル陸上部が順調に活動を続けていたら、岡山はどこまで記録を伸ばしていただろう。東京オリンピック直前、長距離競技の専門家に、一線の選手たちを分析してもらったことがあるのだが、岡山には「S」評価がついていた。条件が揃えば、二時間四分台——三分台も狙える。

「彼にはザ・ゲームで走ってもらいたい」

「社長」菅谷は思わず身を乗り出した。「今、何と仰いましたか?」

「食後の飲み物は?」

　こちらの質問をまったく聞いていない様子で、本村が手元のベルを押した。音はしなかったが、すぐに店員が入ってくる。

「飲みながら話しましょう。何にします?」

「……アイスコーヒーを」

「では、同じものをもらおうか」本村が店員にうなずきかける。

「社長、今のザ・ゲームの話なんですが」

「まあまあ、焦りなさんな。コーヒーを待ちましょう」

　どうして人を焦らすようなことをするのか。苛立ちながらも、菅谷は無言でアイスコーヒーを待った。テーブルに届くまでの三分ほどが、やけに長く感じられる。本村は平然として、振り返って窓の外を眺めたりしている。

　ようやくアイスコーヒーが来て、菅谷はブラックのまま一気に半分ほど飲んだ。冷たいものが胃に入ると冷静になるかと思ったが、むしろ気持ちは前のめりになった。しかし本村は、ガムシロップとミルクを加えて、ゆっくりとコーヒーをかき回している。

「社長――」

「あなた、アメリカでずいぶん、ザ・ゲームのことを取材していましたね」

「何でそれを知ってるんですか」アメリカから帰国したばかり、という話はしたが。

「私にも情報源はある」

コティか、と思った。彼は、菅谷に情報が入ってくるはずだと仄めかしていた。それが本村なのだろうか。

「アルペンと馬術の二刀流のアンリ・コティをご存じですか？　今は俳優としての方が有名ですけど」

「もちろんです」やはりそうか、と菅谷はうなずいた。

「彼は、このホテルのスイートに泊まったことがありますよ」

「それで知り合いになったんですか？」

「まあね。彼は相当変わった人ですね。捉えどころがないというか」本村が苦笑した。

「一応、私も友人の中に入れてくれているようですが」

「よく分かりません――そのコティから連絡があったんですか？」

「ザ・ゲームについては、誰も喋らないでしょう」菅谷の質問には答えず、本村が続けた。

「緘口令が敷かれているようです」

「でしょうね。極秘で進めることに意味があるんですよ」

「どうしてですか？　世間に衝撃を与えるため？」

「早く明らかになると、妨害する人がいるかもしれないからです」

「オリンピック関係者とか？」

「否定はできない。私の感覚では、少し心配し過ぎではないかと思いますけどね」本村がうなずいた。「ただし、選手の奪い合いになる可能性はある」

「もしかしたら、オリンピックの時期にぶつけるつもりなんですか？」

「そのようですね。しかも今年」

「まさか……」そんなことが可能なのだろうか。トップアスリートはどう考えるだろう。オリンピックを究極の目標として頑張ってきた選手が、いきなり「新しい大会を開きます」と言われても、そちらに流れることはあるまい。もしかしたら賞金大会なのだろうか？　高額な賞金が用意されているとなると、オリンピックではなくザ・ゲームを選ぶ選手がいてもおかしくはない。菅谷は別に、それを否定するつもりはなかった。賞金が手に入れば、今後の活動資金になるわけで、スポンサー獲得で苦労しているアマチュア選手の目には、魅力的に映るだろう。

「ドバイあたりで開催して、オイルマネーで高額の賞金が出る、という感じですか」

「いえ」

違うのか……そもそも本村が、この大会についてどれだけ知っているか――彼自身がかかわっているかどうかも分からない。彼の説明をそのまま信じていいのだろうか？

「社長が把握している情報だけでも教えていただけませんか？　どうも、分からないことばかりで困っています」

「詳細は、私もまだ知りません。ただ、ＳＨＱとネイピア社がその軸なのは間違いないです」

「ネイピアは、ＳＨＱのパートナーでもありますよね」

「ＳＨＱが開催するスポーツ振興のためのイベントに、ネイピアも協力している、ということですな。ネイピアは表には出ないで、ＳＨＱが主体になっていますが」本村がうなずく。何となく、表面的なことばかりを言っている感じだった。

ただし、と菅谷は気を引き締めた。ザ・ゲームに関して、「開催される」と初めて明確に認める人が現れたのだ。ここは何とか食いこみ、詳細を聞き出したい。

「オリンピック並みの大きな大会になる、という話を聞いていますが、本当ですか？」

「いや、そういうことはないですよ。規模――参加選手の数から言えば、オリンピックよりははるかに小さい」

「でも、陸上と競泳はありますよね？」オリンピックでも、この二つの競技は中核中の中核と言っていいだろう。特に陸上は、古代オリンピックにまでルーツを持つわけだから。

「それはあるんじゃないですか」

「だとすると、正規のトラックとフィールドを備えたスタジアムと、競泳会場が必要ですよね」とはいえ、どの大都市にもそれぐらいのスポーツ施設はある。「まさか、東京で開催するんじゃないでしょうね」それで本村が事情を知っている？　ワンホテルもスポンサーに名前を連ねているのかもしれない。

「東京ではないです」

「だったら、どこですか」

「それはまだ、言えないことになっている」

「社長にも緘口令が？」

本村がゆっくりと首を横に振り、ようやくアイスコーヒーを飲んだ。ほっと息を吐いてから、話を再開する。

「私はこの大会に、直接絡んでいるわけではない。ただ、オリンピックの時期に直接ぶつけるのは、やはり大事なことだと思いますよ」

「オリンピックを潰すつもりなんですか？」

「いずれ、ザ・ゲームの理念は明らかになるでしょう。今の段階で言えるのは、ザ・ゲームは真のオリンピックを目指す、ということです」

「オリンピックに本物も偽物もないでしょう。オリンピックは一つだけだ」

「あなたは、何度もオリンピックを取材していますよね」

「ええ」菅谷はうなずいた。「今は担当を外れていますが」

「私はね、今のオリンピックが本当に選手のためになっているか、常々疑問に思っていたんです」

「いや、オリンピックでは常に選手が主役ですよ」思わず反論してしまう。

「メディアの方は、いつもそう仰る」本村が皮肉な笑みを浮かべた。「もちろん、すべてのメディアが悪いとは言わない。しかしテレビは悪質だ」

「そこまで仰らなくても」菅谷は一歩引いた。「問題はあるかもしれませんが、スポーツとテレビは切っても切れない関係にありますよ」

「そういう関係を作ってしまったことこそが、問題だと思いませんか」本村が身を乗り出した。「特に放映権をめぐる問題です。巨額の放映権料を支払っているが故に、アメリカのテレビ局は自分たちの都合を押しつけてくる。どうして真夏の一番暑い時期にオリンピックが行われるか、菅谷さんならお分かりですよね？」

「アメリカで、四大スポーツの穴になっている時期だからです」

「その通り」本村がうなずく。「テレビで放映するものがない」

　八月は、大リーグはシーズン終盤だが、ＮＢＡ、ＮＦＬ、ＮＨＬはいずれもシーズンオフだ。アメリカのテレビ局が、スポーツで一番稼げない時期と言われている。

「マラソンが典型ですが、八月の酷暑の中で、選手が最高のパフォーマンスを発揮できるわけがない。考えてみて下さい。六四年の東京オリンピックは十月だったんですよ？　屋外スポーツには一番いい季節だ。しかし、アメリカのテレビ局が巨額な放映権料を支払っている限り、開催時期は変わらないでしょう。しかも時差の関係で、とんでもない時間に試合が行われたりする。とても選手のことを考えているとは言えません」

「それはそうですが……テレビが、スポーツの普及に一役買ってきたのは間違いないですよ。特にオリンピックでは、普段観ることができないマイナースポーツを世間に知らしめることができるんですから」

「それで活躍した選手が、訳の分からないテレビ番組に呼ばれて、スポーツのことなんかまったく知らないお笑い芸人にイジられる——そういうのを観ると、私は背筋が寒くなりますよ」

　これには菅谷も黙るしかなかった。実際、アスリートのバラエティ番組出演には批判の声もある。だが最近のアスリートは総じて頭がいい。ちょっと恥ずかしい思いをしても、自分のスポーツを世間にアピールできればいい、と割り切っているはずだ。裾野を広げるためには、そういう努力も必要になる。

　そう告げると、本村が鼻を鳴らした。

「裾野を広げる——よくそう言いますね」

「スポーツを体験する子どもが増えるのはいいことだと思います」

「アスリートを育てるより、優秀な研究者を養成した方が、日本のためになるのでは？このままだと、日本は科学技術や工業技術の分野で、世界に遅れてしまう」

「それとこれとは別問題だと思いますが」どうも論点をずらされ続けている感じがする。

「現役を引退したアスリートが、まったく違う形で社会貢献してくれれば、それはそれでいい。しかし多くのアスリートは、自分が育ってきた世界に恩返しするためにコーチになったり、学校の先生になったりする。スポーツの世界は、それだけで完結してしまうんです」

「社長、ご自分でもアスリートだったのに、アスリートに対しては厳しいですね」菅谷は思わず皮肉を言った。

「後悔してますよ」本村が意外なことを言い出した。「私も、大学までは競泳一筋だった。教室にいるよりプールにいる時間の方がはるかに長かった。でもそれが正しかったとは、今は思えない。練習の時間を一時間だけ勉強に割いていれば、今頃は違う人生だったと思います」

「こういう人生——一大ホテルチェーンの社長を務めておられるのは、まさに大成功した人生ではないんですか?」

「父親から商売を引き継いだだけです。大学時代の四年間、毎日一時間余分に経営学の勉強をしていたら、私は今頃世界のホテル王になっていたかもしれない」

これは「欲」の話なのだろうかと菅谷は訝った。第三者は大変な成功を収めていると思っても、本人が目指す頂点はまだまだ上——人間は、全てを征服し尽くすまで、満足できないのかもしれない。

「お話は分かりました。でも、ザ・ゲームも結局はオリンピックと同じような結果を招くんじゃないんですか」

「違いますね」

「違うというのは、どういう……」

「正確な理念については、公式な発表を待ってもらった方がいいでしょう。でもザ・ゲームは、本当にアスリートのための大会になります。古代オリンピックだって、最初は競技者のための大会ではなかった。神に捧げる、という意味では祭りのようなものだったはずです。しかし今、アスリートには社会的地位もあり、一方でそれに付随する苦しみも味わっている。そういうことから解放されて、思う存分力を発揮できる大会にする、ということです」

「抽象的ですね」菅谷は首を捻った。

「まだ抽象的にしか言えないんです。申し訳ない。分からないこともあるし、明かしてはいけないこともある」

「やはり緘口令ですか」

「緘口令というのは、一方的に命じられることでしょう。今回は違う。彼の理念に賛同して話さない、ということです」

「彼って誰なんですか」菅谷は次第に苛ついてきた。目の前でご馳走をちらりと見せられ、すぐに手が届かない場所に片づけられてしまったような気分だった。

「東京オリンピックをどう思いましたか」菅谷の質問には答えず、本村が突然話題を変えた。

「どうって……特殊な状況で開かれたオリンピックですから、評価は難しいです」

「マスコミの方は、あの大会についてろくに総括していませんね」本村が指摘する。「開催する前は、かなり激しい批判の記事が出た。でも大会が始まってしまえば、選手礼賛の記事ばかりだ。そして終わったら軽く総括の連載をするだけ——何なんですか」

　答えられない。オリンピックは、スポーツ紙にとって最大のイベントだ。祭りだ。終われば虚脱感に襲われ、振り返る余力もない——実際菅谷は、東京オリンピック後に一種の燃え尽き症候群になった。コロナ禍で一年延期が決まっても、本当にやれるかどうか分からず、いざ大会が始まると毎日神経がピリピリしていた。終了後、オリンピックの問題点を連載で整理したものの、トータルとしては「コロナ禍の中でよく成功させた」というプラスの紙面だったと思う。

「コロナ禍の時に、何を考えましたか？　私は、世の中は常に同じわけではないとつくづく思い知りましたよ。逆に言えば、いつ何が起きるか分からない……大きなトラブルは、意外に頻繁に起きるものだと思い知りました。そういう中で、オリンピックを無理に開催することに何の意味があったんでしょうか。選手を危険に晒しただけでは？」

「選手はバブル方式で守られていましたよ」

「しかし、実質的にバブルは破れていた」本村が指摘する。「いずれにせよ、非常に危険な環境の中で行われた五輪でした。無理に開催する必要はなかったんです。過去には戦争で中止になったこともありますし」

「戦争とコロナは違います」菅谷は反論した。

「大規模な災害、という点では同じです。人為的なものか、あるいは自然発生かという違いがあるだけで。私が一番違和感を覚えたのは、選手たちのコメントですよ。『こんな大変な中で開催してもらって』と、何人の選手が言ったと思います？」

「それは素直な感謝の気持ちの表れでしょう」

「あのコメントは、逆にスポーツ熱に冷や水をかけたと思う」本村があきれた表情で続けた。「あれで、アスリートと一般の人の感覚が分断されたんです。一般の人から見れば、アスリートはどんなに厳しい状況でも、周りの人が頑張って盛り立ててくれる存在になってしまった。いわばスポーツエリートです」

「それは言い過ぎではないですか？　スポーツを観て、勇気をもらっている人は多いんですよ」

「――と、あなたたちは思っている。実際にそう言う人も多いでしょう。でも本当にそうでしょうか？　スポーツは、新しい時代に入ったんですよ。それは必ずしも、楽しいものではないと思う。ザ・ゲームは、そういう状況に対する新しい提案なんです」

9

あの人は何を言ってるんだ……ザ・ゲームの情報を得られたのは大きかったが、本村のスポーツに関する見解が、菅谷を苛つかせた。だいたい彼は、ほぼ私財をなげうつ形でワンホテルに陸上部を発足させたほどのスポーツ好きである。そんな人が、あんな批判を口にするとは。

社に戻り、すぐに部長に報告する。

「本村社長が？」小村が眉を吊り上げる。「あの人は、タニマチ体質なんだろう。ワンホテルの陸上部は、ほとんど彼のポケットマネーで運営されていたそうじゃないか」

「そうなんですけど、コロナ禍を経て考えが変わったのかもしれません」

「だとしたら、どうしてお前にこの情報を流した？」

「おそらくですが、アンリ・コティとの関係からかと」

コティが思わせぶりなことを言っていたと説明する。

「話したい奴はいるようだな。お前はようやく、その一人にぶち当たったわけだ。よし、取材続行だ。ただしこいつは、今までのスポーツ大会とは全然違う感じになるんじゃないか？」

「そうかもしれません」少なくとも、菅谷に感動を与えてくれたこれまでの大会とはまったく別種のものになるだろう。菅谷は、自分の感覚は一般のスポーツファンと近いと思っている。果たして普通の人に、この大会が受け入れられるかどうか……。

取材続行の指示を受け、菅谷はこれから話が聞けそうな相手の名前をリストアップし始めた。狙いはやはりＳＨＱのメンバーだが、どうも本村のような、外部の支援者、スポンサーもいそうだ。

本村には一歳年下の弟、隆秀がいる。隆秀も競泳選手として鳴らしていて、二人合わせて「本村ブラザーズ」と呼ばれていたらしい。ただし本村は怪我で、隆秀は期待されていたほどには記録が伸びずに、二人ともオリンピックには手が届かなかった。

隆秀に会ってみよう、と思った。弟なら、兄の今回の行動をよく知っているのではないだろうか。解説してもらおう。本村の考えを知れば、ザ・ゲームの意味が見えてくるかもしれない。

「私に聞かれてもねえ」隆秀が首を捻る。横浜・みなとみらい地区にある「本村リゾート」本社の社長室。隆秀は兄の秀光とは似ても似つかない外見だった。秀光はがっしりした貫禄のある体型で、白髪をオールバックにした、いかにも社長然としたルックスである。しかし隆秀——今年六十一歳だ——は漆黒の長髪の持ち主で、顔立ちも若々しい。ダンガリーのシャツにブレザー、グレーのズボンというラフな格好で、ネクタイは締めていなかった。

ある意味、隆秀は兄よりも野心家かもしれない。本村は父が作ったホテルチェーンをそのまま引き継ぎ、発展させた。一方隆秀は、リゾート地のホテルを再編した。ワンホテルがビジネスホテルに徹しているのに対し、こちらは高級リゾートホテルとして特徴あるサービスを展開している。そう言えば、家族旅行で一度、「那須本村リゾート」に泊まったな、と彼に会う前に思い出した。

「ザ・ゲームのことはご存じですか?」菅谷は切り出した。

「聞いてはいますよ。兄とは、月に一回は会うから……この件は、半年ぐらい前に聞いたかな」

「そんなに前に、ですか」

「兄も初めて聞いたのはその直前だったみたいですよ。結構、入れこんでいましたね」

隆秀がシャツのポケットから煙草を抜いた。今時煙草を吸う人も少数派——特に企業トップでは珍しいのではないだろうか。隆秀は小さな金属製のライターで煙草に火を点け、美味そうにふかした。「失礼、火を点けてから何ですが、吸ってもいいですか」

「大丈夫です。気になりませんから」社長室は広く、彼一人が煙草を吸っているぐらいでは煙は充満しない。しかしすぐに、彼が腰を下ろしているソファのすぐ近くにある空気清浄機が音を立て始めた。見ると、広い社長室のあちこちに、空気清浄機が置いてあるのだった。部下にかなりうるさく言われているのでは、と想像した。

「兄は、一生スポーツから離れられないですね」

「でも、社長も競泳の選手だったじゃないですか。本村ブラザーズで」

「いつの話ですか」隆秀が豪快に声を上げて笑った。「四十年も前——懐かしの八〇年代の話ですよ。あなた、まだ生まれてもいなかったんじゃないですか」

「ぎりぎりですね」

「競泳は戦前から日本のお家芸で、選手層は厚く、壁は高い。私は、高校でもう限界だな、と思っていましたよ。大学でも続けましたけど、その予感を確認するだけで終わった」

「それで、大学でやめたんですね」

「人間、引き際が肝心です。特にアスリートは」隆秀が真顔でうなずいた。

彼の言う通りだと思う。多くのアスリートが「引き際」を間違える。体力や技術の衰え、新しいライバルの台頭を客観的に把握できず、「まだできる」と必死になっているうちに、無惨な結果が続いて引退を強いられる。本人が納得しているならそれでいいが、「一年早くやめておけばよかった」と菅谷に零した選手は少なくない。逆に「やりきった」「最後に勝って終わった」と爽やかな顔で宣言する選手も、心の中では「まだできたのではないか」という疑問を抱いていたりする。

隆秀が、新しい煙草に火を点けた。典型的なチェーンスモーカーで、健康状態が心配になったが、菅谷がとやかく言えることではない。

「ザ・ゲームは、SHQとネイピア社が協力して開催を予定しているようです。これまでの大きなスポーツの大会とは、かなり色合いが違う」

「そのようですね」

「ワンホテルでも——本村社長も資金的に協力しているんですか？」

「その辺は知らないですね」隆秀が首を横に振った。「詳しいことが決まっていないのか、話さないように指示されているのか、その後兄からはまったく話を聞いていません。ただ、兄がかなり入れこんでいるのは間違いない」

「スポーツ界にコネクションもお持ちですから、いろいろ情報も入ってくるんでしょう」

本村はかなり詳しく知っているのでは、と菅谷は想像していた。状況的に、まだ言えないというだけでは……隆秀はどうだろう。とぼけているのか本当に知らないのか、浅黒い顔を見ているだけでは判断できなかった。

「あなたも、ずいぶん熱心に取材するんですねえ」顔を背けて煙を斜めに吐き出しながら、隆秀が言った。

「謎が多いからこそ、知りたくなります。そんなに大きな大会、新しいコンセプトの大会なら、ぜひ取材して記事にしてみたい。だいたい、どうせ本番になれば取材するわけですから」

「そう……ですかね」隆秀の声が微妙に揺らいだ。

「新しい大会だからこそ、主催者も我々が必要になるんじゃないですか？　しっかり伝えてアピールする必要があると思います」

「昔ならそうだったでしょうね」隆秀が淡々とした口調で言った。微妙に不満が滲(にじ)んでいる。「さっき、本村ブラザーズの話が出ましたよね」

「ええ」

「あなたは、当時の状況をご存じない」

「すみません、年齢的な問題で」謝ることではないと分かっていたが、菅谷はつい頭を下げてしまった。

「いや、それは当然なんですけど、我々も結構痛い目に遭いましてね」

「痛い目？」

「八〇年代の前半――今とはだいぶ状況が違いますけど、テレビに引っ張りだこだったんですよ。当時の大学の監督がちょっと変わった人で、テレビにはどんどん出るべき、という考えの持ち主でした。競泳人気を高めて、子どもたちをこの世界に引っ張りこむために、お前らが広告塔になれ、なんて言ってました。今なら普通の考え方だと思いますが、当時はそんなことを言う指導者はいなかった」

「四十年前だったら、まだアスリートは競技に専念するだけ――ストイックな存在でしたよね」実際、現役のアスリートがテレビに頻繁に出演するようになったのはいつ頃からだろう？　子どもの頃は、大きな大会で優秀な成績を挙げた選手が、スポーツニュースなどに呼ばれる場面はよく見ていた。しかし今は、それ以外の場面でもよく見かける――大会の宣伝だったり、純粋なトークショーやバラエティだったり。

「今の選手の方が大変じゃないですかね。テレビって、出るだけで時間を食うじゃないですか。その時間を捻出するために、練習が削られたりするわけだから」

「なるべく邪魔しないように気をつけながら取材しています」

「でもマスコミの皆さんのやり方は、昔と変わらない」

「人に話を聞いて記事にするのは、基本的に同じですからね」

「しかし、テレビはねえ……今、平気でお笑い芸人がアスリートをいじったりするでしょう？　あれの走りが我々ですよ。本気でムカつくこともあったけど、監督に『競泳人気を高めるため』と言われたら断れないでしょう。何でこんなことしなくちゃいけないのかって、兄と愚痴を零し合ってましたよ」

それで本村はテレビに対してあんなに批判的だったのか、と納得した。自分が受けた辱めを、今の選手も変わらず——あるいはもっとひどい形で受けている。兄弟のメディア不信は歴史が長いわけだ。

「周りでそういうことをやっているアスリートがいなければ、不安にもなりますよね」

菅谷はうなずいた。

「プロはいいんですよ。プロ野球や大相撲やサッカー——彼らは自分を売って金を稼いでいるようなものだから、そういうことをしてもいい。でも、我々アマチュアは、ねえ」

そんなに苦い想い出なのだろうか、と菅谷は内心首を捻った。テレビに出て恥をかいた、という人もいるだろう。しかし本村兄弟は、何度も——何十回もテレビに出演していたという。制作側にとっても、それだけ「美味しい」出演者だったわけで、いい思いもしたはずだ。それを指摘すると、隆秀が嫌そうな表情を浮かべる。

「ああやってテレビに出たことで、女房に出会ったんですけどね」

「それは、いい話じゃないんですか？」

「結婚したことはね。出会ったのは、私が二十歳で女房は二十四歳——何度も出演した番組でアシスタントをやっていたアナウンサーですよ。デートしているところを撮られて、写真誌に大々的に出てしまった。その頃記録が伸び悩んでいたので、散々叩かれました。スポーツ紙も、掌を返したようにその記事を後追いした。大学の監督には怒られるわ、兄貴にもどやされるわで」

「それは——災難でした」災難としか言いようがない。

「あれで私は、メディア不信に陥りましたよ。特に芸能メディアとスポーツメディア」

「奥さんとは……」

「私が大学を卒業して、親父の会社に入ったタイミングで結婚しました」

「失礼しました」菅谷は思わず言ってしまった。「そんなことがあったとは、全然知りませんでした」

「こんなこと、ウィキペディアにも書いてないからね。当時は女子アナ人気が盛り上がり始めた時期だったせいもあって、大変でした。東日スポーツさんにも書かれた」

「うちもですか？」菅谷は目を見開いた。

「参りましたよ。それまでは好意的な記事ばかりだったのに、急にけしからん、みたいな論調になって」隆秀が苦笑した。

「それは……何と申し上げていいか」

「昔の話ですけどね。まあ、メディアとは——主にテレビとは、本当にいろいろありました。そういうこともあってか、卒業後はお声がかからなくなりましたけどね」

「今でも、経済番組には出られるじゃないですか」ホテルを中心に、周辺一帯の開発を進めてまったく新しい観光地を作る——本村リゾートのビジネススタイルは、大きな注目を集めているのだ。兄弟でホテル経営、ということも話題になっている。

「ああいうのも、本当は出たくないんですけど、まあ、宣伝ですから。企業のニュースというのは、全て宣伝だと割り切ってますよ。金がかからないCMのようなものだ」

彼の言い分も分からないではない。実際テレビのニュースが企業を取り上げる時は、だいたいが宣伝臭くなる。取材も楽だろうし、今は環境問題などを絡めておけば、何となく時流に乗ったようなニュースが出来上がるわけだ。

「まあ、それはいいとして、メディアは——特にテレビは、妙な金が絡む世界だから困りますよ。実は当時の大学の監督、中抜きというかリベートというか、我々の出演料をピンハネしていたんです」

「そんなことがあったんですか?」

「結婚してから、女房が教えてくれたんですよ。腰を抜かしましたね。私たちは、監督には絶対服従で、神様みたいに思っていたのに。神様もピンハネするんですね」

隆秀が声を上げて笑ったが、目つきは真剣だった。四十年経っても、まだ当時のことを恨みに思っているのだろうか。金の恨みは怖い——いや、本村兄弟は、テレビの出演料で恨みを抱くような財政状況ではなかっただろうが。父親は、一代でホテルチェーンを築き上げた傑物である。あるいは写真誌に撮られたことが、悪夢の記憶として残っているのか。

「まあ、古い話で失礼しました」隆秀がさっと一礼する。「一つだけ、ヒントをあげましょうか」

「お願いします」思わず身を乗り出してしまう。本当は淡々としている方が、取材相手も落ち着いて話せるのだが、これは昔からの癖なのでしょうがない。あなたの話に興奮しています、早く聞かせて下さい――こういう場合、相手の反応は綺麗に二つに分かれる。調子に乗ってさらにいいネタをくれるか、逆に引いてしまうか。隆秀は珍しく、どちらの反応も見せなかった。淡々と話を進める。

「岡山元紀、知ってるでしょう？」

「ええ」

「面識は？」

「取材したことはあります。向こうがこちらを覚えているかどうかは分かりませんが」

「彼には話を聞いた方がいいね」

「岡山さんも、ザ・ゲームに参加するんですか？」

「その辺の事情は、本人に聞いてもらわないと……話すかどうかは分かりませんけどね」

これは本当にヒントなのだろうか。謎かけをしているだけではないか、と菅谷は訝った。

第二部　ザ・ゲーム

1

五月一日、午後四時半。運動第三部の自席でスマートフォンをいじっていた上野が、突然声を上げた。

「菅谷、書かれてるぞ！」

怒気をはらんだ声に、思わず立ち上がり、上野の席までダッシュした。

「ニチスポだ。ザ・ゲームのことが出てる」

菅谷は慌てて自席に戻り、パソコンでニチスポ——日本スポーツのサイトを確認した。出ている——トップ記事で。「新たなワールドスポーツ大会　開催へ」の見出しを確認してから、本文へのリンクをクリックする。

現役を引退したトップアスリートで作る「SHQ」（本部・アメリカ）と世界最大のIT企業「ネイピア」が共同で、新たなワールドスポーツ大会「ザ・ゲーム」を開催することが分かった。同イベントのホームページが1日公開され、開催が宣言された。「ザ・ゲーム」は8月1日から2週間の予定で、ギリシャ・アテネを会場に開催される。実施競技は陸上、競泳、レスリングなどだが、出場選手などの詳細は公表されていない。主催するSHQ、ネイピアでは「現在ホームページで公表されている情報が全て」としている。さらなる詳細は、今後、順次発表される予定だ。

この大会「ザ・ゲーム」は、日程がオリンピックと重なっており、選手の対応など、今後の展開が注目される。

クソ、やられた——まさかこんな形で抜かれるとは。いや、これは「抜かれた」とは言えないだろう、と菅谷は自分で自分を慰めた。主催者側が一方的に発表しただけで、メディア各社は横一線の状態のはずだ。

すぐに、ザ・ゲームの公式サイトを見つけ出して確認した。どうやらアメリカ西海岸時間で午前〇時ちょうどに立ち上がったらしく、ニチスポはいち早くそれに気づいて記事にした、というだけだろう。

「菅谷、ウェブ用にすぐ記事にしてくれ」上野が命じた。

言われるまでもない。菅谷は公式サイトを見ながら、ザ・ゲームを紹介する記事を書き始めた。今のところ「穴」が多く、あまり詳しくは書けない。それに、サイトだけに頼って書いてしまうのは、今ひとつ心配ではある。

　菅谷はネイピア日本法人のCPO、小柴秀俊にすぐ電話をかけた。幸い摑まったが、彼の反応は鈍い。

「ザ・ゲームのホームページを見ました。本当に開催するんですね？」

「そこに書いてあることが全てです」

「ネイピア社としてのコメントをいただきたいんですが」

「それはできません」小柴があっさり拒絶した。

「日本法人としては言えない、ということですか？」単なる営業拠点、という彼の台詞を思い出した。

「取材に応じる必要はない、と本社から指示がきているんです。必要なことは、公式サイトで全て発表するそうです」

「ネイピア本社も取材に応じないんですか」

「詳しいことは分かりませんが、そのようなニュアンスの指示でした」

「日本法人は、ザ・ゲームに絡んでいないんですか？　選手との出場交渉なんかは、そちらで行うんじゃないんですか」

「そういう指示は受けていません。とにかく我々も、詳しいことは何も知らされていないので。取材したいなら、本社の方へお願いします。向こうが受けるかどうかは分かりませんが」

「しかし――」

「もうよろしいですか？　うちとしては、本社の指示に従うしかないので」

小柴はあっさり電話を切ってしまった。一応、ホームページが本物だと確認はできたが、どうにも釈然としない。菅谷は原稿を見直してから記事サーバーに送り、すぐに上野に声をかけた。

「今、送りました」

「見てるよ……ネイピアかSHQのコメントはないのか？　こういう時は、主催者のコメントが必須だぞ」

「日本法人としてはコメントしないようです。これからちょっと、アメリカ本社の担当者に連絡してみます」

言って、壁の時計を見上げる。午後五時……アメリカ西海岸はサマータイムで、今は午前一時ぐらいだろう。ジェイムズ・ファン・ダイクの個人的な連絡先――携帯の番号などは分からないから、メールを送っておくしかない。それで反応があるかどうか。

短い英文のメールを書き、送信。その後また上野の席に向かった。

「ネイピアの担当者にはメールしました。この時間だから、返事があるかどうかは分かりませんが」

「SHQはどうだ？　日本人のメンバーで、すぐ摑まる奴はいないのか？」

「例えば、宮里とか?」思いついて菅谷は提案した。宮里はセリエAなどで活躍した、日本を代表するサッカー選手だ。

「サッカー担当者に聞いてみろ。あいつらなら連絡先を知ってるだろう」

サッカーを担当する運動第二部へ向かおうとした瞬間、ズボンのポケットに突っこんでおいたスマートフォンが鳴る。見ると、ファン・ダイクからの返信だった。パソコンとメールを同期させているのでスマートフォンにも届いたのだが、あまりにも早い。見ると、非常に素っ気ない内容だった。上野に告げる。

「ネイピア本社から返信がありましたけど、日本法人が言ってるのと同じですね。詳細は公式サイトで全て発表する、個別の取材は受けない、と」

「何だよ、それは。取材拒否? 日本のメディアを馬鹿にしてるんじゃないか? どうせ、アメリカのメディアの取材は受けるんだろう」

「それは分かりませんよ」

このメールは、自動的に返信された感じがする。ネイピアなら、そういう技術も持っているだろうが……実質的な取材拒否か。

取り敢えず上野に原稿を任せて、菅谷は隣の第二部へ足を運んだ。宮里の連絡先を知っている人間——デスクの原島が手を上げてくれたが、まず自分が連絡すると言った。

「こっちで直接聞きますよ。時間がもったいない」

「宮里は、知らない人間が連絡しても出ないよ」

「そうなんですか？」

「あいつ、基本的にはマスコミ嫌いだから」

宮里は、現役を引退した後は様々なビジネスに手を染めながら、サッカースクールを主宰するなどの活動を続けている。引退後に、子どもたちにスポーツの魅力を伝えようとしているという点では、アリスと同じだ。ただしアリスは、自分のスクールから既にプロ選手を出しているが、宮里の場合はそう上手くはいかないだろう。日本人がプロサッカー選手になる場合、やはりJリーグのジュニア組織やサッカーの名門高校を経て、というパターンがほとんどだ。もっとも宮里の場合、これで金儲けをしようというつもりもないだろう。現役時代、移籍金が十桁にもなった選手だ。一生かかっても使いきれないぐらいの金があるはずで、スクールの運営も趣味のようなものかもしれない。

「ちょっと待ってくれ。俺が事情を話すから」原島がスマートフォンを取り上げた。

「そんなにマスコミ嫌いなんですか？」

「Jリーグからヨーロッパへ移籍する時に、かなりしつこく追いかけ回されたのがきっかけだよ」

「大昔の話ですよ」

「嫌な記憶は、なかなか消えないんだろう。とにかく待ってくれ。連絡がついたら教えるから」

菅谷は三部に戻って、上野と一緒に原稿の仕上げをした。疑問が出るような内容ではないのだが、言い回しについて多少……上野はもう少し見出しをつけやすい、強い原稿にしたがっているようだった。

「抜かれですからね、そんなに派手には……」

「同着みたいなもんだよ。主催者が公表する前に書けば特ダネだけど、ニチスポはたまたま早く気づいただけだろう。もっとも、前から察知して取材していたかもしれないが」

「しかし、変ですよね。こういうの、一斉にリリースを流すのが普通じゃないですか。まるでマスコミが存在しないみたいなやり方だ」

「疑問に思ってるなら、取材してみろよ。だけどそれは、読者にはあまり関係ないぜ」

上野の態度は素っ気ない。部長は……幸い、席にいなかった。いたら嫌味の一つや二つ、覚悟しなければならなかっただろう。いや、叱責か。あれだけ先んじて取材していたつもりだったのに、結局同着になったわけだから。

上野はまだ文句を言いたそうだったが、そこへ原島がやって来た。

「菅谷、すぐに動けるか?」

「ええ」

「宮里、今なら会うってさ。場所は六本木のレストラン」

「飯ですか?」

「違うって」原島が苦笑した。「宮里の店だよ」

景気の良い話で……と思ったが菅谷は何も言わなかった。店の名前を聞き、住所を調べてすぐに飛び出す。朝刊用の原稿に、何か新しい材料を加えないと。そして、まだよく分からないザ・ゲームの実態に、少しでも迫りたい。

宮里が経営するステーキハウスは、六本木のビルの地下一階にあった。夕方の営業は既に始まっており、席は半分ほど埋まっている。七時を過ぎると満席になるのではないか、と菅谷は想像した。熟成肉のステーキが売り物で、単価は一人一万円ぐらい……日本は貧しくなったと言われるが、こういう店で平然と食事ができる人も少なからずいるわけだ。

入り口で名乗ると、すぐに店の奥に案内された。個室で話すのかと思ったら、ドアの向こうは事務室だった。デスクとファイルキャビネット、応接セット……普通の会社の役員室のようだった。

宮里はデスクについて、何か書き物をしていた。菅谷に気づくと顔を上げてうなずきかけ、「ちょっと待って下さい」と声をかける。意外に低く、小さな声だった。

待つ間を利用して、菅谷は宮里の「現在」をチェックした。クリーム色のジャケットに濃紺のシャツ。現役時代より少し髪が伸びているが、基本的にそれほど変わっていない。引退して十年近く経つのだが、まだまだ現役の雰囲気を放っていた。

待つこと三十秒。宮里が顔を上げ「どうぞ」とソファを指差した。座る前に名刺交換。宮里の名刺には、名前とメールアドレスしか書かれていなかった。裏は英語で同じ記載。

電話番号は人に教えない主義のようだ。

「東日スポーツさんですね」

「はい」

「運動三部って、アマチュア担当じゃなかった？　二部がサッカーで」

「そうです」よく知っているな、と驚く。取材される側は、取材する方に興味など持たないかと思っていたのに。場を温めるために、菅谷は直接関係ない話題から始めた。

「ここが事務所なんですか？」

「飲食関係は、そうです。たまにここに来て帳簿を見たり、各店から報告を受けたりします」

「今は、飲食業がメーンなんですか？」

「いやいや」宮里が首を横に振った。「ここでの儲けは、全部サッカースクールにぶちこんでますよ」

「活動の中心はサッカースクールですか」

「結局、僕の人生はサッカーですから」

本当は、現役時代の稼ぎだけで、一生食っていける――サッカースクールを運営していける蓄えだってあるはずだ。

「それで……アマチュアスポーツ担当の方が何のご用ですか」宮里の方で切り出した。

「ご存じかもしれませんが、今日、ザ・ゲームという大きなスポーツ大会の開催がアナウンスされました」

「ああ、そう」関心なさそうに宮里が言った。

「宮里さんもＳＨＱの一員ですよね？　主催はＳＨＱとネイピア社です。宮里さん、詳細をご存じないですか？」

「ノーコメント」

「いや……」

「言えないことになってるんでね」宮里が口の前で左右の人差し指を交差させ、バツ印を作った。

「緘口令ですね。でも、開催は公表されたわけですから、もう喋ってもいいんじゃないですか？　これだけ大きな大会ですから、世間の注目も高いですよ。先ほどネットに記事を上げましたが、アクセス数がうなぎのぼりです」

「それで儲かるんですか？」

「それは……まあ、そうですけど」菅谷はしどろもどろになった。答えにくい質問を平然とぶつけてくる男だ。

「よかったですね。しかし僕からは、何も言えないな」

「マスコミとしても、協力したいと思っているんですよ。スポーツ振興のために、素晴らしい志があれば――」

「それはどうかな」

宮里の目つきが急に鋭くなって、菅谷はぞっとした。これは間違いなく、現役時代の目つきだ。相手の攻撃を断ち切るために、捨て身のタックルに行く時の顔。確実に殺す——と無言で宣言されているようだった。ただし宮里はすぐに、柔和な表情に戻った。

「今回の件、マスコミの報道がどうなるかは読めてますよ」

「そうですか？」

「最初は『詳細を公表しない、取材に応じないのはどういうことだ』と批判的なトーンの記事が出る。その後は——いや、同時に『オリンピック潰しか』という記事も出るでしょう。批判は高まる一方だけど、いざ本番が始まったら掌を返したように持ち上げる記事になる。違いますか？　東京オリンピックがそうだった」

「そんなこと、事前には分かりませんよ」菅谷は反論した。「記事は、その時々の状況で違ってきますから」

「僕の認識とは違いますねえ」宮里が首を傾げる。「僕は何回も、メディアの掌返しを経験している。最初は頭にきましたけど、そのうち慣れましたよ。というより、メディアはそういうものだと諦めた」

宮里がJリーグからセリエAへ移籍するに際しては、かなりの悶着(もんちゃく)があった。それを大袈裟に取り上げて、いかにもトラブルのように報じた社もある。ところが、イタリアに移籍して活躍するようになってからは、それこそ掌を返したように礼賛の記事ばかり……オリンピックやワールドカップでの活躍で、宮里を日本の「オールタイムベストイレブン」に挙げる社も出てきた。

「サッカーを全然知らない記者が取材にきたりしてね。ああいうのを興味本位って言うんでしょう」

「サッカー以外の部分――どんな人かを知りたいと思うのは、普通の感覚ですよ」

「――と、メディアの人は思っているわけだ」宮里の口調は、だんだん皮肉っぽくなってきた。「世間の人の感覚と、メディアの人の感覚は違いますよ。というか、世間一般の感覚なんていうのは存在しないのでは？」

「だいたいの流れはありますよ」

「世論調査でもやって把握しているんですか」

子どもの喧嘩か、と思ったが言い返す言葉も思い浮かばない。そもそも議論するために来ているわけではないのだから。

「SHQもネイピアも、メディアを無視している感じがするんですが。普通は、メディアを上手く利用して宣伝しようとするものでしょう」

「今までは、ね」

「これは違うんですか？」

「どうかな」宮里の口調は穏やかになってきた。「詳しいことは、実際に開催されないと分からないでしょう。内容を決めているのは僕たちじゃないし、僕たちも全てを知っているわけじゃない」

「宮里さんが知っていることだけでも……」

「どうして緘口令が敷かれているか、ですね」

「どういうことですか？」

「マスコミに情報を流さないことにどんな意味があるか、です」

「それは、我々には分かりませんよ」

「想像してみることも大事ですけどねえ」

「SHQのメンバー全員に緘口令が敷かれているということですか？」

「喋らないと思いますよ。全員、今回の大会の理念に共鳴しているんだから」

「その理念って、何ですか？　ホームページでは、そういうことは出ていなかった」

「それはメーン料理ですよ。最後の最後に出てくる」

「メニューを見れば、何が食べられるかは分かるはずです。メニューも用意されないいんですか」

「シークレットの方が、最後の驚きが大きいでしょう。予定調和は面白くないですからね」

「そうですか……」

「申し訳ないですが、僕からは何も言えないので。無理に取材する必要もないんじゃないですか？　黙って待っていれば、向こうから餌を投げてもらえますよ」

大変な侮辱だ。しかしここから反論するだけの材料が、今の菅谷にはない。

疲れた……結局原稿に加える素材は見つからない。菅谷は遅くまで会社に残って、報道各社のサイト、さらにアメリカの新聞やテレビのサイトまで確認してみたのだが、内容に大差はなかった。どうやら緘口令は、日本だけでなくアメリカでも徹底されているようだ。

帰宅したのは、午後十一時。朱美が心配そうな表情で待っていた。オリンピック担当を外れてから、帰宅がこんなに遅くなることは珍しかった。

「何かあったの？」

「夕方からバタバタでね。テレビのニュースで、ザ・ゲームの話、やってただろう？」

「うん。観たけど……その件？」

「そう。アメリカ出張までして追いかけてたのに、全部水の泡だよ。結局、各社横一線だ」

「そうなんだ」

朱美は元々高校時代の同級生で、彼女自身は大学卒業後、精密機器メーカーで数年、働いていた。特にスポーツに興味もないし、記者の仕事についてあれこれ詮索することもない。あまりにも淡々としているので、自分に無関心なのでは、と不安になることもしばしばだった。

「ご飯は？」

「済ませた」社の近くにあるコンビニの弁当。

「何だか疲れてるわね」

「こういうのは、記者をやってて一番疲れるパターンだよ」

「そう……もしかしたら、その大会、取材に行くの?」

菅谷は思わず口をつぐんでしまった。そんなことまで考えていなかったが、実際にどういう大会なのか分からない限り、取材する価値があるかどうかすら判断できない。SHQが絡んでいるとしたら、一種のチャリティーイベントになる可能性がある。SHQのメンバーが勢揃いしたらかなり壮観で、全員を一枚の写真に収めることができたら面白いだろうが、そもそもスポーツの大会として価値があるのだろうか。スーパースターの顔見世興行は、エンタテインメントとしては面白いが、それ以上のものではない。

「ギリシャなんだよ」

「ギリシャって、アテネ?」

「もちろん」

「ギリシャかあ……結構大変よね」

「大変だろうな」

そもそも会場はどうするのだろう。アテネオリンピックが開かれたのも、かなり前のことである。その後ギリシャは深刻な経済危機に襲われたから、かつての競技施設がきちんとメインテナンスされているかどうかは分からない。多くの国で、オリンピックのために作られた施設がろくに整備もされず、廃墟のようになっている。

宿舎の問題も深刻だ。それなりの規模の大会となれば、選手と関係者だけでもかなりの人数になる。それに加えて報道陣、さらに観客も……アテネは観光都市でもあるからホテルは十分にあると思うが、それだけで賄い切れるかどうかは分からない。

選手関係者か……ザ・ゲームのサイトでは出場選手の名前は具体的に挙がっていない。名前があれば、そういう選手に直接当たって感想を聞くことはできるだろうが――いや、この状況について話を聞いてみたい人が二人いる。明日はまずそこからだな、と菅谷はターゲットを定めた。

2

菅谷は出社するなり、ターゲットに電話を入れた。連休の合間なのだが、向こうは普通に出勤している。

「昨日の件ですか？」さすがに相手は察しがいい。

「そうなんです」

「私も言いたいことはいろいろありますよ」

「その辺をぜひ、聞かせていただけませんか」

「もちろん。今からいいですか？」

「すぐに伺います」

菅谷は席を温める暇もなく、新宿に向かった。会うべき相手は、前JOC理事の横山(よこやま)美春(みはる)。民間シンクタンクの代表で、アスリート畑ではない人、それも女性を理事に――というリクエストで、四期八年理事を務め、昨年退任していた。美春のシンクタンクは、かなり以前からスポーツに関する提言を行っていたので、そこを買われたのだった。本人はスポーツ経験がまったくないのだが、経済的、社会的側面から鋭い切り口のレポートをしばしば発表している。客観的な見方ができる人でもあり、菅谷は以前から「知恵袋」として頼りにしていた。

美春は理事会ではかなり過激な提言をして、古参メンバーからは煙たがられていた。「私が異端と見られることが、日本のスポーツ界の限界ね」と呆れたように言ったことがある。女性理事が増えようが、全体に若返ろうが、根幹は変わらない、というのが彼女の出した結論だった。

彼女を訪ねるのも久しぶりだった。理事をやっていた頃、美春はシンクタンクの専務だったのだが、退任後に代表に就任しており、その時に挨拶に来て以来だった。今年六十三歳になるが、未だに若々しい感じがする。

「ご無沙汰しまして……」

「昨日、よほどあなたに電話しようかと思ってたのよ」待ちくたびれた、とでも言いたげだった。

「それなら、電話していただければよかったです。でも、こっちも気が回らなくて」昨日の段階では、美春のことはすっかり頭から抜け落ちていた。彼女は理事を辞めてからもスポーツ界のご意見番的存在であり、その話を聞いておく意味はあったと思う。あまりにもばたばたしていて、そこまで考えが回らなかったのが悔やまれる。何だったら、今日聞いた話をそのまま記事にしてもいい。あるいは寄稿してもらうか。

「これはオリンピック潰しね」美春があっさり結論を口にした。

「確かに、日程がかなり被ってますね」

「選手の奪い合いになるかもしれないでしょう」美春が指摘した。

「まだ誰が出るかはまったく分かりませんが……そもそも、オリンピックよりも、ザ・ゲームを選ぶ選手がいるんでしょうか」

「二線級……みたいな言い方はしないけど、トップアスリートはやっぱりオリンピックを選ぶと思うわ。それよりレベルが下がる選手が、ザ・ゲームに出る。そうなることが分かっていて、オリンピックの日程に合わせてぶつけてきたということは、これはもう妨害行為でしょう。あなた、ザ・ゲームの実態はどこまで掴んでるの？」

「公式サイトに出ている情報以外は分からないんですよ。ネイピアもＳＨＱのメンバーも取材拒否です。最後まで、実態は隠しておくつもりみたいですね」

「そこまでやる意味が分からないわね」美春が首を傾げる。「普通は、大規模な宣伝工作をするでしょう。私もちょっと調べたんだけど、代理店も絡んでいないみたい」

「それは日本だけの話じゃないですか？　ニューヨークの代理店は……」広告代理店の世界の中心はニューヨークである。

「ちゃんと調べたけど、それもないわ」美春が断言した。「世界中どこの代理店もイベント会社も、この件では動いていない」

「おかしいですね」菅谷も違和感しか覚えなかった。「代理店やイベント会社抜きで、大きな大会が成功するわけがない。一体誰が、現場を動かすんですかね」

「オリンピック期間ということは、代理店でもイベント会社でも、動かせるスタッフもいないだろうし。これ、本当に開催するのかしら」

言われると、幻のような気がしてくる。実は壮大な冗談で、自分たちは騙されているのではないか？

「正直、何が何だか分かりません」菅谷は打ち明けた。

「そうよね。そもそもネイピアは、これをマネタイズできるのかしら。ネイピアはシビアな会社よ。社員は自由に仕事ができるけど、結果を出さないとあっさり切られるそうじゃない。利益にならないイベントを仕かけるとは思えないのよね」

「入場料金でペイできると思ってるんですかね」

実際には、そんなことは不可能だろう。今回は、競技施設を新築するわけではなく、整備・補修なので、高額ではないが、数百億円規模で予算が必要になるはずだ。しかし競技数が少なければ、観客の数も限られる。とても入場料でカバーできるとは思えない。

「どうも、不可解なことばかりよね……ちょっと待って」

美春が、テーブルに置いたスマートフォンを取り上げた。眉をひそめて画面を眺めていたが、すぐに呆れたように告げた。

「無観客だって」

「え？」

「今、公式サイトに出たわ。全競技を無観客で行うって」

「どういうことですか」菅谷は色をなして訊ねた。

「自分でサイトを見てみて」美春の顔は引き攣っていた。

菅谷はすぐに自分のスマートフォンでチェックした。確かに彼女が言う通り……混乱は増すばかりだ。

「これ、採算度外視ということかしら。入場料収入を当てにしないなんて、スポーツの大会としてはあり得ないわ」

「そうですよね。ネイピアが全部被るつもりなんでしょうか」

「あるいはＳＨＱも費用を負担する？　確かにあそこはスポーツ貴族の集団だけど、大きな大会を支えるだけの財力はあるのかしら？　一回はいいけど、二度目はない……単発の打ち上げ花火じゃ、意味がないでしょう」

「横山さん、うちに一本、原稿を書いてもらえませんか」

「いいわよ」美春がすぐに乗ってきた。「ある程度長い方がいいわね。それと、少し時間をもらえる？　情報を小出しにしてくるかもしれないから、もう少し様子を見たい」

「そうですよね。では上と相談して、正式にお願いしたいと思います」美春の寄稿なら、上野もウェルカムのはずだ。少し批判的なトーンの記事を出して、主催者側の反応を見たい——そこで菅谷は、宮里が言っていた通りになるかもしれないと気づいた。批判的なトーンの記事が続く、しかしいざ本番になったら、掌を返したように持ち上げる。何だか、誰かの掌の上で転がされているような感じがしてきた。その掌はネイピアのものか、SHQのものか？


社へ戻ると、菅谷はすぐに上野に相談した。そこへ小村も寄って来る。小村は近くの椅子を引いて座り、菅谷は腰を下ろした上司二人の前で、立ったままになった。

「なかなか面白い話になりそうじゃないか。完全にオリンピック潰しだな」小村が切り出す。

「横山さんもそう言ってました。非常に懐疑的で、それを原稿にしたいという話です。寄稿いただいてもいいでしょうか」

「ああ、大いに書いてもらおう。上野、できるだけでかいスペースを用意してやってくれよ」

「分かりました」上野が真顔でうなずく。

「しかし、どういうつもりなんだろうな」小村がぼやいて、菅谷に話を振った。「お前はどう思う？」

「世間に与える衝撃を大きくするために、秘密主義を徹底しているとしか思えません。もしかしたら、我々の常識を覆す大会になるかもしれませんね」

「オリンピック潰しはともかく、メディア軽視は絶対に許せないな。我々を無視して話を進めようとしている。どうせ本番になったら取材することになるのに」

「それなんですが……取材する意味はあるんでしょうか」菅谷は疑義を呈した。

「どういう意味だ？」小村が菅谷を睨む。

「同時期にオリンピックが開催されます。ということは、ザ・ゲームに出てくるのは、オリンピックに出ない――出られない、二線級の選手ばかりじゃないでしょうか。そんな大会を取材する意味、ありますか？　もしかしたら、単なる見せものかもしれない」

「全てのスポーツ大会は見せものだよ」小村が鼻を鳴らす。「プロアマ関係ない。観客がいれば、それは見せものになる」

「ザ・ゲームは無観客です」菅谷はすかさず指摘した。

それを聞いて、小村も上野も黙りこむ。菅谷も、次の言葉を思いつかなかった。

「取材なし、観客も入れないで、テレビ放映だけで済ませるつもりですかね」上野が遠慮がちに言った。

「いずれにせよ、アメリカの三大ネットワークが絡んでくるだろうな」小村が答えた。

「結局この件は、メディア同士の争いじゃないのか？　メディア同士というか、テレビの」

「しかし今のところ、メディアが絡んでいるという話もまったくないんですよ」菅谷は反論した。「もちろん、ネイピアは別ですが」

「ネイピアをメディアと言っていいのかな」と小村。

「ネイピアは様々なネットサービスを提供していますし、ネットだってメディアでしょう——情報の容れ物という意味では」

「まあ、ここでそんなことを話していてもどうにもならん。上野、誰か応援をつけろ」

「そこまでリソースを割く必要、あります？」上野が反論した。「何が何だか分からない大会なのに」

「訳が分からないから取材するんだ。オリンピックを潰したいのは面白いとしても、ふざけたモットーを掲げていくなら、東日としても叩く。正当な批判こそ、メディアがやらなければならないことだ」

それにどれほどの効果があるか、と菅谷は皮肉に考えた。日本のスポーツ紙がどれだけ必死に叩いても、ザ・ゲームの開催に影響があるとは思えない。アメリカのメディアであっても同じだろう。やるといったらやる——明らかな違法行為でもない限り、批判は説得力を持たないだろう。

後の問題はＩＯＣだ。選手の取り合いにでもなったら、ＩＯＣは「選手ファースト」を切り札に、ザ・ゲームに介入してくるかもしれない。ＳＨＱのメンバーにはオリンピアンもいるので、様々な形での揺さぶりが可能だろう。ただし、ＩＯＣが正面切っての喧嘩に乗り出すかどうかは分からない。あの連中は、鉄面皮なのだ。どれだけ罵声を浴びせられようが、貴族然として振る舞う。何があっても「よきにはからえ」……ＩＯＣ内部ではなく、その周辺で活動を支える代理店などが忖度して、工作に乗り出すかもしれない。

そういう摩擦が起きる可能性ぐらい、誰でも想像できるだろう。それなのに、何故こんな大会を強行しなければならないのか。

上野と、美春への原稿依頼について相談した。状況が動く可能性が高いので、一週間後を目処に、取り敢えずの原稿をもらう。状況によってはそれを第一回として、続けて書いてもらってもいい。また、美春以外の論客にも執筆を依頼して、ザ・ゲームに対する疑念を展開していく――。

「部長は、メディアが軽視されたのが許せないんだよ」上野が小声で解説した。

「それは俺も同じです」菅谷もうなずいて同意した。「まるで、既存メディアなんかいらないって言ってるみたいじゃないですか」

「ふざけた話だが……ネイピアに一太刀浴びせるのは無理かね」

「何でもやってみる意味はあると思います。その前に、今日の原稿ですね」

「無観客の話だな。識者のコメントも欲しい。現役のアスリートがいいんだが、連中は話しにくいかもしれないから、ＯＢでもいい。できるだけ若い奴がいいけど」

「探してみます」

まだ昼前で、取材の時間もたっぷりある。菅谷はザ・ゲームの公式サイトを見ながら原稿を書き、コメント取材する人間をリストアップし始めた。その作業の途中で、後輩記者の金沢礼香（かなざわれいか）がやってきた。

「菅谷さん、ちょっといいですか？」

「いいよ。どうした」

「菅谷さんの仕事を手伝うように、上野デスクから言われたんですけど……」明らかに乗り気ではなかった。

「ああ、頼めるか？　まずコメント取材をお願いしたいんだけど」

礼香が隣の席に腰を下ろした。しかし、大きいな……礼香は大学まで本格的にバレーボールをやっていた。全日本に選ばれるほどではないが、インカレでは大活躍――その試合を、菅谷も取材したことがある。セッターで、身長は菅谷とほとんど変わらない。いや、菅谷よりも一、二センチ大きいだろう。様々な大会を取材する時も、選手たちの間に混じって見劣りしない。今年三十歳で、スポーツ記者としては働き盛りだ。ただし、普段からあまりやる気を見せない。言われた仕事はこなすが、それだけの話だ。

「ザ・ゲームの関係ですよね？　まだよく分からないんですけど」

「俺もだよ」菅谷は分かっている限りの状況を説明した。と言ってもそれは、公式サイトで紹介されているのと同じ内容だが。「異例の大会になるのは間違いないと思うんだ。

それについて、できれば現役のアスリートに話を聞いて欲しい」

こういう時、話が聞ける選手は限られる。自分の競技以外のことを語るのは難しいもので、尻込みしてしまう選手も多いのだ。それを説明し、自分で作ったリストを見せる。

「うーん……」礼香が渋い表情を浮かべ、顎に拳を当てる。「話せそうな人、いないんじゃないですか」

「そう言わずに、ちょっと当たってくれないか」菅谷は下手に出た。

「周防さんとか、どうですか？　何でもコメントしてくれますよ」

周防史郎は元マラソン選手でオリンピック出場経験もあるが、現役を引退してからの方が名前が売れている。喋りが上手いので、テレビに引っ張りだこになり、今や朝のワイドショーのレギュラーコメンテーターだ。この時間なら、彼が出ている番組はもう終わっているから摑まえやすいだろう。しかし……。

「周防さんは手垢がついてるな」

「ですね」礼香があっさり同意した。「他の人を探しますけど、一応、押さえにしておいていいですか？」

「頼む」

「菅谷さんはどうします？」

「別の電話を一本入れさせてくれ」思いついたこと――もう一人の取材すべき相手を放置していたことに気づいた。「場合によってはそのまま取材に出るかもしれない。そうなったら、コメント取材は任せるから」

結局任せることになった。

岡山には何度か取材したことがあり、連絡先は分かっている。実業団チームに入って、午前中は仕事をして午後から練習——というのが今のスケジュールのはずだが、ちょうど電話が通じて、今日は練習を休みにしているという。午後早くなら会えるというので、菅谷は素早く身支度を整えた。電話をかけている礼香に向かって手を上げてから、すぐに会社を出た。

さて……本村隆秀はどうして、岡山を取材するように示唆したのだろう。SHQのメンバーでもない岡山が、何か知っているのだろうか。

3

岡山が現在所属している実業団チーム、「JSランニングクラブ」の本拠地は横浜にある。大手食品会社「JSクック」のチームで、横浜工場の隣に専用の練習グラウンドがあるのだ。

ここが、どうにも行きにくい。JR鴨居駅と相鉄本線西谷（にしや）駅の中間地点で、どちらからも歩いて三十分以上かかる。バス便もなく、約束の時間は迫っている——仕方なく、菅谷はタクシーを奮発した。

練習グラウンドが近づくと、その光景を思い出した。岡山が移籍してくる前に、ここを取材したことがあるのだ。あれはもう五年ぐらい前だろうか。当時、グラウンドは完成したばかりで、芝の青さが目に痛いほどだった。今は少しくたびれているが……。

まだ高校を出たばかりに見える若い選手が数人、トラックを走っていた。そうそう……JSランニングクラブは、積極的に高卒選手を採用している。長距離を走る選手の多くは箱根駅伝に憧れるものだが、JSランニングクラブでは早い段階からマラソンに挑みたい選手たちを鍛えているのだ。

岡山は小さなスタンドに腰かけて、若い選手たちの走りを見守っていた。ジャージ姿だが、現役の選手というよりコーチの感じ……長距離選手は、三十代でもまだ老けこむわけではないのだが、岡山の「現役感」は、最後に会った三年前に比べて明らかに減退していた。

菅谷は一礼して、グラウンドに足を踏み入れた。靴底を通して芝の感触を感じながら、スタンドに近づく。岡山の顔がはっきり見えるところまで来ると、彼がタブレット端末とストップウォッチを持っているのに気づいた。自分の練習は休みでも、若手のコーチ役を買って出ているのだろう。一段落しないと声をかけにくい。菅谷は少し距離を保ったまま、選手たちの走りを見守った。間近で見るといつも驚くのだが、五千メートルだろうが一万メートルだろうが、選手のスピードは短距離走並みに感じられる。

選手たちが次々にゴールした。立ち止まらず、スピードを落としてクールダウンを始める。トラックを二周したところで岡山が腰を上げ、スタンドからグラウンドに降りた。若い選手たちが集まって来て、岡山の言葉に耳を傾ける。それが終わると、一団になってぞろぞろと煉瓦造りのクラブハウスに向かった。その段階でようやく、岡山が菅谷に気づく。

「すみません」菅谷は軽く一礼して、大股で彼に近づいた。「お待たせしてしまいましたか？」

「ちょうど今来たところです」菅谷は軽い嘘をついた。

「どうぞ、こちらへ」

誘われるまま、菅谷はスタンドの最下段のベンチに腰を下ろした。岡山が一メートルほどの間隔を置いて横に座る。

「どうも、ご無沙汰しまして」菅谷は頭を下げた。

「どうしたんですか、急に」岡山は訝しげだった。

「ちょっと確認したいことがありまして……今、コーチも兼任なんですか？」

「正式に、ではないですけどね」岡山が苦笑した。「うちはスタッフが少ないですから、何でもやらないと」

「最近はどうですか」

「いやあ、まあ……」岡山が言葉を濁した。

今のは意地悪な質問だった。

岡山は今年正月のニューイヤー駅伝にも出場したのだが、最長二十一・九キロの二区で大ブレーキになり、チーム成績は五位から十二位にまで落ちた。タイムも平凡で、明らかに衰えを感じさせた。三十五歳……選手としての「終わり」を意識しているだろう。

横に座った岡山をちらりと見ると、どうしても「老け」を意識させられる。短く刈り上げた髪にはちらほらと白髪が混じっていた。日焼けした顔は頬が削げ、トラックシーズンが始まったばかりの今もぎりぎりまで体を絞りこんでいるのが分かる。しかし、全身から発するエネルギーのようなものが減っているようにも思えた。

「その節はお世話になりまして」岡山がさっと頭を下げ、話題を変えた。

「いえいえ」何が「お世話」なのかはすぐに分かった。ワンホテルのチームが解散する時の取材……あの時菅谷は、岡山からもみっちり話を聞いたのだが、途中からは取材というより、愚痴に耳を傾けるだけになってしまった。実際、あの頃の岡山は迷いに迷っていた。選手としては円熟期で、東京オリンピックでの活躍も期待されていたのだが、いきなり母体であるチームが解散し、フリーに……菅谷としては、余計なことは言えなかった。超有望な選手の将来について、一介の新聞記者が口を出せるものではない。アドバイスなどできるはずもなく、不安に耳を傾けているだけだった。

しかし岡山は、それを「相談に乗ってくれた」と考えていたようだ。

「愚痴ばかりで、今考えると情けないですよ」

「我々の感覚では、会社がいきなり倒産して失業するみたいな感じでしょう」

「菅谷さんの場合、フリーライターになるようなものでしょう。そっちの方が、成功の確率は高いような気がするな」

「フリーライターの収入を知ったら驚きますよ」

「そうなんですか？」

「会社にはしがみついていたいですね」しかしその希望が叶うかどうかは分からない。新聞各社は不況の最中にあり、メジャーな全国紙やスポーツ紙がいつ潰れてもおかしくない状況なのだ。

「それで？　今日は何の取材なんですか？　今の俺を取材しても何にもならないでしょう」岡山が自虐的に言った。

「あなたのことというか……直接関係あるかどうかは分からないんですが、あなたに話を聞いた方がいいと言ってくれた人がいるんです」

「何だか怖いな」岡山がおどけて、両手を広げた。「何事ですか」

「ザ・ゲーム。ニュースは見ましたよね」

「……ええ」

岡山の答えが一瞬遅れた。目を伏せ、自分の足元を凝視している。不安を抑えこもうとするように、貧乏ゆすりを始めた。

「岡山さん？」

「ああ……はい」

「ザ・ゲーム。大きなニュースになってましたよね」

「読みました」

「それに関して、何か知りませんか？」

「いえ……」口調は曖昧である。

「何か知ってますね」菅谷は追い打ちをかけた。岡山が、あまり厳しく迫られると黙りこんでしまうタイプなのは知っていたが、ここは時間をかけるべきタイミングではないと思う。

「知っているというか、何と言うか」

「岡山さんらしくないですね。率直な人なのに」

「言っていいことかどうか、分からないんですよ」

「そうなんですか？」

「ちょっとつき合ってもらえますか？　クラブハウスまで」岡山が立ち上がる。

「いいですよ」

岡山が、大股で歩いてクラブハウスに向かった。歩いてというか、ほとんどジョギングに近い。長距離選手は、普段歩くスピードもこんなに速いのだろうか。

クラブハウスとはいえ、更衣室だけではなくトレーニングルームも完備された立派なものだった。先ほど走っていた若手選手たちが、玄関脇にあるトレーニングルームで筋トレをしている。岡山はそれをちらりと見て、ロビーにある革張りのベンチを指差した。

「ちょっと待っていてもらえますか。すぐ戻りますので」

岡山がロッカールームに消えた。菅谷はベンチに腰を下ろし、彼の戻りを待った。様々なチームのクラブハウスに入ったことがあるが、どこも何となく学校をイメージさせるのが不思議だった。このクラブハウスも、広い玄関の両側に巨大な靴箱があり、最新のカラフルなランニングシューズで埋まっている。まさに学校の玄関という感じ。

岡山はすぐに戻って来た。手に持っているのは、A4サイズの書類――というか、書類を綴じこんだファイル。

「これなんですけどね」

岡山が差し出したファイルを、菅谷は受け取った。濃い緑色の硬い表紙のファイルで、いかにも高級な感じがする。

「見てもいいんですか」

「見て下さい。俺には判断できないんです」

「じゃあ……」

開くと、中には一枚の書類が入っていた。英語で書かれたもので、末尾にはサインがある。このサインは直筆のようだ。

ロイ・L・サイモン。SHQの創設メンバーの一人にして、現在の代表。元プロゴルフ選手で、グランドスラム達成者である。

招待状だ、とすぐに分かった。

「これ、いつ届いたんですか？」

「昨日です。つまり、ザ・ゲームの開催が公表された日ですね。実際には郵送で、公式サイトで公表される前に届きました。何のことかと思ったんですが、ニュースを見てこのことかって分かって」

内容は簡単だった。ザ・ゲームの目的を説明し、岡山に参加を要請する——「ある一定の記録に到達している選手を対象に」「参加費を払った上で完全自費で」「国ではなく個人参加」などという条件が入っていたので、菅谷は呆れてしまった。これでは「選んでやったのだから、来られる人間だけ来ればいい」とも取れるではないか。プロとして稼いでいる選手でもない限り、この招聘を受けるのは極めて難しいだろう。レベルの高いスポーツの大会は、開催地入りして翌日に出場できるものではない。特に国際大会の場合、母国とはまったく違う環境の中での試合になるので、慣れるためのウォームアップの時間が必要だ。主に時差ぼけと気候対策だが、この調整がなかなか難しいと聞く。

「国際大会に参加する時、どれぐらい前から現地に入りますか？」

「俺は、最低二週間」岡山が人差し指と中指を立てた。「時差ぼけを直して、その地域の気温や湿度にアジャストするのに、それぐらいはかかります。この大会が開かれるの、ギリシャでしょう？」

「アテネ」

「行ったことないけど、アテネの気候ってどうなんですかね」

「実は私も行ったことがないんです。今はステップ気候だから、夏は相当暑くなると思いますけどね。平均の最高気温も三十度とか」

「それぐらいなら日本より涼しいだろうけど、湿気はどうですかね」

「湿度は低いんじゃないですか？　夏はほぼ晴れだと聞いたことがありますよ。雨は秋冬に集中してるんじゃないかな」

「だったら、条件は悪くないですね」岡山が顎を撫でた。

「行くんですか？　予定もないですしね」岡山がその前提で話していることはすぐに分かった。

「別に今年は、オリンピック代表には選ばれていない。」岡山が自嘲気味に言った。確かに岡山は、今夏のオリンピック代表には選ばれていない。そもそもここ五年ほど、フルマラソンで二時間十分を切ることもなかった。

「しかし、個人資格で来いっていうのはおかしくないですか？　競技団体とか、まったく関係ないのかな」

「そんな感じに読めますよね。でも、いいのかな……これ、非公認の大会になるんじゃないですか？　だとしたら、どんなにいい記録が出ても、認められないでしょう」

陸上などでは、確かに「公認記録」がある。様々な条件があるのだが、一番重要なのは、各競技連盟から主催する権利を委譲された主催者が開催する大会、ということである。つまり、条件が整っていない大学の記録会などでいきなりとんでもない記録が出ても、世界記録とは認められず、あくまで「非公認」になる。ザ・ゲームが各競技団体の公認試合になる可能性は極めて低いのではないだろうか。となると、アスリートサイドでは、この大会に出るメリットは一つもないことになる。選手の目標は記録、そして勝利なのだ。特に記録が重視される陸上や競泳の場合、選手のモチベーションは半減する可能性がある。

「それでも出る意味、ありますか？」

「うーん……どうかな」岡山が首を捻る。「今までの大会とはやり方が全然違いますよね。相談できる相手もいないし、困ってるんですよ」

「これ以外に接触はないんですか？　電話とか、メールとか」

「ないですね」

「他の選手も受け取っているんでしょうか」

「いや、それは分かりませんけど」

「何だか微妙な話ですね」

そもそも岡山に招待状が届いている時点で、微妙な感じがする。新しい大会なら、トップ選手を招いて華々しく始めるのが普通だろう。しかし今や、岡山は「二線級」である。世界記録を狙える可能性は極めて低い。やはり、オリンピックには出られない選手だけを招いて開催するつもりなのだろうか。

それなら、ＩＯＣと喧嘩になることもないはずだ。ただし、大会の価値は一気に下がってしまう。

「岡山さん、どうするんですか？　参加するんですか？」

「菅谷さん、どう思います」岡山が逆に聞いてきた。

「いや、私に聞かれても……まだザ・ゲームの正体もよく分からないですしね」

「ですよね」

岡山が溜息をつく。妙に弱気な態度に、菅谷は胸が痛んだ。若い頃の岡山は、大言壮語するタイプではなかったものの、常に自信を漂わせていた。言葉ではなく態度に滲(にじ)み出ていたのは、本当に自信がある証拠だったのだろう。それから数年の歳月が、彼から自信を奪い、気持ちを折った。

「興味はあるんですか」

「ないでもないですけど、とにかく情報がないから、判断できないんですよ」

「困った話ですよね。主催者もいい加減というか秘密主義というか、こんな招待状で選手が納得すると思っているんですかね」

「でも、興味がないわけじゃないんですよ」岡山が遠慮がちに打ち明ける。

「そうなんですか?」やはり出る気なのだ、と菅谷は判断した。

「何か、新しいことが始まりそうじゃないですか。でも心配なのは、個人参加ということです。しかも参加費を徴収するんですよ」

「いくらですか?」

「一万ドル」岡山が人差し指を立てた。

「だいたい百五十万円ですか……岡山さん、お金は大丈夫ですか?」

「それを言われると痛いんですよね」岡山が苦笑した。「必要な金は、参加費だけじゃないです。少なくとも二週間前にアテネに入って、調整しないと。でも旅費もホテル代も自腹でしょう？　それに自分でコーチやトレーナーを雇わなくちゃいけない。そんな金、出ないですよ」

「参加費以外にいくらかかりますかね……」フリーになった後結婚した岡山は、今や二人の子持ちである。簡単に金を捻出できるとは思えなかった。「遠征費として百万とか？」

「とんでもない」岡山が顔の前で激しく手を振った。「その二倍、あるいは三倍かな」

「スポンサーでも募ります？　個人参加ということで、それ以外の条件はないんですよね」

「ええ。でも、スポンサーなんか集まるかな」

「それこそクラウドファンディングとか」

「うーん……」岡山が腕組みした。「寄付してもらっても、俺の方でお返しできる方法がない」

「それこそ記録を出せば」

「そのプレッシャー、大変ですよ」岡山が唇を尖らせて指摘した。

「失礼しました」軽いノリで言ってしまった、と反省する。

「返事は、六月一日が締め切りなんですよ。開幕の二ヶ月前ということで」

「あまり時間がないですね」

「そう考えると焦ります。菅谷さん、これからも相談に乗ってもらっていいですか?」

「私ですか?」菅谷は自分の鼻を指差した。「私みたいな新聞記者じゃ、頼りにならないでしょう。岡山さんなら、他に相談できる人はたくさんいるんじゃないですか。大したことは言えないと思うし」

「今、気楽に話ができる人もいないんですよ」

「ここの監督はどうなんですか? 宮本さん」

「うーん……」岡山が黙りこんだ。

宮本は実業団チームを何十年も率いている名将で、監督としてはJSランニングクラブが三チーム目だ。ある意味プロに徹した監督で、就任当初に掲げた目的が達成されると、さっさと辞めて次のチームに向かう。JSランニングクラブの監督に就任したのは三年前、ニューイヤー駅伝での優勝を目標に掲げているが、それはまだ達成できていない。とはいえ、彼ももう六十歳である。JSランニングクラブが優勝しても、新しい目標を追っていくにはきつい年齢かもしれない。監督業そのものから退くことを考えてもおかしくはないだろう。

「宮本さんには、この件を話したんですか?」

「ええ」

「どんな反応でした?」

「よく分からない、と。俺が分からなければ、監督に分かるわけがない——当たり前ですよね」

「まあ、そうなんでしょうけど」宮本に話を聞いてみようと思った。そもそも今は、所属チームの責任者なのだし。

「悩ましいですよね。簡単には判断できませんよ」

全くその通りだ。菅谷としては、この取材は無駄ではなかったが。もう一人か二人、招待状を受け取っている選手が分かれば、それを記事にできる。それは、ザ・ゲームの異様性を証明するような内容になるだろう。

菅谷はすぐに、宮本に連絡を取った。JSランニングクラブの所属選手は、全員がJSクックの社員だが、プロ契約している監督の宮本だけは社員ではない。練習スケジュールに合わせてこのグラウンドに来るわけで、公式練習が休みのこの日は、彼も休日になっているはずだ。

宮本とのつき合いは長い。彼がJSランニングクラブに来る前に監督を務めていたチームを取材している頃に知り合ったから、もう十年来の知己である。なかなか厳しい人なのだが、陸上界の重鎮の一人だから、「苦手だ」と避けるわけにはいかない。

宮本は自宅にいたが、「今からお伺いしたい」と言うと、怪訝そうな声で「無理じゃないかな」と言われた。

「いや、すぐ動けますよ」

「群馬なんだけど」

「え」思わず話が止まってしまう。宮本は元々、チームの本拠地に近い川崎に住んでいたはずだ。

「二年前に、実家に戻ったんだよ。親の介護があってね」

「群馬から横浜まで通ってるんですか？」

「いや、練習がある時は、その近くに借りてるワンルームマンションに泊まってる。休みの前後に実家に戻るんだ」

「だったら介護は……」

「基本的に、嫁に任せきりだ。これから後が怖いな」宮本が本当に怖そうに言った。

「そういうことなら……今、電話で話を聞かせてもらってもいいですか？」

「いいよ」

「ザ・ゲームのことです。岡山選手に、招待状が来たそうですね」

「岡山から聞いたのか？」

「ええ」ここは隠しても仕方ないだろう。この話を出さないと取材は前へ進まない。

「あんた、どう思います？　ザ・ゲームって、どういう大会なんだろうか」宮本が逆に聞いてきた。

「正直、まだ正体を掴みかねています。その取材の途中で、岡山さんに行き着いたわけでして」

「なるほどね」

「監督としては、岡山さんを参加させてもいいと思っているんですか」

「それは、いや、うーん……」いつもは勢いよく話す宮本だが、今日はどうにも歯切れが悪い。「本人の意思も大事だけど、まだ判断できるだけの材料がないんだよ」

「そうですよね」

「どう考えたらいいか……」

「岡山さんのスケジュールは空いてるんですか？」どの競技の選手も、年間のスケジュールを綿密に立てている。長距離選手の場合、一年に何回もマラソンを走れるわけではないから、今年一番の目標を一つ定めて、駅伝やハーフマラソンはその練習台にしていることもある。それぞれの大会に合わせてピークを作るのが普通のやり方だ。

「まあ、それについても、今あいつと話しているところなんだ」

「今年度のメーンの大会は……」

「出るかどうかも含めてだな」

菅谷は急に鼓動が跳ね上がるのを感じた。今日見た限りでは、岡山は重大な故障などを抱えている感じではないが、実際にどうかは分からない。年齢の問題もあり、引退ということを本人やその周囲が意識し始めてもおかしくない。

「まさか、引退じゃないでしょうね」

「それは、俺の口からは言えない。岡山ぐらいのベテラン選手になれば、自分で判断して決めるだろうし、俺はそれを尊重する」

「でも、そういう話は出てるんじゃないですか」

「出てるかどうかも含めて何も言えないが……おい、こんなこと書くなよ」

「書きませんよ」

「それならいいけど、岡山は今、デリケートな状態にあるんだ。選手としてもいい年なんだから」

宮本としても、岡山への対応は難しいだろうと思う。フリーに転身して失敗し、JSランニングクラブの門を叩いた。宮本は身柄を引き受けたのだが、その本音はいかがなものだっただろう。

「オフレコで聞いていいですか」本当は、記者の方からオフレコを持ち出してはいけないのだが。

「今日の話は全部オフレコだぜ」宮本が嫌そうな声で言う。

「監督の目から見て、岡山さんには何を期待していたんですか？　JSの正式な戦力ですか？　それとも若手のコーチ役ですか」

「どっちも。しかし、コーチ役を除いては、上手くいっていない」

「岡山さんは限界だと思いますか？」

「長距離は三十歳からとも言うけど、あいつはもう三十五だ。これから記録が伸びる可能性は極めて低い」宮本の口調は冷静だった。

「監督として、引退を勧告したいぐらいにですか？」

「さっきも言った。あいつほどの選手なら、自分の将来を自分で決める権利がある。俺が口出しすれば、プライドが傷つくだろう」

「ずいぶん気を遣ってるんですね」

「あいつは今まで、いろいろ苦労してきたからな。俺としても、最後は悔いなく終わって欲しいんだ」

「そのための舞台が、ザ・ゲームかもしれませんよ」

「あんた、あの大会を肯定するのか？　海のものとも山のものとも分からないのに」

そう言われると、何も言えなくなってしまう。菅谷自身、ザ・ゲームに対しては疑問しかないのだ。あまりにもマスコミを軽視している主催者に対する反感もある。

「相談されれば話はするけど、最終的に決めるのはあいつだ。ザ・ゲームに出るかどうかも、あいつの判断だよ」

「そうですか……」

「何だか不満そうだな。俺に何と言って欲しかったんだ？」

「よく分かりません。期待も予想もしていなかったと思います」

「困った話だな、ええ？　どういうつもりでオリンピックにああいう大会をぶつけてきたのか、意図が分からない」

まったくその通りだ。そして取材を拒否されている以上、その意図が分かる日は来るのだろうか。

4

ザ・ゲームを巡っては、日々細かな動きが出てきたので、菅谷と礼香は毎日のように原稿を書き続けた。

連休明けには、JOCの広報担当が各社の要請に応じて会見を開き、菅谷も出席したが、取材する方もされる方も、困惑が募るだけの時間になった。

JOCとしては、現在のところは状況を静観。選手を守る立場から、IOCと同調して動いていく——あまりにも表面的なコメントに思えた。記者たちからは「強化指定選手がザ・ゲームに出たいと言ったらどう判断するのか」という質問——一番気になる問題だ——が出たが、回答は「仮定の質問には答えられない」。どんな選手に招待状が届いているのかという質問に対しては「現在、調査中」。結局ほとんど事情が分かっておらず、どういう対応を取るかについて、JOCでは決めかねていると分かっただけだった。

この会見も記事にしたが、書いてもどうにも釈然としない。菅谷は何とか、招待状をもらった選手と接触したかった。他のメンバーが分かれば、主催者がどういう基準で招待選手を選んでいるかが分かるかもしれない。

最初に手がかりを摑んだのは礼香だった。ＪＯＣの会見の翌朝。菅谷が出社すると電話で誰かと話している。菅谷の顔を見ると、いきなり親指と人差し指を丸めてＯＫサインを出した。何かいいネタを摑んだのか？　期待しながら菅谷は自席に腰を下ろし、彼女の電話が終わるのを待った。

礼香はスマートフォンを耳から離すと、一つ溜息をついた。

「誰と話してた？」

「江越陽菜」

「用件は？」

「彼女にも招待状が届いていました。今、認めました」

「彼女、ザ・ゲームに出られるのか？」

江越陽菜は、競泳の万能選手として鳴らした。個人メドレーが一番得意だが、自由形でも世界と戦えるだけのベストタイムを持っている。しかしそれは東京五輪まで……その後は故障に苦しみ、今は強化指定選手を外れている。オリンピック代表を決める選考会はまだ先だが、非常に厳しい状況にあると言っていいだろう。

「どうですかねえ」礼香が首を捻る。

「腰痛、だったよな」

「ええ。一年以上まともに泳げない時期がありましたから、まだ体力も勘も戻っていないと思います」礼香は長年競泳を取材してきたので、有力選手の情報には詳しい。

「取材できるのか？」

「アポを取りました。菅谷さん、どうします？」

「一緒に行くよ。時間は？」

「これからすぐ」

朝のコーヒーもまだ飲んでいないが、この際仕方がない。岡山と江越陽菜、二人から招待状の話が聞ければ、この件は記事にできる。ザ・ゲームの異様さを明るみに出してやろう。


江越陽菜は、スイミングスクール育ちの選手だ。オリンピックに出た時は東体大の学生だったのだが、卒業後は大学に残らず、子どもの頃から練習してきたスイミングスクールに籍を置いている。子どもたちに教えながら、自分もトレーニングをする日々だった。

スクールの事務室で落ち合った陽菜は、招待状を用意してくれていた。菅谷は初対面だったので、これまで何度も取材している礼香に取材を任せることにした。

「招待状、見せてもらっていいですか」礼香が切り出す。

「どうぞ」見た目は、岡山がもらったものと同じだった。濃緑色の、A4サイズの硬いカバー。礼香が開いて中を確認し、すぐに菅谷に手渡す。文章はまったく同じだった。

「これ、写真に撮ってもいいですか」菅谷は許可を求めた上で撮影した。これは紙面で使えるかもしれない。

「あ、コピーがあります」

陽菜が、手元のファイルフォルダを持ち上げ、中から書類を二枚、取り出した。受け取って、菅谷は原本を陽菜に返した。陽菜の表情は渋い——岡山と同じで、この招待に戸惑っているのは明らかだった。

「いきなり届いたんですか」礼香が訊ねる。

「そうなんです。ザ・ゲームのニュースが流れた後でした」

ということは、主催者側は選手に一斉に送付したわけではないようだ。その辺は、ルールやこだわりがあまりないのかもしれない。

「誰かに相談しました？」

「先生には……波野（なみの）さんには」

「スクールのヘッドコーチですね」

「そうです。今、相談できる人は波野さんぐらいですから」

「それで——どうします？」礼香がいきなり本題に入った。

「どうしましょう」陽菜が困ったような笑みを浮かべた。「正直、何で私が招待されたのか、よく分からないんです。まだ完全には復調していないと思いますし」

「今年のタイム、今のところどうですか？」

「百のフリーで五十四秒三三です」

「ベストより二秒近く遅いわけですね」

「体力も落ちてきてますし」陽菜が肩をすくめた。「年ですね」

競泳選手の全盛期は二十代前半と言われる。技術は練習を重ねるごとに向上するが、ベースになる体力が下り坂に向かい始めると、やはりタイムは悪くなってくる。陽菜は今年二十五歳、まだまだやれる年齢だが、故障で一年ほど練習できなかったのは、やはり大きいのだろう。水に入れないだけではなく、陸上トレーニングや筋トレにも支障をきたす。

「まだまだできると思いますよ」礼香が爽やかな笑みを浮かべてうなずきかける。それで陽菜の表情が晴れることもなかったが。

「正直、どういうレベルの大会になるか、分からないじゃないですか」陽菜が切り出した。「私ぐらいのタイムの選手が出ていいのかどうか……」

「陽菜さんは、今でも二百メートル個人メドレーの日本記録保持者じゃないですか。しかも世界記録に近接したレベルの日本記録ですよ。今でも一級です」

「それ、もう四年前ですから」陽菜が悔しそうな表情を浮かべて否定した。「今はもう、あの記録に迫れる自信はありません」

「でも、まだしっかり頑張ってるじゃないですか」

「気持ちは折れてないと思います。でも、結果がついてこないと……いつまで持ちますかね」

　こうやって自信を失っていく選手を、菅谷は何人も見てきた。記録が頭打ちになり、ゆっくりと下降線を辿るようになる。今まで普通にこなしてきた練習が大きな負担になってきて、自分を追いこむことができなくなる――そうやって、徐々に引退を意識するようになるのだ。

「波野さんは何と仰ってるんですか？」菅谷は訊ねた。

「困ってます」陽菜も困り顔で言った。「とにかく情報が少なくて」

「そうですよね」礼香が相槌を打ってうなずく。

「何だか馬鹿にされてるような気もするんですよね」陽菜が愚痴を零した。「トップ選手はオリンピックで、それよりレベルの低い選手はザ・ゲームで、みたいな」

「参加選手の名簿がないですから、その辺については断定できないんじゃないですか」礼香が指摘する。

「うーん、でも……」

「他にも、招待された選手を知ってるんですか」菅谷は訊ねた。

「競泳では、何人か」

「名前を教えてもらえますか」

「それは、ちょっと」陽菜が躊躇う。

「口止めでもされてるんですか？」

「私が言うのは筋が違う気がします。私の名前も、出さないでもらえると助かるんですけど」

「今のところ、出すつもりはありません」

礼香がこちらをちらりと見たので、菅谷はうなずいた。本当は「招待選手」として実名を出したいのだが、陽菜たちが名前を出されるのを嫌がるのも理解できる。ザ・ゲームに関しては、世間の反応がまだ読めないのだ。菅谷たち、それにオリンピック関係者が「けしからん」と言っているのに比して反応は薄いようだが、それは是非を判断しにくい大会だからだろう。叩くべきか賛成すべきか、脊髄反射では分からないこともある。

「でも、困りましたね」礼香が首を傾げる。

「私も困ってます。ちゃんとした説明もなくて、いきなり招待状ですから」

「招待状だけなんですか？　電話やメールでの勧誘はないんですか」

「それは――」それまでてきぱき喋っていた陽菜が、急に口籠る。

「何かあったんですね」礼香が突っこむ。

「あー、これは言っちゃっていいのかどうか」

「言って下さい。まずい話だったら、表に出ないようにします」

「本当ですか？」

「ネタ元は――あなたのことは守りますよ」

「秋本（あきもと）さんです。ジョージ秋本さんから電話がありました」

「え？」菅谷は思わず声を上げ、礼香と顔を見合わせた。「あのジョージ秋本さんですよね？」

「そうです。レスリングの」

何なんだ、いったい……ジョージ秋本は両親が日本人だが、アメリカで生まれ育った。高校を卒業後、日本の大学に進学。二十歳になる時に日本国籍を選択し、その後はグレコローマンの日本代表としてオリンピックに二回出場した。今、四十五歳で、出身大学で教授を務め、レスリング部の監督をしている。しかし彼は、SHQのメンバーではないはずだ。ザ・ゲームにどう絡んでくる？

「それは、招待状が来る前ですか、後ですか」この取材は礼香に任せておこうと思ったのだが、菅谷はつい口を挟んでしまった。

「後です。というか、招待状が届いた直後でした。何だかタイミングを見ていたみたいな感じで」

「でも、招待状はアメリカから発送されてますよね」菅谷は指摘した。

「ええ」

「となると、いつあなたの手元に届くか、正確には分からないと思います」

「ああ――そうですね」

「招待状が届くタイミングを狙って電話してきた、ということでしょうか」そもそも最初に話を聞いた岡山の口からは、ジョージ秋本の名前は出なかった。隠していた可能性もあるが、実際に電話はかかってこなかったのだろう。少なくともあの時点より前には。

「秋本さんは、何と？」

「大会に出るように、と強く言われました」

「秋本さんのことは知ってますか？　個人的にという意味ですが」

「いえ。テレビにも出る人ですから、私は知ってますけど。声を聞いてすぐに分かりました」

秋本は特徴的なダミ声だ。それでいて滑舌はいいので、よくお笑い芸人にモノマネされている。

「それで、何と答えたんですか？」

「そんな簡単に結論は出せません。招待状が届いたばかりですし……今でも迷ってますけど」

「秋本さん、どんな感じでした？」

「それはもう、テレビの通りで」陽菜の表情が少しだけ緩む。

「前のめり？」

「そんな感じです」

菅谷も、秋本のことはテレビでしか見たことがないが、画面からはみ出さんばかりの勢いで喋るのが特徴だ。テレビになるとテンションを上げる人も多いのだが、秋本は普段からそういうタイプなのかもしれない。アメリカ生まれ、アメリカ育ちということが影響しているのだろうか。

「ザ・ゲームについて、正直どう思います？」菅谷は訊ねた。

「よく分かりません。よく分からないから、決断できないんです。一番大変なのは、参加費プラス自費参加ということで……何百万円もかかりますよね？　何だか、お金持ち以外は来るな、みたいな感じ、しませんか？」

「あー、確かに」菅谷は思わずうなずいてしまった。そもそもSHQが、スーパーリッチの集まりなのだ。スポーツ界の貴族と言ってもいい——そう指摘したのは、自身が貴族の末裔であるコティだった。

「何か情報があったら教えてもらえませんか？」陽菜が逆に頼みこんできた。「受けるにしても断るにしても、情報が足りなくて。でも、考えてみるとずいぶん無礼な話だと思いませんか？　本当に、困ってるんですよ」

アスリートを困らせるような大会に、何の意味があるのだろう。

菅谷は、今の件を記事にするよう、礼香に命じた。

「岡山さんの件も盛りこむんですね」

「複数の選手に招待状が届いていることが分かった、という感じにして欲しいんだ。名前は出さないで、招待状の中身だけを詳しく紹介する」

「分かりました。菅谷さんはどうします？」

「ジョージ秋本に会ってみる。大学の先生だから、摑まえやすいんじゃないかな」

「ですね……原稿、すぐ出しますか？」

「後で確認するよ。それからデスクに見せよう」

「信用、ないですね」礼香が少しいじけたように言った。

「違うよ。チームで仕事してるんだから、それが普通だろう」

「――じゃあ、お戻りを待ってます」

「出来上がったらメールで送ってくれてもいい。こっちの取材はいつまでかかるか、分からないから」

駅で礼香と別れ、菅谷はそのままジョージ秋本が教授を務める大学に向かった。大学のキャンパスは三ヶ所に分散しているが、レスリング部の本拠地は本部キャンパスだ。最寄駅からタクシーを使って大学のすぐ近くまで行くと――郊外の大学なので、駅から徒歩三十分もかかる――代表番号に電話をかけて、秋本の研究室に回してもらう。

「秋本です」聞き間違えようのないダミ声。

「東日スポーツの菅谷と申します。今、大学の近くまで来ているんですが、ちょっとお時間、いただけませんか？」

「ずいぶん急ですね」

「急に情報が入ったので、確認させていただきたいと思いまして」

「何の件で？」

「ザ・ゲームです」

秋本が黙りこむ。しかしそれは一瞬で、すぐに押し出しの強い声でオーケーした。

「構いませんよ。ただ、一時からは講義があります」

「十分です」

そう言って電話を切ったが、嫌な予感しかなかった。秋本のように弁が立つ人間は、都合が悪くなると、ひたすら意味のないことを喋りまくって時間を削る。こちらが質問すると、必要な答えの百倍ぐらい返してくるのだ。しかも微妙に論点を外して、必要な情報は手に入らなかったりする。

しかしまずは、会ってみないと何が起きるか分からない。ここは勝負だな、と菅谷は腹をくくった。


秋本はもう四十五歳なのだが、現役時代の雰囲気を色濃く残している。極端な逆三角形の体型で、ジャケットの肩が張って、胸のところが開いてしまっている。グレーのズボンの太腿も、ちょっと動いたら破れてしまいそうなほどパンパンだった。短く刈った髪は、ワックスで逆立てている。今にも戦闘開始、という感じだった。

「どうぞ」

いかにも大学教授の部屋だった。本棚には大量の本が詰まっており、背表紙を並べた壁紙を貼っているように見える。奥には作業用のデスク。その前には、四人ほどがつける広さのテーブルがあった。四つの椅子のデザインはばらばら。異様なのは、テーブルの下にダンベルがいくつか置いてあることだった。一番重いものは二十キロ。さらに、小さなベンチもある。講義の合間に、気が向くとここでトレーニングをしているのだろうか。これだけ揃っていれば、背筋、胸筋、腹筋と上半身は余さず鍛えられる。いや、ダンベルを使ったスクワットで、下半身のトレーニングもできるか。

引退すると、アスリートはだいたい二種類に分かれる。完全に体を動かすことをやめてしまうか、現役時代の五割のペースでトレーニングを続けるか。きつい練習が嫌で、運動からすっかり離れてしまう選手がいるのは分かるが、なおもそれなりに激しい練習を続ける人がいるのが、菅谷にはよく理解できない。体型と体調を維持するためなのか、あるいは現役時代に対するノスタルジーなのか。秋本の場合は前者、という感じがする。

「ずいぶんいきなりですね」テーブルを挟んで座ると、秋本がかすかに非難を滲ませて言った。

「申し訳ないです」菅谷は頭を下げた。「先ほど手に入った情報で、どうしても先生に確認させていただきたいことがありまして」

「ザ・ゲーム？」秋本がうなずく。この件に関しては、特に警戒していない様子だった。今まで会ってきた人たちとは明らかに態度が違う。

「先生、招待状が送られてきた人たちに、連絡を取ってらっしゃいますよね」

「ええ」秋本があっさり認めた。

「それは、どういう……お立場でやられているんですか？　個人的にお願いしているんですか？　それとも主催者から頼まれた？」

「今の私の立場を説明するのは難しいですけどね」秋本がそっと頭に手をやって髪を整えた。「ちなみに私は、ＳＨＱのメンバーではありません」

「ええ」やはりそうだったのか。

「ＳＨＱには、一千万ドル以上の純金融資産がないと入れない、という噂がありますよね」

「本当ですか？」疑念を口にしながらも、さもありなん、という感じがした。一千万ドルと言えば、日本円で十五億円強——金持ち集団。スポーツ貴族。

「あくまで噂ですけどね。ただし、あそこのメンバーにも知り合いがいないわけではない。ハリケーン・ジョー、知ってますか？」

「ええと……」

「あなた、プロレスは好きではない？」

「あまり興味はないですね」東日スポーツにも格闘技の担当者はいるのだが、プロレス関係はよほどのことがないと記事にはならない。もちろん、世の中に一定数のプロレスファンがいることは分かっているが。

「世界最大のプロレス団体で、長年エースを張った男ですよ。ジョー・ワイズマンと言えば分かります？」

「アテネのグレコローマン九十六キロ級の金メダリスト」自分は直接取材していない大会だが、それぐらいは分かる。

「プロレスに転向した後のリングネームが、ハリケーン・ジョーです。レスリングで金メダルを取っても、金にならないですからね」

ずいぶん即物的なことを言う。アメリカはレスリング大国でもあり、現役を引退しても、コーチなどの口はいくらでもあるはずだが……もっともプロレスラーになれば、稼げる金は桁違いだろう。

「そういう……プロレスラーがＳＨＱに入れるんですか」

「彼の場合、あくまでアテネのメダリストとしてです。資産もあるでしょうけどね」

「オリンピアン同士だから、知り合いなんですか？」

「高校の同級生なんです。彼はその頃から九十六キロ級で、私は七十四キロ級だったから、練習でスパーリングをすることもなかったけど、彼の運動能力は頭抜けてました。あの体格で、簡単にトンボが切れるんだから」

「それはなかなかですね」

「高校の大会で優勝が決まった後に、マット上でトンボを切って、コーチに激怒されてました」秋本が微笑む。若き日の想い出。

「その頃からショーマンシップがあったんでしょうか」

「というより、喜怒哀楽が激しい人間なんです。そういうのも、プロレスには向いてたんでしょうね。最終的には首を傷めてプロレスを引退しましたけど、その後私とのホットラインが復活したんですよ」

「その、ジョー・ワイズマンから何か頼まれたんですか」

「まあ……ね」秋本がまた頭に手をやった。

「どういう頼み事だったんですか」

「セレクション」

「選手を選ぶ？」

「あまり言わない約束なんだけどな」秋本が頬を掻いた。「内密でお願いできますか」

「いや……」これは特ダネにつながるかもしれない。その可能性があるのに、オフレコを受け入れるのは難しい。

「無理なら、言いませんよ」秋本が口の前で両手の人差し指を交差させた。

「分かりました」結局向こうの提案に従わざるを得ない。書けなくても、情報としては知っておかないと。

「セレクション・マンと呼ばれてます。非公式にだけど」

「選考委員ということですか」

「ええ。ザ・ゲームの出場規定、もう分かりました？」

「いえ」

「一定の記録を突破している選手が対象になるんですけど、そのセレクションは、候補選手が住む国の人間に任されている」

「選考会なんかで、一発で決まるようなセレクションではない、ということですね」

「ザ・ゲームはオリンピックじゃないからね」どこか馬鹿にするような感じで秋本が言った。

「記録優先じゃなくて、あくまで推薦ということなんですか？」それだとやはり、二線級の選手しか集まらないだろう。トップ選手は絶対に、同時期に行われるオリンピックを選ぶ。

「そうなりますね。だから私は、各競技で主催者が定めた基準を突破している選手を選んで推薦した」

「その人たちに、招待状が届いているんですね」

「もう、行き渡ってるでしょう」秋本がうなずく。

「その後も先生は、招待選手を説得していますね？」

「せっかく招待したんだから、出てもらわないと」

「しかし、招待された人たちは困っていますよ。ザ・ゲームのコンセプトや狙いが分からない。人によっては、オリンピックとザ・ゲームを天秤にかけて、股裂き状態になるかもしれません。あまり健全なことではないですよね」菅谷は早口で批判をぶつけた。

「まあ、現段階ではザ・ゲームについて批判的な見解を持つ人がいるのも不思議ではないですね」秋本は余裕がある——苛ついた様子は一切見せなかった。

「現段階では？」菅谷はそこに食いついた。「いずれは賛同を集める、ということですか？」

「賛否両論あるでしょうね。そもそもオリンピックだってそうだ。今は否定論者の方が多いかもしれません」

「しかし……」

「いや、普通の人はオリンピックのことなんか意識にない。興味ゼロ、というのが正しいかもしれません。始まる一ヶ月前になると、テレビが盛んに前宣伝を始めて、それでようやく『ああ、オリンピックか』と意識する、という具合でしょう。オリンピックに関係する人と世間の人の感覚にはずれがある」

「先生もオリンピアンじゃないですか」菅谷は指摘した。

「私がオリンピックに出たのは、ずいぶん前の話ですよ。あの頃とは、オリンピックもすっかり変わってしまった……私、オリンピックに関する仕事は全部お断りしているんです。知ってますか？」

　言われてみれば……秋本はよくテレビに呼ばれるのだが、これだけ喋りが達者なのに、オリンピックの解説などで声を聞いたことはない。菅谷は遠慮がちに、「どういうことでしょうか」と訊ねた。

「今のオリンピックは、私が知っているオリンピックや、理想と考えるオリンピックとはかけ離れている。正直、最近の大会を観ていると心苦しいですよ。だから彼の理念も理解できる。東京大会が、オリンピックのあり方を見直す最後の機会だったかもしれない」

また「彼」か。ザ・ゲームにはやはり黒幕がいるのだろうか。訊ねても、秋本は首を横に振るだけだった。

「彼のことは言えない」

「そうですか……」菅谷は一歩引いた。「でも、選手は一生懸命やってるじゃないですか」

「そこが、あなたたちの最終防衛ラインですか」

「どういう意味ですか？」

「選手ファーストと言えば、全てが浄化されると思っている。しかしオリンピックは、巨大な利権ゲームなんですよ。誘致で巨額の金が動くのは、あなたもご存じでしょう？他にもスポンサーとの関係、テレビ放映時間の都合で決められる試合時間、メダルを取るためのなりふり構わぬドーピング、不公平な判定……様々な問題があるけど、一切解決されない。選手の負担は増える一方です。本当は一度やめて、完全にリニューアルすべきなんですよ」

「それでは本当に、選手のためにならない」

「あなたは今まで、オリンピックの取材を経験しましたか？」

「夏冬、何度も」

「選手の本音を引き出せたと思いますか？　下手なことを言えば、自分の身に跳ね返ってくる——そう考えて、どれだけ不満があっても口をつぐんでしまう選手はたくさんいる。上の命令には絶対というのが、アスリートの——特に日本のアスリートの特徴ですからね」

「先生もですか？」

「私は半分日本人の感覚だから、日本人アスリートの気持ちも分かりますよ……とにかく、ザ・ゲームはオリンピックに対する不満への回答にもなる」

「まさか、オリンピックに取って代わるものになるつもりじゃないでしょうね」最初から懸念されていたことだった。ＩＯＣという巨大組織対金持ちスポーツ貴族の全面戦争……。

「そういう狙いはないでしょう」

「オリンピックを憎んでいる人は、そんなに多いんですか？」

「あなたが想像しているよりも」秋本が笑みを浮かべた。理解の悪い学生に丁寧に教えこもうとしているような態度だった。「まあ、私は正面切って喧嘩するような度胸はないですけどね。手伝えることは手伝って、後は様子見です」

「我々が取材するような大会になるとは思えませんが」

「取材できれば、ね」秋本が微妙な表情を浮かべる。

「どういうことですか？」

「いや、今のは忘れて下さい」

「オフレコの後出しは困ります」菅谷は軽く抗議した。

「そういうルールも……あまり好ましくないですね」

「だったら我々は、取材相手の言うがままなんですか？　都合の悪いことは一切書くな、と」

「いや……そもそも、スポーツ紙はそんな難しい取材をしないでしょう。あなたは、理想が高過ぎるんじゃないですか？」

秋本の言葉が次々に胸に刺さる。この人は、こんなにメディアに対して敵愾心を持っていたのか？　あれだけテレビに出ていたのに……一種の自己矛盾に思える。

「取材すべきことはして、きちんと書きます」菅谷は反論した。自分でも綺麗事のように思えてきたが……。

「取材できれば、ね」

「どういうことですか」

「今まで、主催者側からはまったく取材できていないでしょう？　実際、世界中どのメディアからの取材も受けつけていないはずだ。SHQのトップメンバーは、アメリカのメディアと深いつながりがあるにもかかわらず、ですよ」

確かに……これまで取材してきた相手は全員、口が重かった。きちんと喋ってくれたのは岡山と陽菜だが、この二人は主催者ではなく招待された選手である。そして「セレクション・マン」である秋本はよく喋るが、自分を挑発するような態度だ……。

「まあ、ザ・ゲームはこれまでにないスポーツの大会になりますよ。リアルに選手のための大会だ」

「それを取材します」

「メディアも、今までとは対応を変えた方がいいかもしれない――いや、メディアが変わるべきかもしれない。そうしないと、これからの時代、生き残れませんよ。紙のメディアがどうこういう話ではありません。あなたたちジャーナリストの立ち位置の問題なんだ」


もやもやした気分のまま社に戻る。礼香からの連絡はなし……原稿で苦労しているのでは、と菅谷は想像した。自席へ着くと、礼香はちょうど原稿を書き終えたところのようで、パソコンの画面を見ながら背伸びしている。

「ちょうど終わりました」

ほっとした表情を見ると、やはり苦労したのだなと確信して、「お疲れ。難儀したみたいだな」と労った。

「今、記事サーバーに入れたので、確認して下さい」

未処理リストの一番上にきている礼香の原稿を確認する。捨て見出しは「ゲーム」。最初にこの件について原稿を書いてから、ずっと同じ捨て見出しを使っている。

今年8月にギリシャ・アテネで開催される国際大会「ザ・ゲーム」で、日本人選手にも主催者から招待状が届いていることが分かった。

招待状では、①一定の記録に到達している選手が対象②参加費を含めて完全自費参加③国単位ではなく個人での参加——などの条件が記載されており、これまでの国際大会とはまったく色合いが違う。特に「参加費」と「自費参加」に関しては、選手の間でも戸惑いの声がある。各競技団体は現在、静観の構えで、実際に出場する選手に対して金銭的支援をするかどうかは不明だ。

大きな大会の場合、本番前に現地入りして調整する必要があり、旅費・滞在費に加え、トレーナーやコーチを自費で雇うとなると、数百万円の出費になる可能性がある。賞金大会になるという情報はなく、選手の完全な持ち出しになる可能性が高い。招待を受けた女子選手は「今は決めかねている。負担は相当大きくなるし、それを出せる目処が立たない」と困惑を隠せない。また別の男子選手は「詳細が分からないので何とも言えない」と言うにとどまった。

JOCでは「詳細が未だに不明なので、一切コメントできない」としている。

「二人のコメント、競泳とか陸上とか競技名を入れなくて……入れない方がいいな」菅谷は顎を撫でながら言った。

「今は、特定されないようにした方がいいですよね」礼香がうなずく。

「何だか、ぼんやりした原稿だな」

「これが限界です」少しむっとした口調で礼香が答えた。

「君のせいじゃないよ。中身がぼんやりしているんだから、こうなるのも当然だ」

「――ですよね」

「これがきっかけで、取材しやすくなるかもしれない」菅谷は一人納得してうなずいた。

「自分から名乗り出てくる人がいるかもしれない」

「そうですね。ところで秋本教授、どうでした？」

「うん……」菅谷はボールペンを手にし、小さなドラムスティックのようにデスクを叩いた。「一方的に責められた」

「責められた？　どうしてですか」

「秋本先生は、メディアがお嫌いらしい」

「ええ？」礼香が首を傾げる。「あんなにテレビに出ている人が？」

「おかしいよな」彼女の言葉に背中を押されて、菅谷はつい文句を言った。「俺たちがスポーツ新聞の批判をするみたいなものじゃないか。健全な自己批判ならいいかもしれないけど……秋本さん、すごく挑発的だったんだよ」

「意味、分からないですね」

「いや、もしかしたら主催者には、メディアに対して何らかの思惑があるのかもしれない。全然取材に応じないのも、その一環じゃないかな」

「思惑って、何ですか?」

「それは分からないけど……」大会本番では、取材方法などについても細かい規制があるのかもしれない。「そもそも、取材されたいのかどうかも分からないよ」

「取材できるとして、ギリシャまでの出張経費、出るんですかね」

「どうだろう。景気悪いからなあ」通信社電で終わらせてしまう可能性もある。そもそも人を割けないのではないか? オリンピック期間にも重なるわけで、アマチュア担当の記者はそちらに取られてしまう。実際今も、出場が決まった選手、有力視されている選手に対する取材は進められている。ザ・ゲームの取材を担当している自分と礼香は、表通りから外れて裏通りを歩いているようなものだ。

「君はギリシャ、行きたいか?」

「いやあ……」礼香が苦笑する。「何だか面倒臭そうじゃないですか。私はいいです」

「君たちの世代は、熱がないよな」

「こんなことに熱を入れてもしょうがないでしょう」

「いや――」

「菅谷、部長がお呼びだぞ」

上野から声をかけられ、菅谷はいやいや立ち上がった。腰が重い……どうせお小言を食うのだろう。小村がどうしてザ・ゲームに入れこんでいるのか、今ひとつ分からなかったが、菅谷の仕事に満足していないのは明らかだ。いや、今日は特ダネとは言わないが、軽い独自記事を出すから、多少は胸を張って仕事ができるだろう。

部長席に向かいかけた時、通信社電の入電を告げるアラームが鳴った。重要なニュースの場合だけ鳴るもので、編集局のフロアにいくつもあるスピーカーから一斉に流れる仕組みになっている。

「陸上男子百メートルの前世界記録保持者、ジャマイカのマイケル・ラム選手が、ザ・ゲームへの参加を表明しました。ザ・ゲームに関して、有力選手が参加を表明するのはこれが初めてです」

おいおい――菅谷は急いで席に戻った。通信社のサイトを開いて、今の速報の内容を確かめる。間違いない……これは大きな分岐点になるかもしれない、と菅谷は緊張するのを意識した。ジャマイカの陸上選手であるマイケル・ラムは、今年三十一歳。九秒五七の前世界記録保持者である。この記録は去年、アメリカのジム・グリーンによって百分の一秒短縮されたが、その時もラムは「まだタイムを短縮できる自信はある」と豪語していた。当然、今年のオリンピックに照準を定めていると思っていたのだが……。

「これ、追いかける必要ありますよね」礼香が確認した。

「取り敢えず通信社電を使うけど、その後はどうするかな。ジャマイカまでは取材に行かせてもらえないだろう」

「電話で取材、できますかねえ」礼香が首を傾げる。

実際には、海外のトップアスリートを直接取材できる可能性は低い。本人の連絡先を知っていても、向こうが電話なりメールなりに返事をくれるとは思えない。多くの選手が、練習などの邪魔にならないように、人間関係は必要最小限に絞っている。公式の場以外ではメディアの人間と接触しない、という選手も少なくないのだ。

礼香が、ラムに関する情報を集め始めた。そこへ小村が自ら足を運んでくる。

「今ので潮目が変わるかもしれないな」

「そうですね」

「トップに近い選手――ラムはまだトップ選手か――が参加するとなると、追従する選手が出てくるかもしれない」

「何のメリットがあるか分かりませんが」菅谷はつい皮肉を吐いた。

「俺たちは結局、アスリートの気持ちが分からないのかもしれない」

「部長はよくお分かりでしょう」

小村は、運動三部の中で最も「トップアスリート」に近かった存在だ。大学まで野球を続け、ドラフト上位指名確実と言われた好投手だったのである。しかし四年の春のシーズン終了後に肘を壊し、トミー・ジョン手術を受けたものの、元通りには回復しなかった。ドラフト指名は見送られ、翌年も大学に残って練習を続けていたのだが、結局プロ入りの夢は叶わなかった。そこから目標を変えて、東日スポーツに入社したのである。「知るか」小村が吐き捨てる。「俺が野球をやってたのなんて、何十年も前だ。今の選手は、当時とは違う。取材で本音を引き出すのはなかなか難しいよな」

それはそうだが……迷路に迷い込んだような気分だった。

その日の仕事を終えたのは、午後八時。何だか今日も疲れた。礼香はもう引き上げている。今日は俺も帰るか、と思って荷物をまとめ始めた瞬間にスマートフォンが鳴った。見ると、岡山である。

「どうしました？」

「ニュースを見たんですけど、ラムの話って本当なんですか？」

「うちが直接取材したわけじゃないけど、通信社電によるとそうですね」

「ラムがねえ」岡山は何だか悔しそうだった。「トップ選手も集まるんじゃないですか」

「そうかもしれません」今のところ、ラムに続いて参加を表明する選手は出ていないが。

菅谷は、パソコン画面に目をやった。前回のオリンピックで、ラムが世界記録を更新した瞬間の映像を繰り返し観ていたのだ。電話で話しながらも、またその映像を再生してしまう。ラムは百八十五センチ、八十二キロのバランスの取れた体型で、スタートダッシュを得意とするタイプである。実際、後ろから誰かに蹴飛ばされたのではないかと思えるぐらいの勢いで、低い姿勢で飛び出し、すぐに他の選手を体一つ引き離す。中盤までリードを保ち、その後は二位以下の選手に差を詰められるものの、序盤のリードを生かして逃げ切り——ラムが一番得意なパターンでの勝利だった。

よく言われることだが、ラムが出るレースは全体にレベルが上がる。ラムのスタートダッシュに引っ張られる形で、他の選手もいいタイムが出るというのだ。ラムが世界記録を更新した時も、二位の選手はそれ以前の世界記録、ウサイン・ボルトの九秒五八と同タイムを出している。

「ちょっと迷いますね」

「岡山さん、出る気になったんですか?」それならこの話は、今日のニュースとして突っこみたい。

「いや、まだ決めてません。でも、今後もトップ選手が出るとしたら、考えちゃいますね。俺はどうせ、オリンピックには出られないんだし」

「オリンピックの代わりにザ・ゲームですか」

「ザ・ゲームも馬鹿にできないでしょう。ラムが出る大会だったら、レベルが高いだろうし」

「オリンピックと同レベルのザ・ゲーム……」本当にそうなるのか?

「そこに招待してくれるということは、俺の能力が評価されていることになるじゃないですか。それは悪い話じゃないですよね」

「でも、本当の狙いはまだ分からないんですよ」菅谷は自然に、岡山を引き止めにかかってしまった。「お金の問題だって、解決してないでしょう？　ご家族も心配するんじゃないですか？」

「それはまあ、そうだけど」岡山が渋い声で認める。

「ご家族とは話してるんですか？」

「話してますけど、賛成はされてないですね。フリーの時期に迷惑をかけたし。嫁はもういいんじゃないかって言ってるんです」

チームが解散、フリーで練習でも試合でも苦労して、金の面でも不安ばかりだったはずだ。ＪＳランニングクラブで実業団チームに復帰したとはいえ、まだ結果は出せていない。二人の子どもを抱えた妻としては、この辺で安定した生活を送りたいと願うのも自然だろう。岡山も、いつまでもわがままは言えないのではないだろうか。

「菅谷さん、また情報が入ったら連絡を下さい。本当にもう時間もない。六月の頭には返事しないといけないんですよ」

「私の話が役に立つとは思えないけど」

「状況を知った上じゃないと、決められないですからね」

俺にまで頼ろうとしているのだから、岡山の苦悩もよく分かる。せめて少しぐらいは役に立とう、と菅谷は決めた。

岡山の予感は当たった。ラムがザ・ゲームへの参加を表明すると、それに刺激されたように、他の海外の有力選手も次々と同様の声明を出し始めたのだ。しかし、ザ・ゲームの公式サイトでは、出場選手の紹介が一切ない。全選手が揃ってから、一斉に公表するつもりかもしれない。

菅谷は、招待状を送られた選手を順次把握していたが、上野と相談して、まだ実名を出さないことにした。どんな影響が出るか分からないから、選手が不利にならないようにしなければならない。

5

しかし、取材しているのが自分たちだけでない以上、特ダネで驚かされることがある。その日の早朝、菅谷は上野から電話を受けた。

「抜かれてるぞ」

「どこですか」

「ニチスポだ……レスリングの浜岡真波(はまおかまなみ)がザ・ゲームへの参加を表明した。日本人第一号だ」

「浜岡が……」浜岡真波については、招待状が届いていることが分かり、取材もしていた。その時の反応は「まだ分からない」。実際、決めかねていたのだと思う。しかしニチスポはいいタイミングで取材したのだろう。ちょうど決心して、関係者に話した直後に取材を受けたとか。

「書くか書かないかはともかく、取材だけはしておけよ」

「彼女、大阪ですよ」

「電話だって何だってあるだろうが」上野は苛ついていた。早々とザ・ゲームに対する関心が薄れていたのに、出場表明する選手が続いて部長の小村が入れこんでいるので、無視するわけにもいかなくなったのだろう。だったらもう少し取材チームの人数を増やしてくれればいいのに。依然として礼香と二人だけで駆け回っていて、手一杯だった。

家を出る前に、菅谷は真波への接触を試みた。まずメッセンジャーを使う。

ニチスポさんの記事を読みました。ザ・ゲームへの参加を決心されたとのこと、お話を伺いたいので、取材させてもらえますか。

五分ほどして既読になり、すぐに返信があった。

すみません、朝から問い合わせでばたばたしてます。午後一時とかでどうでしょうか。オンラインでもよろしければ。

それならむしろ好都合だ。電話だと顔が見えないが、オンラインミーティングなら相手の反応を確認しながら取材を進められる。菅谷の中では、直接会うのに次ぐ次善の取材方法だった。

午後一時から、真波に取材。しかし実際に話す前に、確認だけはしておかねばならない。オンラインミーティングのリンクを知らせるメッセージで、彼女の真意を問うことにした。

取材の前に確認させて下さい。ザ・ゲームに参加するのは本当ですか？

返信はなかった。実際、問い合わせに忙殺されているのかもしれない。電車に乗っている時にようやく既読になって、返信がきた。

事実です。

短い一言に、菅谷はむしろ重いものを感じた。決心して、もう準備に入っているのだろう。この決意が、日本選手の参加を加速させるのではないかと菅谷は想像した。

上野と相談して、ウェブ用に短い原稿を用意した。紙面用の原稿は、実際に真波に取材してから作ろう。

ザ・ゲームに参加する日本人選手の第1号は、レスリング女子フリースタイルの浜岡真波（27）と分かった。本紙の取材に対して、参加は「事実です」と認めた。

浜岡は2大会連続オリンピックに出場。しかし東京大会の後でコーチのパワハラ問題を告発して、所属していた東体大を離れ、現在はフリーで調整している。8月に開催されるオリンピックへの出場を目指していたが、ザ・ゲームに参加を表明することで、オリンピック出場の可能性は事実上、消滅した。

「協会のコメント、取れましたよ」菅谷が原稿を書き上げたところで、礼香が言った。

「どうだった？」

「オリンピックを目指すべき選手が、同時期に行われる別の大会に出場するのは非常に遺憾である。オリンピックの価値を貶めるものだ――です。かなり厳しいですね」

「浜岡に対する処分は？」

「それは検討中ということで……実質的に影響はないかもしれません。彼女、パワハラ問題もあって、強化指定選手を外れていますし」

「何だか、問題児ばかりの大会になるんじゃないか？」

「あれは、浜岡さんには問題ないですよ」礼香が反論した。「実際にパワハラはあったって、東体大の調査委員会も認定したじゃないですか」

「だけど、あれでミソがついたのは間違いない」

「そもそも、パワハラというかセクハラですよ」

「そういう側面もないではないけど……」

「駄目ですよ。菅谷さん、現実をちゃんと見ないと」

新聞ではなかなか書きにくいことだが、スポーツ界では伝統的にパワハラ・セクハラがはびこっている。昔だったら「しごき」で当たり前のように行われてきたことが、今では「パワハラ」として非難を浴びる。セクハラ問題に関しては……女性アスリートを指導するコーチは男性が多いので、どうしても起こりうることだ。一時、東日スポーツでもキャンペーンを張ろうかという話が出たのだが、いつの間にか流れてしまった。誰かを怒らせるのは得策ではない——と、上の人間が判断したのだろう。菅谷も同じ考えだった。スポーツ界の「どこ」といい関係を保っていくかは、スポーツ紙にとっては極めて重要である。選手の不満や不安を掬い取るのも大事だが、結局選手の命運を握るのは監督やコーチである。取材の窓口になることも多いので、どうしても無下にはできない。癒着と言われればそれまでだが、何故かそういう非難の声も上がらない。ネットで「マスゴミ」と揶揄されるのは、大抵政治関係の記事なのだ。要するに、スポーツ界の問題など、どうでもいいということか……。

「菅谷さん、テレビ」礼香が声を上げる。運動第三部には、小型テレビが並んだ一角があり、彼女はそこで昼のニュースをチェックしていた。急いでそちらに向かうと、東テレのニュースに真波が出ている。資料映像ではなく、インタビューに応じていた……クソ、同じグループ内のテレビ局に抜かれたら洒落にならない。もっとも、普段から取材で協力することはほとんどないのだが。テレビと新聞では、取材のやり方が全く違う。試合会場のミックスゾーンでも、映像とペンは別々に取材を行う。

真波は落ち着いた様子で取材に応じていた。決意……のようなものは感じられないが、既にザ・ゲームに出場することを完全に決めて、淡々と準備を進めていくことにしたようだ。

「本番に向けて、コンディションを整えていきたいと思います」というコメントで、真波は取材を締め括った。

「落ち着いてるな」

「そうですね」礼香が同意する。「うちの取材でもこんな感じになるんじゃないですか？」

「最初を見逃したけど、参加する決め手に関して、何か言ってたか？」

「私も見逃しました。本人に直接聞きましょう」

「その前に飯だな」菅谷は腕時計をちらりと見た。まだ十二時前だが、一時から取材だから、早めに食事を済ませておく必要がある。

二人は会社を出て、近くの喫茶店に向かった。この辺では数少ない、手軽に食事が取れる店である。コーヒーの味はそこそこだが、日替わりのランチは美味い。曜日によってメニューは決まっていて、今日はチキンカツだった。揚げ物を食べる気になれなかったので、ランチ以外の料理――ナポリタンかサンドウィッチにしようかとも思ったのだが、ランチの方が出てくるのが早い。結局二人ともチキンカツを頼んだ。

「どう攻めますか？　朝のやりとりでは、どんな感じだったんですか？」食べながら礼香が訊ねる。

「メッセージだけだからよく分からないけど、淡々としてた」

「気合いたっぷりにアテネに乗りこむわけじゃないんですね」

「どうかなあ。それこそ、直に顔を見て話してみないと分からない」

「彼女も、マスコミ不信じゃないかと思うんですよ……さっきのセクハラの話」

「パワハラ」

菅谷は訂正したが、礼香はそのまま話を続けた。

「夕刊紙とか、セクハラは受けた側にも問題あり、みたいに書いてましたよね？」

「まあな」

「そんなこと書かれたら、ショックを受けますよ。マスコミ不信になるのも当然です」

「一緒にして欲しくないんだけどな」

「一般紙、スポーツ紙、夕刊紙、週刊誌。テレビは普通のニュースにワイドショー……取材される側から見たら、全部ひっくるめてメディアです」

「そういうことを説明しても無駄か」菅谷は顎を撫でた。

「うちは、あの騒動の時には比較的冷静に取材して書いてましたから、悪い印象を持たれてないといいんですけどね」

真波は、パワハラを訴えるために、弁護士同席で会見を開いた。所属チームや協会に事前通告しない会見だったので大問題になり、彼女もチームを去らざるを得なかったのだ。外部の有識者を入れた東体大の調査委員会はパワハラの事実を認定し、結果、コーチも辞表を出したのだが、真波に対するレスリング界の目は厳しかった。このコーチは名伯楽として知られており、何人ものオリンピックメダリストを育ててきた。いい選手が多いチームには、さらに将来有望な選手が集まるもので、東体大は、日本女子レスリング界のリーダー的な存在になっていた。しかしこの騒動を経た今は、凋落の一途を辿っている。

「でも……この取材全体が、何だかなって感じがします」礼香が零した。

「不満なのか？」

「訳が分からないので。何をやってるかはっきりしないと、熱が入りませんよ」

「そう言うなよ」礼香たちの世代には、こういう傾向がある。理屈が通って納得すれば一生懸命やるが、納得できないと放り出す。

食事を終え、オンラインでの取材の準備を整える。三人が参加するが、一斉に話し始めると混乱するので、以前に取材したことのある菅谷が主体になって話を聞き、礼香が適宜質問を挟むことにした。

二人は、リモート取材用の部屋に向かった。ここはコロナ禍の時に設置された部屋である。新聞社は常にざわついているので、自席でオンラインで取材するのはほぼ不可能である。専用の部屋があった方が取材しやすい——ということで小さな会議室が用意され、それから数年、ずっとリモート取材用に使われている。逆に言えば、オンラインの取材もごく普通になったわけだ。

会議室に入ってパソコンに向かうと、真波の顔が画面に現れた。

「お疲れ様です」菅谷はすぐに声をかけた。

「先日はありがとうございました」

真波が丁寧に頭を下げる。続いて礼香が自己紹介し、準備は完了。

「前回、招待状の件についてお話をうかがいましたけど、あの時点ではまだ決心してなかったんですか」

「ええ」

すぐに認めるその態度に嘘があるとは思えなかった。もっとも、あの時の答えが嘘であっても、彼女の責任ではない。本音を引き出せなかった自分が悪い。

「何かきっかけがあったんですか？」

「自分で決めました」

「でも、その結論に至るまでには……」

「そこは書かないで欲しいんですけど、いいですか」

またもオフレコか。しかしここは、情報を集めるために条件を呑むしかない。

「構いません。教えて下さい」菅谷は先を促した。

「秋本先生から連絡が入ったんです」

「ジョージ秋本教授、ですね」彼との険悪なやり取りを思い出し、嫌な気分になる。

「直接面識はあるんですか？」

「指導を受けたことはないです。でも、大会なんかで何度もお会いしました」

「秋本先生は、どういうお話を？」

「ぜひ出るべきだと勧められました。秋本先生が、日本の選手を主催者に推薦してるんですよね」

「そういう話は聞いてます」彼はかなり活発に動いているわけだ。秋本に嫌われているのは分かっているが、また取材しなければならないだろう。「秋本先生に説得されたのがきっかけですか」

「それと、家族も……」

「お父さんですか」

「ええ」

真波の父、大輔（だいすけ）もレスリング選手で、オリンピック代表には選ばれなかったものの、国体三連覇を達成した名選手である。大学——東体大だ——卒業後は出身高校の体育教師になって、レスリング部を強豪校に育て上げた。真波にレスリングを仕込んだのも父親である。この父親と、パワハラ騒動に巻きこまれた東体大のコーチが大学の同級生という因縁もある。かつてのチームメートの蛮行に激怒した大輔は、真波に告発と記者会見を勧め、結果、真波は大事な地盤を失った。その後は地元の大阪に戻り、父の指導を受けている。

「浜岡監督、例の件でまだ怒ってらっしゃる……」

「執念深いんです」真波が笑みを浮かべた。

「そのお父さんが、ザ・ゲームに出ろと勧めたんですね？　つまり、オリンピックは諦めろということですか？　それでいいんですか？」

「冷静に考えて、オリンピックは難しいと思います」

真波の声が低くなる。まだ未練があるのでは、と菅谷は想像した。訳の分からない新しい大会に出るよりも、やはり長い歴史と権威のあるオリンピックを目指すのが、選手としては自然な気持ちだろう。ただし、真波が二大会連続でオリンピックに出場した五十八キロ級は、今や超激戦区である。しかもパワハラ騒動による調整の遅れや怪我などがあり、ここ二年ほど、国内で勝てていない。今回も、若手選手が代表として有力視されている。

要するに逃げか、と菅谷は思った。オリンピックに出られる可能性が低いなら、ザ・ゲームに賭けてみる――マイナスの方向性だ。

「正式に返事したんですか？」礼香が割って入った。

「はい」真波が短く答える。

「それで、主催者側の反応は？」

「すぐに返事がきました。大会に際して実際にどう行動するか、指示がありました」

「差し障りなければ教えて下さい」

　宿などは斡旋するが、宿泊料金、旅費などは全て自腹というのは、招待状に記載されていた通りである。ドーピング検査等は、国際大会に準じて行う。コーチやトレーナーの帯同は認められるが、それも全て自費。

「失礼ですが、参加費プラス滞在費など……費用面は大丈夫なんですか？」萱谷は思わず訊ねた。

「それは何とかなります。かなり切り詰めないといけないですけど」

「オリンピックなら、そういう心配はしなくていいでしょう」

「私、二年も国際大会に出場できていないんです」真波が辛そうに言った。「その間に、若い子がたくさん出てきました。それにそもそも、私を煙たく思っている人も多いと思います。オリンピックに向けて後押ししてもらえるとは思えません」

「浜岡さんは全然悪くないですよ」礼香がいきりたった。「外部の人を入れた調査委員会で、パワハラが認定されたんですから。浜岡さんは被害者です」

「それは表の事情で……余計なことしやがってって、陰口を叩く人だっています。ネットでも、相当ひどいことを書かれました」

それは菅谷も見ていた。パワハラと感じるのは選手に根性がないからだという古めかしい罵声、セクハラはされる方にも問題があるという、看過できない差別……読んでいて恥ずかしくなるぐらいだった。

「でも、浜岡さんは悪くないんですから」礼香がまた言った。「堂々とオリンピックに出ればいいじゃないですか。まだチャンスはあります」

「後押ししてくれる人がいないと、オリンピックは厳しいんです。私は望まれた選手じゃなくなったということですよ。だから、ザ・ゲームに賭けてみようと思ったんです」

強い口調で言われて、菅谷も礼香も何も言えなくなってしまった。画面に浮かぶ真波の顔は、緊張で硬くなっている。

「すみません……でも、これは私にとってはチャンスなんです」真波がさっと頭を下げた。

「それを批判する権利は我々にはありません。今聞いた話をまとめますから、コメントとして使わせてもらえますか?」

「どうぞ」

菅谷は手元のメモ帳に原稿を書きつけた。それを読み上げ、真波にOKをもらう。大会中、ミックスゾーンの取材ではここまで丁寧にはできないが、電話や直接会っての取材で、相手の言葉をカギカッコの中に引用する場合は、一度その場で原稿を作って読み上げることにしている。

「あまりはっきりしたことが言えなくて申し訳ないんですけど……」真波が言った。「あと、これは書かないでほしいんですけど、主催者が言ってきたことの中で、気になる話があるんです」

「何ですか」

「現地入りしたら、公式の取材は一切ない、ということです」

「どういう意味ですか」

「普通、試合の前後に取材の時間を設けるじゃないですか。でも今回は、そういうのはやらないそうです」

「取材拒否ということですか?」頭に血がのぼってくる。本格的なマスコミ軽視ではないか。「メディアが変わるべきかもしれない」というジョージ秋本の言葉を思い出す。

「選手が個別に取材を受けるのは構わないそうですけど、主催者としては便宜は図らない、ということみたいです」

「意味が分からないな」

「私も分かりません。まあ、選手的には集中できていいんですけど」

「でも我々は、あなたに直接電話を突っこんで取材しますよ。どこの会社もそうすると思います」

「電話は、出なければいいだけの話なので」

「あなたも取材拒否なんですか?」

に。

「集中するには、その方が……ごめんなさい、まだ何も分かりませんけど」

主催者は、本格的にメディアと喧嘩するつもりなのだろうか？　あるいは排除？　そんなことをして何になるのだろう。スポーツの隆盛は、メディアがあってこそだったのに。

そもそも近代スポーツとメディアは、手に手をとって発展してきた。特にアメリカ大リーグが新聞にとっては格好のネタになり、その後はラジオ、テレビの重大なコンテンツになった。スポーツを取り上げることで新聞は部数を増やし、ラジオやテレビを視聴する人は増える。一方スポーツ側でも、メディアの報道によってファンを引き寄せ、入場料収入をアップさせてきた。日本でもこの流れはほとんど同じだった。

その流れを、ここで断ち切るというのか？

その日の仕事を終えた時、菅谷はザ・ゲームに関しては今日が節目になるだろうと思った。有力選手の真波が参加を表明したことで、「自分も」と手を挙げる選手がどんどん出てくるかもしれない。下手したら、オリンピックが、有力選手のいない「歯抜け」の大会になる可能性もある。

一段落して缶コーヒーを飲んでいると、スマートフォンが鳴る。東テレの松原(まつばら)……おいおい、と思いながら菅谷は電話に出た。

「今日、飯でも食わないか」松原がいきなり切り出してきた。

「お前、浜岡真波への取材、早かったな」飯なんか食ってる場合か、と思いながら菅谷は言った。

「うちじゃなくて、大テレが動いたんだ」大阪テレビは、東テレ系列の関西キー局である。

「勝手にやったみたいに言ってるけど、お前が頼んだんだろう」

「まあまあ……その辺、飯でも食いながら話そうよ」

何だかむかついたが、結局菅谷はこの誘いに乗った。東テレの松原は、「入社同期」である。二人とも東日新聞グループの一員なのだが、グループ内の各社がそれぞれ大きいので、入社式もその後の研修もバラバラだ。ただし松原は東テレでスポーツ局に配属されたので、菅谷とは早くから現場で顔を合わせていた。話が合い、よく一緒に飯を食べたり酒を呑んだりしている。今は、オリンピックの総合ディレクターとして腕を振るっている。

二人で食事をする時の店はだいたい決まっている。場所は必ず新橋で、居酒屋、焼肉屋、ステーキハウスに蕎麦屋――この四軒をローテーションする感じだ。今日は酒より飯という気分だったので、ステーキハウスで落ち合うことにする。

この店は、最近流行りの熟成肉を扱う高級店ではない。昔ながらの日本風ステーキハウスで、そこそこでかい肉をあまり高くない値段で提供するので、学生に人気だった。実際、近くの大学の運動部が贔屓にしており、壁はペナントで埋まっている。今日も若い客が多い。先に来ていた松原は、奥の目立たない席で赤ワインを呑んでいた。菅谷を見ると、さっと手を上げる。今日も学生のような格好である。ノーネクタイに白いボタンダウンのシャツ、上着はブレザー。菅谷の周りで、ブレザーを着ている人間は松原だけだ。昔はジャケットの定番だったのだが、今は廃れてしまったのかもしれない。

「何にする？」

「ロースの一ポンド」店に入る前に、菅谷はもう決めていた。昼がチキンカツだったから、かなり胃もたれするのではないかと思っていたのだが、ばたばた動き回っていたせいか、ちゃんと腹は減っている。そもそもチキンカツはささみだったから、そんなに重くもなかった。

「ヒレのダブルだな」「お前は？」

ということは三百グラムだ。以前は松原も一ポンドのステーキを平然と食べていたが、最近は控えているようだ。そのせいか、四十歳になっても体型はまったく崩れていない。

注文を終え、さらに瓶ビールを一本もらう。軽く乾杯してから、菅谷はすぐに切り出した。

「大テレの記者、浜岡真波に会ったんだろう？　どんな感じだった？」

「そこまで聞いてない。俺は取材をお願いして、その手配をしただけだから。お前は？」逆に松原が聞いてきた。

「午後に、オンラインで話をした。淡々としてたな」

「どう思う？　やっぱりパワハラ騒動の影響かな」

「後押しがないって言ってたぜ」

「だろうな」松原がうなずく。「協会や大学にも、彼女のことを悪く言う人間は未だにいる。まあ……彼女も聖人君子じゃないからな。強くなったらなったで、人間は頭を下げられなくなる。やっかみを言う人も出てくるさ」

「俺が知ってる限り、彼女はそんなに傲慢なタイプじゃないぞ。天狗になってるとも思えない」

「まあ、裏ではいろいろあるんだよ」松原が思わせぶりに言ったが、菅谷は無視することにした。この男の性格なのか、テレビマンというのは皆こういう感じなのか、「匂わせ」が大好きなのだ。俺は秘密を知ってるけど、お前たちには教えないぞ……意味が分からない。そんなことで優位に立ててると思っているのだろうか。

「彼女、このまますんなり、ザ・ゲームに出られるかな」

「協会や大学が止めるとか？」松原がワイングラスを持ち上げ、くるくると回した。

「どうかな。強制力はないと思う」

「でも、嫌がらせされるかもしれない」

「彼女は、そういうことに慣れっこかもしれないけど」

「しかし、辛い思いをする可能性は高いよな」菅谷は指摘した。

「何なんだろうな、このザ・ゲームってやつ。主催者は何が狙いなんだろう」

「どうなのかね」菅谷は肩をすくめた。「オリンピック潰しみたいな感じもするけど、SHQのメンバーやネイピアが、オリンピックを恨む理由が分からない」

「SHQのメンバーだって、オリンピックに出て、いい思いをしたはずなのにな」

現代のスポーツ界において、オリンピックには大きな意味がある。メダルを取って母国に凱旋すれば英雄だ。様々な形で金が入ってくるし、メダルの栄誉は死ぬまで輝き続ける。それを元にビジネスや後進の指導を始めたり、人生の次のステージが開けるのだ。だからこそ、選手たちはあれほど必死になる。ただ栄冠を求めて――のように見えるのだが、今のアスリートはそこまで純粋ではない。現役生活が長くは続かないことを理解していて、引退後にどうするかまで、常に考えているものだ。

そういう点で、ザ・ゲームは選手にとってどんなメリットがあるのだろう。多くのオリンピック関係者から白い目で見られ、メディアの批判も浴びる可能性が高い。それでもなお――という「動機」の部分が、菅谷にはどうしても理解できなかった。

料理が一気に運ばれてきた。キャベツを刻んだサラダと、カップ入りのコーンスープ。巨大な鉄板の上で音を立てているステーキの脇には、フライドポテトとにんじんのグラッセ、焼いたコーン。昔ながらの「日本のステーキ」のあるべき姿という感じである。

肉は常にレアで頼む。熱い鉄板で出てくるせいで、食べている間にミディアムからウェルダンにまで変わっていくぐらいなのだ。しかしこれも「味変」と考えることにしている。テーブルには複数のソース。醬油味、オニオン味、マスタード味、レモン味……

菅谷はいつもレモン味で始めて、いくつかのソースを試すことにしている。新作の「カレー味」があったので使ってみたが、これは失敗だった。カレーは、どんな食べ物でもカレーにしてしまう。最後は粒胡椒を自分で挽いて、爽やかな辛味を加えた。肉は半キロ近くあるのだが、ライスを少なめにしているので、腹具合はちょうどいい。

「お前のところ、現地に人を派遣するのか?」食後のアイスコーヒーを飲みながら菅谷は訊ねた。

「まだ決めてない。俺は絶対に行かないけどな」

「オリンピック専念で?」

「そりゃそうだよ。俺にとっては最大の見せ場だぜ。東京の時は、やりにくくてしょうがなかったよ。あんなに世間に嫌われるとはね」

「コロナ禍の中でのオリンピックなんだし、開催の可否で極論が出るのもしょうがないだろう」

「コロナだろうが不祥事だろうが、スポーツ報道を担当しているテレビ記者は、大会を盛り上げないわけにはいかないんだよ、四年に一回のお祭りなんだぜ? そこで数字取らないで、どうするんだよ」

数字=金かと菅谷は皮肉に思った。視聴率は直接スポンサー収入に結びつく。テレビの人間は露骨だ……一方スポーツ紙は、オリンピックにはそれほど影響は受けないものだ。日本代表選手が金メダルを獲得して派手に一面を作っても、駅やコンビニでの売り上げが倍増するわけではない。

「ザ・ゲームには興味ないのか？」菅谷は話題を変えた。

「ないなあ」松原が髪をかき上げた。「結局、二線級の集まりじゃないか」

「ラムが出るぞ」

「今のところ、ラムだけだろう」松原が指摘する。「オリンピックの顔ぶれには絶対に敵わないよ」

「だけど、これからどんな選手が出てくるか、分からないじゃないか」

「お前、ザ・ゲーム支持派なのか？」松原が疑わし気に言った。

「そういうわけじゃないけど」実際は菅谷も、反感しか持っていない。常識はずれのやり方に苛立つばかりだ。

「アテネに行く？」

「それは、許可されないんじゃないかな。経費が出ない」

「天下の東日スポーツが？」

「俺とお前の給料の差、考えろよ」

具体的に話したことはないが、東日グループ内で一番年俸が高いのは東テレで、東日スポーツはその半分と言われている。「本体」である東日新聞は、その中間だ。ただし、ここ十年ほどで、三社とも給料はぐっと減ってきているはずだ。

「下手したら、どこも取材に行かないんじゃないか」松原が言った。

「ヨーロッパの国のメディアは行くかもしれない。地続きだし」

「でも、ザ・ゲームって、アメリカ主導って感じがしないか？　ＳＨＱの本部もネイピアの本社もアメリカだし」

「オリンピックはヨーロッパ生まれだから……それに対する対抗心？」

「どうかねえ」松原が首を傾げて、コーヒーカップを持ち上げる。一口啜って「そういう政治的な意図じゃないとは思うけど」とつけ加えた。

「政治的というか、ヨーロッパ文化とアメリカ文化の激突みたいな」

「何なのかねえ」呆れたように言って、松原がカップをソーサーに置いた。「正直、俺はまったく興味がないんだよ。オリンピックのパチモノみたいじゃないか。これから大物選手の参加が決まったりしたら盛り上がるかもしれないけど、一時的だろうな。オリンピックには敵わない」

「お前、本当にオリンピック至上主義者だよな」

「テレビのスポーツ局にとって、オリンピックはスポーツ中継の頂点みたいなものだから」

「でも、映像は公式からもらうだけじゃないか」

「まあ、そうだけど」松原がバツが悪そうに言った。「番組作りという点ではさ。とにかくお前も、あまり入れこまない方がいいんじゃないか」

「入れこんでないさ」

「そうかねえ」

「俺だって、ザ・ゲームはおかしいと思ってるんだ。ネイピアの態度も気に食わない」

「ネイピアに取材したのか？　本社に？」松原が目を見開く。

おっと……つい余計なことを言ってしまった。しかしもうかなり前の話だし、その取材は失敗したのだから、話しても問題ないだろう。

「まあな」

「アメリカまで行ったのか？」松原が呆れたように言った。「それこそ、よく取材の許可が出たな」

「部長が入れこんでいて、俺はそれに乗っただけだよ。結局まともな取材はできなくて、字にならなかったけどな。早い段階から取材してたから、気にはなってるんだよ」

「こんな世界的イベントで、特ダネにするのは難しいだろう」

「まあな」

結局話は愚図愚図のままで終わってしまった。松原は、ザ・ゲームが失敗する――開かれない可能性もあるのではと思っているようだった。しかし萱谷は、既に潮目は変わったと感じている。これから、有力選手がどんどん参加を表明するだろう。そうしたらそれなりの規模になり、オリンピックのカウンターパートとしての存在になっていく……頭ではそんな風に考えられる。しかし萱谷は、自分がこれまで必死に取材してきたオリンピックが冒瀆されたように感じられてならないのだった。

6

岡山から電話がかかってきたのは、五月半ばだった。できれば会って話したい、ということだったので、菅谷は即座にスケジュールを調整した。切羽詰まった声を聞くと、かなり難しい相談だと想像できる。放っておくわけにはいかなかった。

電話で話した翌日の夕方、菅谷は指定されたJR鴨居駅前のマクドナルドに向かった。何もこんなところで……と思ったが、鴨居駅近くには、ゆっくり話ができる喫茶店もない。JSランニングクラブのグラウンドを避けたのは、チーム側に知られるとまずい話だからだと推測した。

岡山は既に店に来て待っていた。菅谷が歩み寄ると、すぐに立ち上がって申し訳なさそうな表情を浮かべる。

「こんなところですみません」

「全然いいですよ。飲み物、買ってきます。岡山さん、他に何かいりませんか?」岡山はコーヒーを飲んでいた。

「大丈夫です」

菅谷は自分の分のコーヒーだけを買い、席に戻った。岡山は背筋をピンと伸ばしたまま待っている。よほど緊張する用件なのだと分かって、菅谷も頬が引き攣るような緊張に襲われた。

互いにコーヒーを一口飲むと、岡山がすぐに切り出した。

「実は、監督からちょっと言われて……」

「宮本さん？　どういう話ですか？」

「ザ・ゲームの件で——出るなら、チームでは今後面倒を見られない、と言ってきたんです。会社の方針だと」

「参加費用は出してくれないということですか」

「いや、馘です」

「ザ・ゲームに出たら馘？」菅谷は目を見開いた。「それはあまりにも横暴じゃないですか。岡山さん、正社員でしょう」

「ええ」

「だったら、組合に訴えればいいじゃないですか。正当な理由での解雇とは思えませんよ」

「うちの組合、そもそもランニングクラブの存在に否定的なんです」蒼い顔で岡山が打ち明ける。

「そうなんですか？」

「経費の無駄遣いだと。今までも散々問題にされています。だから組合に訴えても、まともに取り合ってくれるとは思えない」

「本当は上の意向じゃなくて、宮本さんの考えじゃないんですか？　宮本さんとも話しましたけど、ザ・ゲームに対してはあまり乗り気ではなかったですよ」

「実際、そうなんです」岡山が暗い表情でうなずく。「宮本さんが、上の意向だと言って、自分の考えを示したのかもしれません」

「――それで、迷ってるんですね」菅谷は指摘した。「ザ・ゲームに出る気があるから迷うんですよね」

「正直、興味がないわけじゃありません」岡山が認めた。「どうせオリンピックに出られないなら、ザ・ゲームで自分の最後の力を試してみたい。国際大会で全力で走れる機会は、もうないかもしれませんからね」

「何言ってるんですか。まだまだやれるでしょう」

「いやいや……」岡山が力なく首を横に振った。「でも、ここで会社を馘になったら、子どもたちが――子ども二人を抱えて無職になったら、洒落になりませんよ」

「確かにそうですね」これは菅谷も同意せざるを得ない。ＪＳランニングクラブは――宮本は、金で岡山を縛りつけようとしているのだ。卑怯なやり方だが、全面的に否定はできない。菅谷がアスリートで、オリンピックかザ・ゲームかと言われたら、迷わずオリンピックを選ぶ。ザ・ゲームがその理念をしっかり示してくれれば、開催に納得できるかもしれないが、今のところは金持ちたちの遊びという感じだ。

ただ気になるのは「彼」だ。「彼」の理念に共鳴した、と何人もの人が証言している。

か。

「彼」が誰なのか探りあてて話を聞けば、ザ・ゲームの本当の狙いが分かるのではない

「どうしたものですかね」岡山が溜息をついた。「参加の締め切りまで、あと少しなんですよ」

「六月の頭、でしたよね」

「六月一日——開幕の二ヶ月前です。考えても、焦って結論が出ないんです。どうしたものですかね」

「そうですね……」簡単にアドバイスできるような話ではない。自分はただの新聞記者だ。時には取材対象に食いこんでブレーンのように振る舞う記者もいるが、とんでもない勘違いだと思う。ふと思いついた。「本村さんはどうですか？　本村社長なら、親身になって相談に乗ってくれると思いますよ」

「本村さんには無礼したから」岡山が目を伏せた。

「そうなんですか？」

「ワンホテルのチームが解散する時、本村さんは新しい所属先を世話すると言ってくれたんですよ」

「聞いています」

「社長肝入りのチームだから、責任があると思われたんでしょう。でも俺は、それを断ったんです」

「そうですか……」

「チームにいるのは、ぬるま湯に入っているようなものだと思ったんです。自分を追いこむために一人でやる。年齢的にも最後の追いこみで東京オリンピックに備えないと——あの頃は、本気でそう思っていました。もっといい選手だったら、できたかもしれない」

「岡山さんのタイムは、今でも一級品ですよ」

「昔の話です。結局俺は、そういうところが駄目なんだろうなあ。詰めが甘い」岡山がまた溜息をついた。

「いや、それは……」

「読み違い。変な自信。あれで何年も無駄にしました。社長の提案通り、あの時他のチームのお世話になっていたら、今とは状況が違っていたかもしれない」

今より悪くなっていた可能性もある。こういう仮定の話は、後になっていくら議論しても無駄だ。

「今、本気で本村さんに相談したいんだったら、私がつないでもいいですよ。本村さんは、あなたにザ・ゲームに出場してもらいたいと思っている」

「本当ですか？」岡山が身を乗り出した。

「でも、相談するのは……どうしたらいいか、という相談だったら難しいと思いますよ。決めるのは岡山さん本人なんだから。出るから援助してもらえないかって頼む方が、社長も話をしやすいんじゃないですかね」

「そんな図々しいこと……」岡山が渋い表情を浮かべる。

「でも本村さんも、迷っているという相談を受けても困ると思います」

「菅谷さんはどう思います？　出た方がいいか、やめておく方がいいか」

「私には判断できません」菅谷は逃げた。

「菅谷さんみたいに、ある程度客観的に物事を見られる人のアドバイスが欲しいんです」

「私には荷が重い」菅谷は首を横に振った。「とにかく、本村社長に相談する気があるならつなぎます。本村さん、きっとあなたのことを気にかけていると思いますよ」

「そうなんですか？」岡山がはっと顔を上げた。

「ザ・ゲームについて、あなたに取材するように勧めてくれたのは、本村隆秀さんなんです。本村リゾート社長の。たぶん、かなり早い時期に、ザ・ゲームについての情報を摑んでいたんだと思います――いや、大会のスポンサーになっている可能性もありますね」結局この話ははっきりしなかったのだが。

「本村社長なら、いかにもやりそうだ」納得したように岡山がうなずくと、ようやく表情が緩む。「スポーツ大好きですからね」

「タニマチ体質の人かもしれません……いい意味で、ですけど」

「我々は、ああいう人たちに支えられているんですよね。今まで甘え過ぎていたのかもしれません。東京オリンピックの時もそうだったかもしれない。日本中が緊急事態宣言で苦しんでいる時に、自分たちだけ……」

「あれで勇気をもらった人もいます。それに、岡山さんのように才能がある人は、他人から援助を受ける権利があるんです」

「それに甘えていいのかな」岡山が首を傾げる。

「どういうことですか？」

「ザ・ゲームの出場条件って、参加費を払った上に自費参加でしょう？　他人の力に甘えずに、自分で参加することに意義があるっていう意味じゃないですかね。我々は、金がないと思うように活動できないんですよ。フリーでいる間に、それを思い知りました」

そう言われると、反論しようがない。取り敢えず、最初に会った時よりも岡山の表情が明るくなっていることだけが救いだったが。自分でも役にたったのだろうか。


菅谷は岡山と連れ立って店を出た。岡山はこのままグラウンドに戻って練習するという。

「足がないでしょう？　タクシーでも拾いますか？」

「まさか」岡山が笑った。「走りますよ。体を解すのにちょうどいい距離だ」

そう言えば、そもそも岡山はジャージ姿である。長距離選手にタクシーは必要ないか、と菅谷は苦笑してしまった。

挨拶して、菅谷は駅舎の方へ向かった。その時背後で、「岡山」と呼びかける声が聞こえた。振り返ると、岡山が深々と頭を下げている。その後に、驚いたように両手を広げた。岡山の前にいる男は……山城（やましろ）？　山城悟（さとる）ではないか。ここ二十年で、最も取材しにくいアスリートと呼ばれた男。マラソンの元日本記録保持者。岡山より何歳か年上だが、一緒にレースを走ったこともあるはずで、二人が知り合いでもおかしくはない。しかし、何の用だ？　山城はまるで待ち伏せしていたようではないか。

気になったが、声をかけられる雰囲気ではない。そのまま無視して駅に向かったが、一歩歩く度に気になってきた。

会社へ戻って山城について調べてみたが、ほとんどデータがない……現役を引退した後は、実家である広島の島に戻っていたが、一度だけ表舞台に姿を現している。山城の記録を破り、東京オリンピック代表になった日向誠（ひゅうがまこと）の個人コーチを務めたのだ。メンタルに問題があった日向を代表に押し上げたのは山城の手柄と言われたものの、二人ともこの師弟関係については一切取材に応じておらず、実態は分からない。そうか、あの時は……福岡国際マラソンで、山城は自らペースメーカーを務め、日向を引っ張った。現役を引退して数年も経った選手の走りとは思えず、報道陣はざわついたが、山城は途中でレースから離脱し、そのまま消えてしまった。

そしてあれ以来、山城は一度も表舞台に出てきていない。再び田舎に引っこんでしまったのだろうか？　もったいない、と思う。山城は初マラソンで日本最高を記録して華々しくデビューし、その後更新した日本記録は長く破られなかった。同時代では完全に頭一つ抜けた実力の選手だったわけである。しかし徹底した人嫌いというか、走ること以外の全てを排除していた感じで、記者を悩ませてきた。取材にもろくに応じず、個人的なことについては完全ノーコメント。それ故、彼の私生活はヴェールに包まれている。菅谷は直接話したことはないが、陸上競技を専門に取材している記者の愚痴を聞いたことがあった。

その記者——菅谷の先輩で今は運動三部にいる——皆川（みながわ）がちょうど取材から戻って来たので、雑談的に質問してみる。

「山城って、今何をしてるんですかね」

「山城って、山城悟？」皆川が、缶コーヒーのプルタブを開けながら聞き返した。「何だよ、いきなり」

「今日、見たんですよ」

「ああ？」皆川が目を見開く。本気で驚いている様子だった。「間違いなく本人だったのか？」

「そう……だと思いますけど」言われると自信がなくなってくる。「岡山と一緒だったんです」

「今や渦中の人、岡山か」

「別に、岡山が何かしたわけじゃないですけどね……あの二人、知り合いですよね？」

「同じレースを走ったことはあるはずだよ。一応、ライバルと言っていいんじゃないかな。岡山は山城より何歳か年下だけど」

「山城と連絡、取れないですか？」

「どうして」皆川が不審気に目を細める。

「あの二人が話していたということは、絶対にザ・ゲームの話題でしょう。どういうことなのか、確認したいんですよ」

「岡山に直接聞けばいいじゃないか」皆川が面倒臭そうに言った。

「そうしますけど、一方からだけ話を聞くっていうのは……双方から確認してこそ、取材でしょう」

「変に真面目だな、お前は。無理だよ」

「え？」あっさり言われて、菅谷は怒るよりも気が抜けてしまった。

「山城の選手データベースを調べてみろよ。実家の電話番号しか載ってないから」

「実家って、何してるんですか？」

「元々レモン農家なんだけど、今は柑橘類の加工業にも手を広げている。ジュースとか、ジャムとか。デパ地下なんかでも売ってて、ちょっとしたブランドになってるよ。妹さんが相当のやり手らしい」

「山城も、その仕事をしてるんですか？」

「らしい」

「はっきりしない話ばかりですね」菅谷はつい皮肉を飛ばした。現役を引退したとはいえ、山城は一時代を築いた選手である。何かあった時のために、すぐに連絡できるようにしておくのが当然ではないか。そのために東日スポーツでは選手データベース——成績だけでなく個人情報もたっぷり記載されている——を整備しているのに。「実家に電話したら、つないでもらえますかね」

「無理」皆川があっさり言った。「実家に連絡しても、山城にはつないでくれない。携帯の番号を知っている記者は、一人もいないんじゃないかな。現役時代からそうだったけど」

「マスコミと何かあったんですか？」

「トラブルはないよ。向こうが一方的に取材を嫌がっていただけだ——練習や試合の邪魔をされたくなかったんじゃないかな」

「こっちは、選手の協力者ですよ」もちろん、時には選手とマスコミの間でトラブルが起きることもある。あまりにも取材がしつこく、私生活にまで入りこんだり、間違った内容の記事を出してしまったり……ただし、スポーツ紙の記者は、基本的には節度を保っている。

「山城はそうは思ってなかったんじゃないか。とにかく、直接連絡を取る手はない。どうしても取材したいんだったら、手紙でも書いてみたらどうだ」

「手紙？」

「取材を依頼して、返事を待つんだよ」

「そんなの、返事がくるかどうかも分からないじゃないですか」今までの話を総合すると、読みもせずにゴミ箱に叩きこまれる可能性が高い。

「だったら諦めろよ。今更山城に取材して、何か出てくるとは思えないし」

そう言って、皆川は自席に戻ってしまった。あまりにも無責任な態度に思えたが、山城の取材については他の記者もひどく苦労していたことを思い出すと、文句も言えなくなってしまう。

山城に関するデータベースを覗いていると、皆川が戻って来て声をかけた。

「そう言えば、つないでくれる人がいるぞ」

「誰ですか」

「城南大の浦監督」

「浦さん？　何でですか」

「ずいぶん昔に、箱根駅伝の学連選抜で山城と一緒だったんだ。まだ学連選抜の成績が、公式記録として認められていた頃だよ。中央と競り合って二位になった時のメンバーだ」

「ああ……」思い出した。菅谷はその頃東日スポーツに内定していたが、あの箱根駅伝はテレビの前に釘づけになったものである。ただし、あのチームの中で何があったかは、詳しい記事にはなっていないはずだ。山城が取材拒否で、他の選手もそれに合わせたのだろうか。

「浦は今でも、山城と話せるらしいよ」

「友だちなんですか？」

「そういう感じともちょっと違うけど」

「皆川さん、浦監督と話せます？」

「そうくると思ったよ……面倒臭い奴だな、お前」

「すみません」菅谷は頭を下げた。「昼飯一回奢りでどうですか？」

「仕事かどうかも分からない話なんだから、それぐらい奢ってもらわないと」

そう言われると、何だか情けなくなってくる。確かにこの件は、記事になるかどうか、分からない。それでも、どうしても知っておきたいと思った。


一時間後、菅谷は浦と電話で話していた。浦は城南大を箱根駅伝優勝争いの常連に育て上げた名監督で、既に十年以上チームを率いている。これからの日本陸上界を牽引していく立場……実際、彼の教え子である日向は、オリンピックに出ている。取材慣れしているせいか愛想は良く、初めて話す菅谷にも普通に接してくれた。

「山城ですか？　どうしてそういう無謀なチャレンジをするのかなあ」

「そんなに大変なんですか」

「あいつと普通に話せる人間なんか、いないいんじゃないかな」

「浦さんは友人だと聞いていますよ」

しますよ」

「友人」と言って、浦が声を上げて笑う。「俺だって、あいつと話す時は気を遣って緊張
「そんなに大変なんですか?」

「とにかく余計なことをしたくないタイプだから。走ること以外は全部無駄だと思ってる」

「それは現役時代の話でしょう」

「今も毎日二十キロは走ってると思うよ」

「そんなに?」菅谷は眉をひそめた。現役の選手ならともかく、毎日二十キロというのはやり過ぎではないだろうか。健康にいいというより、体を痛めつけている感じもする。

「まあ、そういう奴なんで」

「それで……浦さんから紹介してもらうことはできますか?」

「電話はできるけど、出るかどうかは分かりませんよ」浦も自信なげだった。

「山城さんだって、二十四時間走りっぱなしじゃないでしょう」

「あいつは、起きている限りは、走ることしか考えていないから」

それこそ変人だ。現役選手ならともかく、引退して何年も経つのに、まだ走ることを生活の中心に据えているのはどういうことだろう。稀にそういう選手もいるが……引退してもずっと現役時代の感覚を持ち続けて、同じように体を動かし続ける。ただし、菅谷の感覚ではひたすら虚しい行為だ。現役復帰するわけでもないのに、当時と同じよう

な厳しい練習をすることに、何の意味があるのだろう。

「話すの、難しそうですね」

「あなたがやろうとしているなら、止めませんけどね」浦が不安そうに言った。「電話はしてみます。ただし、期待しないで下さいよ」

「お手数おかけします」

電話を切った時には、手に汗をかいていた。こんなことは滅多にない。ザ・ゲームに関する取材を始めてから、どうにも勝手が違って緊張することが多い。それだけ、この大会が特異なものである証拠なのだろうが。


自宅に戻って風呂から上がった瞬間、スマートフォンが鳴っているのに気づく。午後十時……こんな時間に電話がかかってくることはあまりない。見ると、「非通知」になっている。怪しい感じだが、菅谷は「通話」ボタンを押した。経験上、公衆電話やホテルの内線電話などを使ってかけてくる人がいることも知っている。

「もしもし」まだ濡れた髪をタオルで拭いながら、菅谷は電話に出た。用心のために名乗らない。

「山城です」

どきり、とした。電話はかかってこないだろうと思っていたのだ。浦が上手く説得してくれたのだろうか。

「菅谷です」

「俺を捜していたそうですが」生で山城の声を聞くのは初めてだったが、非常に素っ気ない。というより、迷惑そうだった。

「ザ・ゲームの取材を担当しているものです」

「それで？」

「今日の夕方、JSランニングクラブの岡山選手と会ってましたよね？　何の話をされたんですか」

「昔話」

一瞬、沈黙が降りる。そんなはずはあるまい、からかわれているのではと菅谷は疑ったが、突っこんでいいかどうかが分からなかった。山城は、絶対に冗談を言うようなタイプには思えなかったし。

「岡山さんは、ザ・ゲームへの出場を迷っています。そういう話をしたんじゃないんですか」

「それもある」

当たりだ、と菅谷は興奮してくるのを感じた。同時に疑問も湧き上がる。山城はSHQのメンバーではない。誰に聞いても「孤高のランナー」であり、現在も陸上界とのつながりはほぼなかった。様々な人が——ジョージ秋本のように——裏で動いて選手を説得しているが、山城がそんなことをするとは思えない。

「岡山はいいランナーです」

「ええ」突然話題が変わったので戸惑いながら、菅谷は相槌を打った。

「いいランナーだけど、燻(くすぶ)っている。年齢的に、もう一花咲かせることはできると思うけど、このままだと無理だろう」

「そうかもしれません」山城のイメージが崩れていく。孤高のランナーが、こんなことを言うだろうか？　数少ない彼のインタビューの中で、妙に心に残った台詞がある。「マラソンは孤独なジョギング」。どうやら彼が目指すのは、目標タイムのみ。勝ち負けは、タイムが良ければ自然についてくる――傲慢とも言える考え方だが、理解できないでもない。マラソンは非常にシンプルな競技だからこそ、あれこれ考え始めると混乱してしまうのだろう。余計なものを排除していった後、最後にたどり着いた結論が「孤独なジョギング」。

「彼にはチャンスが必要だ」

「それがザ・ゲームなんですか」

「オリンピックに出るのは不可能だ。しかし、レベルの高い大会で走れるなら、チャンスは摑むべきだと思いませんか」挑むような口調で山城が言った。

「ザ・ゲームが、そこまでレベルの高い大会になるとは思えません」菅谷は否定した。

「だったらオリンピックのマラソンが、そんなにレベルの高い大会だとでも？」

山城の指摘に、菅谷は一瞬黙りこんだ。確かに……様々なマラソンの大会があるが、オリンピックは「別枠」だとよく言われる。選手が目指すのはタイムではなくメダル。そのため、レースでも駆け引きが中心になり、タイムはさほど重視されない。結果、その時々の世界記録には及ばない、平凡なタイムのメダリストが生まれることも珍しくないのだ。ただ、そういう考え方が間違っているとも思えない。同世代の中で一番「強い」ランナーを決めるのがオリンピックなのは間違いないのだから。

「自分が走れるなら走りたいですね」山城が唐突に打ち明けた。

「現役復帰ですか？」今年四十歳の山城だが、ここで「復帰する」とでも言えば特ダネになる。

「それはない。自分で納得できるタイムで走れない以上、そんなことはできませんよ」

「間違いなく」

「現役時代にザ・ゲームがあったら、出ていましたか」

「そんなに魅力的なんですか？　海のものとも山のものとも分かりませんけど」

「いや、選手のための大会になるのは間違いない。今のオリンピックはいずれ、ザ・ゲームに取って代わられますよ」

「まさか……」

「あなたたちの見方と我々の見方は違う。あなたたちは、あくまで我々の周囲にいて見ているだけだから」

「スポーツの発展を願う気持ちは同じですよ」

「スポーツの発展？　何をもって発展と言うんですか」

山城の問いかけに、菅谷はまた言葉を失ってしまった。しかし何とか、答えを捻り出す。

「それは……ある競技が盛り上がれば、それをやってみようという人が増えます。そうすれば、全体的な底上げになる」

「それで人は幸せになれますか」

山城は、こんな抽象的なことを言う人なのだろうか？　首を傾げながら、菅谷は答えを探した。幸せになるか……なるだろう。

「タイムが伸びたり、技術が向上すれば、誰でも喜びを感じるでしょう。まして、試合で勝てれば――」

「勝つのはたった一人だ」山城が菅谷の言葉を遮った。「百人参加していたら、残りの九十九人は悔しい思いをするだけです。悔しい思いをしても、何の役にも立たない。負けて学ぶことは何もない」

「だったら山城さんは、どうして走っていたんですか」思わず反発してしまう。

「自分で納得できる記録を出すために」

「出せたんですか」日本最高の記録を持っていた人だから……。

「ノー、ですね」

「まさか」菅谷は反射的につぶやいた。

「満足できたレースは一回もない。上手く説明できないけど……でも、誰にでもそういうレースを目指す権利はある。岡山にもそうして欲しい」

「山城さん……誰かに頼まれたんですか？」

「何を？」

「岡山選手を説得することを」

「いや」山城が短く否定する。

「裏でいろいろ動いている人もいます」

「俺には関係ない」山城があっさり否定した。「ザ・ゲームの話を聞いて、これは岡山にぴったりの大会だと思った。招待状も届いているという話だから、迷う必要なんかない。出るようにと勧めた」

「しかし……」

「雑音が入らない大会なら、記録も狙える」

「雑音？」

「あなたたちです」

「山城さんは取材を受けなかったじゃないですか」

「それが俺の対処策だったから。でも、多くの選手が取材を受ける。それが慣習だし、せっかく取材に来てくれるのに受けないと悪いという気持ちもある。そんな風に考えると、選手の頭の中には雑音が入りこむんですよ」

「我々が邪魔だって言うんですか！」菅谷はつい声を荒らげた。「メディアが必要なスポーツもある。そうじゃないスポーツもある、ということです。ザ・ゲームにはメディアは必要ない。それにスポンサーとの余計な関係、ファンの好き勝手な雑音――ザ・ゲームは、そういう煩わしさから選手を解放する」

「いったい、ザ・ゲームが目指しているのは何なんですか」

「それは、そのうち分かるでしょう。招待されている選手は、とっくに分かっていると思うけど」

「岡山さんは何も言ってませんよ。彼も迷ってる」

「選手が全員、取材に対して本音を言うと思ったら大間違いですよ」

そうだろうか？　少なくとも岡山は、嘘をついたり本音を隠したりはしていない気がする。迷っているだけで、彼は基本的には誠実なタイプだと思う。

「とにかく、彼は出る。そろそろ決めるタイムリミットだ。締め切りまで一ヶ月を切っているから、気持ちとコンディションを作る時間はあまりない」

「もう決めたんですか？」山城の説得で？　確かに彼は偉大な選手であり、下の世代が憧れるのも分かるが。

「無理に彼に取材しないで欲しい。いい環境で走らせてやってくれないかな」

山城の真意が今ひとつ分からない。菅谷は首を傾げたが、彼への取材が難しいことだけは分かった。今までも、微妙に答えをはぐらかしているのだ。

「山城さん……こういう人だったんですか」

「こういう、とは？」

「お節介というか、人の人生に介入してくるような」

「まさか……そういうことだったら、浦に聞いてくれ。あいつはそれが専門だ」

「浦監督？　どういうことですか」

しかし既に電話は切れていた。菅谷はつい悪態をついて、朱美に聞き咎められた。

「何、大声出して」

「いや」菅谷は深呼吸した。「面倒臭い人と話してたんだ」

「何、それ」

「世の中には、本当に面倒臭い人がいるんだよ」

それ以上説明できない。山城という人間を理解するのは自分には絶対無理だ、と菅谷は確信していた。

7

五月二十四日、テニスの内田さくらがザ・ゲームへの参加を表明した。さもありなん……さくらは、小向アリスのスクールの日本での一期生で、アリスにとっては初めてプロの世界に送りこんだ秘蔵っ子である。アリスの意を汲んで大会に出るのは当然だろう。

さくらは現在十九歳、WTAの世界ランキングは七十二位で、まさにこれからという選手だ。典型的なベースライナーで、百八十二センチの長身を活かしたストロークの威力には定評がある。若さ故、今後の「伸び」も期待されていた。ただしオリンピックの出場要件は満たしていない。

最近のアスリートはだいたいそうだが、さくらもSNSで自ら大会参加を表明した。その直後、さくらのアメリカの代理人から各メディアに通達が回ってきた。

「この件について、サクラ・ウチダは一切取材を受けない。当方も何らかのコメントを出す予定はない。無理に取材しようとした場合、今後の接触禁止なども検討する」

あまりにも強い言葉に、菅谷は唖然とした。取材拒否はこれまでにも様々な形であったが、「事前警告」は初めてではないだろうか。要は「取材するな」ということだが、ここまで厳戒態勢を敷くのは、ザ・ゲームの理念に賛同して、取材を受けないという姿勢を徹底するためだと思う。

それでも記事は書かねばならない。本人に一切取材をせずにSNSの内容などだけを紹介するのは、「コタツ記事」と言って馬鹿にされるのだが、この際は仕方がない。

原稿を出してホッと一息ついた時に、部長の小村から声をかけられた。

「ちょっとコーヒーでも飲もう」

誘われて社を出る。いつもランチを食べる例の喫茶店に足を運び、二人きりで向き合った。小村が煙草に火を点けると、顔を背けて煙を吐き出す。この店は個人経営のためか、未だに喫煙できるのだ。実際、暇な時間帯には、店主自身が煙草をふかしている。

「お前、アテネに行け」

「構いませんけど、基本は取材拒否ですよ」

「取材拒否とは違うだろう。主催者側が、取材に対する便宜を図らない、ということだ」小村が修正した。

「同じことだと思います。外電で記録だけ掲載しておけばいいんじゃないですか」そもそもその頃、紙面はオリンピック一色で、ザ・ゲームの記事を載せるスペースがあるかどうかも分からない。

「取材したくないのか？」

「そういうわけじゃありませんが……」しかし、まだオリンピック取材に回れるかもしれない、というわずかな希望はある。

「主催者に一々手を引っ張ってもらわないと、会場で取材できないわけじゃないだろう」

「当たり前です」むっとして菅谷は言った。「オリンピックに比べれば楽なものでしょう。競技数も少ないし」

「そう言うなら行ってこい」

「オリンピックは……」まだ未練がある。

「誰かがザ・ゲームを取材しなけりゃいけない。だったらお前だ」

「カメラはどうします？」

「それは状況次第だ。一人で取材することも考えておけよ」小村は妙に淡々としていた。この部長が、本当にザ・ゲームに関心を持っているかどうか、分からなくなってくる。

「それで、今日のニュースは内田さくらだな」

「ええ」

「日本人選手で出場を表明したのは何人いる？」

「今のところ、十人です」

実際にはもっと多い可能性もある。出場を決めても、特に何も言わない選手もいるかもしれないのだ。最終的には、公式サイトに出場選手の名前が載るだろうが、今のところ実態はまったく分からない。

「超大物はいないな」

「ええ」

「岡山はどうだ？」

「まだ迷っていると思います」

岡山とは何度か電話で話した。というより最近は、長話するのが習慣になっている。だいたい向こうから電話がかかってくるのだが、こちらからかけることもあった。

岡山は菅谷の仲介で、本村と会って話をしていた。岡山曰く「出場を猛プッシュされた」そうだが、それでもまだ決め切れないと言う。一番の問題は、やはり家族のことだ。ザ・ゲームを選択したがためにＪＳランニングクラブを馘になり、会社を解雇されたら、家族全員が路頭に迷うことになる。現役引退も意識しているから、ザ・ゲームが最後のレースになるかもしれない。その後はどうするか。子ども二人を抱えて、どうやって生活費を稼いだらいいのだろう。今さら普通に雇ってくれる会社があるとは思えないし、コーチの職もないだろう――話は、岡山の引退後の人生にまで及んでくるのだった。しかし菅谷には、ろくなアドバイスができない。自分がもっと顔の広い人間だったら、就職先を紹介できるかもしれないが、一人の人間の人生にそこまで責任を負うほど強くない、と自覚していた。

「岡山は、今週末の北海道のレースに調整で出場します」ザ・ゲームの参加締め切り直前だ。

「そうか」

「ちょっと見てこようと思います。その走りで、本人の意思も固まるかもしれません」

「出るか出ないか――ろくなタイムが出なかったら、辞退するだろうな。いずれにせよ、条件はよくない。ここでフルマラソンを走ったら、二ヶ月後にはもうザ・ゲームの本番だ。ピークをもう一度作るには、時間がない。本当に北海道で走るとしたら、ザ・ゲームには出ないつもりじゃないか？」

「岡山は、その辺は上手いですよ。とにかく、今回のレースは調整だと考えていると思います」

「分かった。だったら取り敢えず、北海道に行ってこい」

「部長は……今回のザ・ゲームについてどう考えておられるんですか？」

「よく分からないな、と」

「でも、俺を取材には出すんですよね」

「お前、取材したくないのか」

「いえ……」個人的に反感を抱いているイベントを冷静に取材するのは難しい。正直、やる気はゼロに近い。それに、せっかく現地に行ったのに、競技会場で取材できなかったらどうする？　その場合は、観客として試合を見守り、書くことになるのか。いや、そもそも無観客開催だから、会場にも入れない。

「アテネというか、ギリシャ当局に取材する手はどうだ」小村が助け舟を出してくれた。

「会場は全部、前回のアテネオリンピックで使われたものだろう？　管理者は当然地元の自治体なんだから、事前に何らかの取り決めがあるはずだ」

「メールで問い合わせしてみました」

「それで？」

「お答えすることはない、と」

「そうか……しかし、どうしてこれだけ内容を隠す必要があるのか、さっぱり分からんな。サプライズ狙いなんだろうか」

「サプライズがあるかもしれないってこっちが身構えていたら、サプライズにならないでしょう」

「まあ、そうだな。期待を超えるのは難しい」小村も苦笑した。「とにかく、取材は進めろ。俺は、訳が分からないことがそのままになっているのは嫌なんだ。疑問があれば解決するのが新聞記者の基本だろう」

了解です、としか言いようがない。これまで菅谷は「起きたこと」だけを取材してきた。スポーツの大会は結果が明白であり、結果とそれにまつわる人間ドラマを伝える取材はそれほど難しいものではなかった。「訳が分からない」状況には、一度もぶつかっていない。

それが今初めて、壁が目の前に立ちはだかったようなものだ。しかしスポーツ紙の記者が謎を追って、悪いわけがない。

しかしまずは、さくらの原稿だ。

テニスの内田さくら（19）が24日、ザ・ゲームへの出場を表明した。参加締め切りは6月1日とされており、他の選手への影響が注目される。

岡山が出場する大会は、国内トップ選手がこぞって参加し、タイムを競うようなものではない。どちらかというとマラソン初心者、ファミリー向けだ。千歳市内の緑豊かなコースを走るので、参加者からは「森林浴マラソン」とも呼ばれている。場所によっては森の中の未舗装路を走ることになり、高低差は百五十メートル以上——特に折り返し地点付近の上り下りはランナーに負担を強いる。ただし、この季節はフルマラソンの大会が少ないので、場合によってはトップ選手が調整のために走ることもある。

ＪＳランニングクラブからは二人が参加していた。菅谷は前日に北海道入りし、岡山と少し話した。ザ・ゲームへの参加についてはまだ悩んでいたが、表情は明るい。

「ちょっと調子が上がってきてるんですよ」

「ということは、今回はタイムも期待できますか」

「まあ、見てて下さい」

意外だった。かつての日本記録保持者は、いつもは大口を叩かないのが常で、こんなふうに自信満々の姿を見るのは初めてだった。東京五輪以降、長い低迷期に入っていたのが、ここにきて突然吹っ切れた感じもある。

菅谷はその後、監督の宮本とも話した。敢えてザ・ゲームの話題は出さずに、岡山の調子を訊ねる。

「それが、ここ数年で最高でね」宮本の表情も明るい。ザ・ゲームへの出場を巡って、岡山を脅すような台詞を吐いたというのだが、それが信じられないぐらいだった。

「逆に、このところの低迷の原因は何だったんですか」前所属チームの解散、フリーでの苦労、そしてＪＳランニングクラブに拾ってもらう――精神的な問題が大きかったのではと菅谷は想像していた。マラソンは「ただ走るだけ」の競技なのだが、精神面が及ぼす影響は大きい。

くれよ？」

「今だから言うけど、腰なんだ」

「腰？」初耳だった。「聞いたことないですよ」

「あいつは、負けても故障を言い訳にするような選手じゃない――ここだけの話にしてくれよ？」

「ええ」

「ワンホテルのチームが解散する前後に腰を傷めて、それがずっと長引いてたんだ。今年になって、ようやくいい医者に巡り合ってね。全快とは言わないけど、九割は戻ってる。今なら、全盛期に近い走りができると思うよ」この大会では、優勝者のタイムが二時間二十分台ぐらいだ。

「尾島とワンツーフィニッシュになるだろうね」宮本は上機嫌だった。尾島は高卒三年目の選手で、去年の初マラソンで好タイムを出し、JSランニングクラブの次代のエースと呼ばれている。「まあ、楽しみにしてくれ」

マラソンは、実は現地での取材はあまり面白みがない。特に数千人単位が参加する今回の大会のような場合は。沿道を伴走できるわけではないので、結局選手の姿を直接見られるのは、スタートとフィニッシュだけになる。今回は森の中の運動公園――その中にある陸上競技場がスタート地点で、そこから少し離れた市立体育館前がゴールになっている。

菅谷は陸上競技場のささやかなスタンドの一角に陣取っていた。取材陣はいる。複数のテレビ局、それにカメラマン——どれも地元メディアだ。テレビの生中継があるわけではないので、ここへ来た目的は、スタート・ゴールの撮影と、レース後の選手への直接取材だろう。ここで岡山が好記録を出しても、写真なしの記事になるかもしれない。経費の都合でカメラマンの帯同が許されなかったのだ。菅谷もカメラを持ってきていて、プレスの腕章ももらったから、撮影エリアに入ってゴールシーンは撮影できるとはいえ、自信はない。

いずれにせよ、レース経過は大まかにしか分からない。記者が複数いれば、コース途中に配して選手の走りを直に見られるのだが、今回はそれも叶わない。ただし、特別なチップを使ってログを取っているので、ある程度は選手の動きが分かる。どこで抜いたか抜かれたか、さらに五キロごとのラップタイムなどは、オンラインでリアルタイムで更新される。このチップは重さ五グラムほどの小型ICカードで、五キロごとの計測ポイントを通過する時に時間が記録されるようになっている。そこから、主催者側のサーバーとリアルタイムでやりとりしているのだ。

地元観光を盛り上げる大会という狙いもあり、演出は派手だ。トータルの参加者は約一万人。一度全員がグラウンドに集まるので、オリンピックの開会式ではないかと思えるほどの賑やかさになっている。ホームストレッチ前に陣取った地元高校のブラスバンドによる演奏、主催者挨拶——時間が経つに連れ、菅谷は焦れてきた。今日は最高気温が二十度に届くか届かないかで、走るのに悪いコンディションではないが、待ち時間が長いと調整は大変になるだろう。しかもフルマラソンのスタートは一時間後なのだ。岡山はどのタイミングでアップをするのか。

フィールドに集まった選手たちの中に岡山を探したが、見当たらない。マラソン大会に参加する選手たちのウエアは派手なので、抽象的な現代絵画を見ているような気分になって、目が痛くなってきた。岡山は、ここへは出てきていないかもしれない。近くで、スタートに備えて準備しているのではないだろうか。

ようやく「前置き」が終わり、まずハーフマラソンからスタートする。その後三キロ、そしてフル、最後は十キロ……これだけ人数が多いと、種目別のスタートは当然だ。

十時半、ようやくフルマラソンがスタートする。ただしフルマラソンだけで参加者が五千人もいるので、やはり一斉スタートという感じにはならない。萱谷はカメラを構えた。狙いは最前列の選手たち。タイムが上位の選手がここに配され、レースをリードすることになるのだ。

ズームを最大にすると、ずらりと並んだ選手の中に、岡山を確認することができた。JSランニングクラブの黒いユニフォームに、「101」のナンバーカード。キャップにサングラスは、彼のレースの標準装備だ。

岡山はその場で軽くジャンプを繰り返していた。贅肉を削ぎ落とした体には張りがあり、動きが軽く見える。キャップを被り直し、一度サングラスを外すと、ユニフォームで汚れを拭ってかけ直した。その後はぴたりと停止し、軽い前傾姿勢を作る。

号砲——岡山は短距離走者のようなスピードで飛び出した。スタート時の混乱を避けるためのダッシュで、すぐに数人の選手と一塊（ひとかたまり）になって、後続の大集団をリードする。陸上競技場から出たところは、それほど広い道路ではないので、大集団に巻きこまれないようにする狙いだろう。

岡山はトップ集団に入って、陸上競技場を無事に抜け出したようだ。遠目で見ていた限りでは、確かに走りは軽く、調子は良さそうである。

集団が全員出て行くにはかなりの時間がかかる。その間に、菅谷は小さなスタンドに戻った。この大会は、応援するより参加するもので、見物人は少ない。悠々と腰を下ろすことができたので、ノートパソコンを広げ、大会の公式サイトにアクセスした。最初の五キロのタイムが出てくるのはまだ先——しかし、実際にはあっという間だった。

記録を表示する画面上では、通過した直後にナンバーカードの数字が掲示される方式になっているのだが、「１０１」の岡山はトップで五キロを抜けた。そのタイム、十四分二十三秒——速い。ペースメーカーのいない大会で、これだけ速く最初の五キロを通過するのは珍しい。一秒遅れで尾島が続く。ほぼ並走と言っていいだろう。二人が互いに引っ張り合っている展開ではないか。

十キロでもペースはさほど落ちず、岡山は二十九分十三秒を記録した。尾島はそこから三秒遅れ。他の選手は、この時点で既に、かなり後方に置き去りにされている。この分だと、ＪＳランニングクラブの二人が独走してフィニッシュするだろう。

いや、まだレースは四分の一だ。これからはタイムが落ちて、平凡な記録に終わってしまう恐れもある。しかし十五キロ、二十キロと岡山は確実にタイムを刻み、中間地点の記録は一時間二分五秒だった。折り返し地点に向かって上り坂がきつくなっていくコース設定で、このタイムは異常なハイペースと言っていい。折り返してからの下りを上手くクリアできれば、とんでもないタイムが出るのではないか？　この時点で、尾島は岡山から三十秒近く遅れていた。次の五キロで、尾島はさらに後れを取り、差は一分近くまで開いた。その時点で、スタンドにいる観客や大会関係者の間でざわめきが広がり始める。日本記録とまではいかないが、これまでの大会記録を大きく更新するタイムが叩き出されるのではないか。

三十五キロで一時間四十三分四十五秒。三十キロから五キロのスプリットタイムは十五分を切っている。菅谷はいてもたってもいられなくなり、陸上競技場を飛び出してゴール地点の体育館に向かった。既に、テレビや新聞のカメラマンはそちらに移動している。菅谷はその輪の中に入りこみ、ノートパソコンで記録を確認し続けた。四十キロで一時間五十九分五十九秒。残り二キロとなって、大会記録の大幅な更新は間違いない。二位につけている尾島とは、既に二分差がついていた。後は、どこまで記録が伸びるかだ。

カメラマンのエリアにいると、フィニッシュ地点から百メートルほど離れた場所ぐらいからしか選手が確認できない。そこで県道から、公園内を走る道路に入って来るのだ。

とんでもない記録が出ると期待した人たちがいつの間にかゴール地点に集まり、用意されたテープの周囲には人だかりができていた。少ないスタッフが必死に整理している。四十キロを過ぎると、もう通過順位、スプリットタイムは表示されない。菅谷はノートパソコンをデイパックに突っこみ、カメラを構えた。

誰かが「来た」と短く叫ぶ。菅谷はまず、遠くで小さな点のようになっている岡山の姿を肉眼で確認した。すぐにカメラを構え、ズームして彼の顔を見る。

平静だ。とんでもないスピードで最後の百メートルを刻んでいるのだが、軽くジョギングしてきた帰り、という感じである。菅谷はレンズを調整して、二十メートルほど先にあるゴールに焦点を合わせた。完全な独走——岡山は両手を軽く広げて、テープを切った。万歳ではなく、テープが腕に巻きつくのを嫌がっているだけのような態度だった。すぐに、ゴール脇に設置された時計に目をやる。ゴールタイムは、二時間六分二十五秒。ほぼ予想通りのタイムだったが、菅谷は思わず目を剝いた。あまり条件のよくないコースにしては、とんでもないタイムである。これまでの大会記録を十分以上更新していた。

何なんだ、これは。いかに腰が復調したとはいっても、岡山が二時間十分を切るのは何年ぶりだろう。三十五歳という年齢を考えても、驚異的なタイムだった。

菅谷は撮影位置から離れた。一応、ミックスゾーンが用意されていて、そこで選手に取材できるようになっている。とはいっても、体育館の前のただ開けたスペースだ。

岡山はゴールしても倒れこむようなことはなく、ゆっくりと歩いてクールダウンしていた。ゴール付近に集まっていた人たちから盛んに拍手が送られるが、それにも応えず、淡々としている。スタッフからペットボトルを渡されると、水を一気に半分ほど飲んで、残りを頭から被った。監督の宮本が寄って行って、タオルを渡す。岡山はタオルで濡れた頭を拭くと、そのままフードのように被った。宮本は上機嫌で、盛んに岡山の背中を叩いて好タイムを労っている。しかしその表情が突然変わった。岡山に何か文句を言っているようだが、岡山は首を横に振るだけである。これは——会話の内容は一切聞こえないが、菅谷には簡単に想像できた。

岡山は決めたのだ。彼は新しい道を歩く。

「決まったな」

低い声に驚いて振り向くと、すぐ後ろに山城が立っていた。

「山城さん」あまりにも驚いて、それしか言えない。しかしすぐに気を取り直して「いらしてたんですか」と訊ねた。

「いいタイムだった」

「意外でした。難しいコースだったのに」

「これなら戦えるな」

「それは、どういう——」

「本人に聞いてみろよ」

そう言ったきり、山城はゴール付近に集まっている観客の中に消えてしまった。こんな風にあちこちに出没していて、仕事は大丈夫なのだろうかと心配になる。実家の商売は、山城がいなくても上手く回るのだろうか。

山城と話している間に、岡山はスタッフに誘導されてミックスゾーンに移動していた。菅谷も慌ててそちらに向かう。普通、新聞や雑誌とテレビの取材場所は分けられているのだが、ここは小さい大会なので一緒になっている。普段はそれで問題ないのだろうが、今回はそれが裏目に出た。まさかの好記録で、取材場所は大混乱していたのだ。こういう時、誰かが仕切って、最初はテレビ、その後は紙媒体と分けてくれればいいのだが、そういうことをする人もいない。仕方ない……一応、地元のテレビ局記者がその場を仕切るようになったので、菅谷はそれに従うことにした。ひたすら話を聞き、メモ取りに専念する。

ぬるい取材が続く。「今日のタイムについてどう思いますか」「勝因は」――そんなことはどうでもいい。今、一番聞かなければならないのは、ザ・ゲームのことだ。

岡山は生真面目な性格そのままに、真剣に質問に答えている。こういう大会だから、スポーツの専門記者ばかりが集まっているわけではないが、ピントの外れた質問にも嫌な顔を見せない。

「今回は、ここ数年で一番体調がよかったと思います。コースは、折り返し地点のアップダウンを除いては走りやすかったです。あそこは、箱根を思い出しました」「タイム的には、今はこれが精一杯の記録ですが、もう少し短縮できると思います」

下らない質問が切れた瞬間を狙って、菅谷はすかさず質問をぶつけた。

「このレースの勝利を受けて、ザ・ゲームへの出場はどうしますか？」

岡山が一瞬、菅谷の顔を凝視した。素早くうなずくと、「出ます」と短く告げる。

「勝ったから出る、ということですか？　ザ・ゲームでも自分の満足いく走りができる自信があったから出るんですか？」

菅谷は質問を重ねたが、岡山はそれ以上の回答を、首を横に振ることで拒否した。しかしあまりにも素っ気ないと思ったのか、低い声で話し始める。

「ザ・ゲームには出ます。今決めました。ただし今後、主催者側の意向で、この大会に関する発言はしないことにします。申し訳ありません」

深々と一礼。そこで主催者が「これぐらいで終わりにして下さい」と割って入った。

確かに、走り終えたばかりの選手をいつまでも拘束しておくわけにはいかない。

岡山が再度、一礼して、ミックスゾーンを離れる。すぐに宮本が近づいて来て、体育館に向かう岡山につき添ったが、態度は妙によそよそしかった。岡山が裏切った——とでも考えているのだろう。

しかし、一度口にした言葉は取り消せない。この一報は、すぐにニュースとして伝わるだろう。そうなったら、「やめます」とは言い出しにくくなる。

その原稿は俺が書くのだ。

新たな国際大会、ザ・ゲームに招待されているマラソンの岡山元紀（35）（ＪＳランニングクラブ）が、26日行われた千歳マラソンで2時間6分25秒の好タイムで優勝、試合後の取材で、ザ・ゲームへの出場を明言した。

岡山は、レース後に出場を決めたと明かしたが、今後はザ・ゲームに関する発言はしないと宣言した。

ザ・ゲームでは、主催者が緘口令を敷くかのように選手に発言を自粛するよう求めており、出場を発表した選手は、メディアの取材に一切応じていない。

原稿を送り終え、菅谷は岡山ともう一度接触しようと試みた。一応記事にはなったが、今の気持ちをもう少し深掘りして聞いておきたい。とはいえ、「もう取材は受けない」と言ってしまったも同然だから、話してくれるかどうか……原稿の処理が一段落した時、菅谷は岡山のスマートフォンに電話を入れた。

予想は外れ、岡山は電話に出た。

「岡山さん……あそこで宣言ですか」菅谷はちょっとおどけた口調で言った。「びっくりしましたよ」

「申し訳ありません。でも、この件についてはもう話しません」

「そこまできっちりしなくてもいいんじゃないですか。今ここで話したことは、記事にしませんから」本当はこちらから「記事にしない」などと言ってはいけない。しかし今は、彼の本音を引き出す方が大事だった。「どういう経緯で出ることにしたのか、教えて下さい」

「走っている最中に……分かりませんか？　今日は行けそうだっていう感じ」

「よく聞きます」

「先へ行ける感覚があったんですよ。今ならもう一度、世界と勝負できる。ここ数年で一番体調がいいんです。だから、走っている最中に吹っ切れた」

「本当は最初から、このレースで勝ったらザ・ゲームに出ると決めていたんじゃないですか。締め切りも近かったですし」

「それはもう、いいじゃないですか」岡山は明らかに腰が引けていた。「これ以上は話せないんです」

「散々相談に乗ったじゃないですか」こんなことは言いたくないと思いながら、萱谷は泣き落としに出た。

「それは申し訳なく思っています。俺の意志の弱さです」

「そんなことはない。これだけ大きな話になったら、悩むのが普通です」

「でも、もう決めたことですから。今から悩んでもしょうがありません。ちゃんと走ってきますよ」

「岡山さん——私もアテネに行きます」話している間に萱谷も決断した。

「え？」岡山が意外そうな声を上げた。

「現地で岡山さんの走りを見届けます。その後は、取材に応じてくれますよね？　ザ・ゲームに対する思いを聞かせて下さい」

「それは……やめた方がいいんじゃないかな」

「どうしてですか」菅谷はスマートフォンをきつく握り締めた。「取材拒否ということですか」

「それは、主催者に聞いて下さい」

「岡山さん――」

「すみません、これ以上は話せないんです」

今の電話の内容も怪しい。主催者側が緘口令を敷いていることは分かっているが、それ以上に何か裏がありそうだ。

結局自分はまだ、ザ・ゲームのことを何一つ分かっていないのではないだろうか。


午後遅く、新千歳空港に戻った菅谷は、早々とゲート前に陣取った。コーヒーが飲みたいなと思って、店を探すために立ち上がった時、向こうからやってくる山城を見つけて思わず立ち止まってしまう。向こうもこちらに気づいたが、気にする様子もない。表情も変えずに、空いているベンチに座った。

菅谷は意を決して、山城の隣に腰を下ろした。しかし山城は完全に菅谷を無視している。咳払いすると、嫌そうな表情を浮かべてこちらを見た。

「世話焼きにも限度があるんじゃないですか」

「何が」

「わざわざ岡山さんの走りを見に来たんでしょう」

「彼は、ようやく腰が治ったようだね」

「知ってたんですか？」

「走りを見れば、どこが悪いかは分かる」

そんなものだろうか……いや、超一流のランナーは、他の選手のかすかな異常も見抜くのかもしれない。

「彼がザ・ゲームに出る――その宣言を見守りに来たんですか」

「その場面は見ていない」

「だったらどうして――」

「暇潰し。時間があると、あちこちの大会を観に行くので」

にわかには信じられない。やはり岡山の背中を押しに来たとしか考えられなかった。走る前なら、話す機会もあっただろう。「勝ったら出ろよ」と発破をかけたとか――。

「これから羽田ですか」

「それをあなたに言う必要はないと思う」

「もしも東京に泊まられるなら、飯でもどうですか」

山城が驚いたように、菅谷の顔を見た。ふっと表情を崩すと、何とか笑顔に見えなくもない顔になる。

「どうか……しましたか？」

「記者さんに、そんな誘いを受けたのは初めてだ」

「どうですか？」

「お断りします」

「しかし――」

「マスコミの人とは、できるだけ接触しないようにするのが、私の身の処し方なので。だから、ザ・ゲームは理想の大会だ。現役だったら、本当に出たかった」

菅谷はなおも反論しようとしたが、言葉が浮かばない。ザ・ゲームが理想の大会……しかしその全体像がまだ分からないから、何が理想なのかもはっきりしない。山城は、自分以上にその実態を知っているのだろうか。

菅谷は立ち上がって一礼した。山城は反応しない。無礼な態度だとは思ったが、彼は長い間、ずっとこんな風にしてきたのだろう。今更変えられないだろうし、変えるつもりもないだろう。

はっきり感じているのは、ザ・ゲームにおいて自分が「部外者」だということだ。スポーツの発展のために力を貸してきたと自負していたのだが、それはザ・ゲームには関係ないようだ。

いったい、アテネで何が起きるのだろう。

第三部　祝福の日

1

ギリシャ・アテネ。近代オリンピック発祥の地。

菅谷は初めてこの街を訪れたのだが、ヨーロッパの他の街とさほど印象は変わらなかった。ただ、エーゲ海に近く緯度も低いせいか、パリやベルリンよりも陽射しがはるかに強く、全体に建物が白っぽい。それでも、特に「これがアテネだ」と自己主張するような光景には出くわさなかった。街中を回れば古代遺跡なども残っているのだが、見物は後回しだ。ザ・ゲームの開会まで二週間、まずは取材の基盤を作らないと。

今から二週間前――大会開会一ヶ月前になって、ようやくザ・ゲームの詳細が明らかになった。実施競技は陸上、競泳、ウエイトリフティング、レスリング、フェンシング、テニス、射撃、自転車。第一回近代オリンピックの実施競技に合わせた、と公式サイトで説明されている。「Return to the origin（原点に返る）」というコピーを見ても、この大会がオリンピックを強く意識していることが分かる。ただし、第一回のアテネオリンピックで行われた体操競技は外されていて、その理由については何の説明もなかった。メーン会場は、二〇〇四年のアテネオリンピックで使われた「アテネ・オリンピックスポーツコンプレックス」がそのまま使用される。菅谷はアテネ入りして早々、この会場を視察したのだが、とても大きな大会が間近に迫っているとは思えなかった。

スタジアム自体はかなり古びた感じ——ここは元々、アテネオリンピックより二十年以上前に、ヨーロッパ陸上競技選手権に向けて造られたスタジアムで、その後オリンピックのために改修工事が行われたが、それももう二十年前のことである。オリンピック後のメインテナンスがさほど熱心に行われていないのは、見ただけで分かった。しかしそれも仕方がないと思う。オリンピック以降、ギリシャは深刻な経済危機に見舞われ、こういうスタジアムをきちんと維持していく余裕などなかったはずだ。

しかし……かなり古びてはいるものの、外観は優雅である。基本、白一色で統一されており、屋根を支える巨大な橋のようなアーチが、デザイン上のポイントになっている。ただし、その下にあるスタンド——外部から見える裏側はすっかり黒ずんでおり、見栄えが損なわれている。

スタジアム前の駐車場に入るゲートは閉ざされていて、その前で警備員が一人、手持ち無沙汰にしている。菅谷はタクシーを降りて、警備員に近づいた。クソ暑い——今日の最高気温は三十五度の予想だ。日本でも七月、八月にはこれぐらいになるのだが、湿気がない分アテネの方がましだろうという予感が外れた。確かに湿気はなく乾いているが、陽射しが強烈過ぎる。脳天を焼かれるとはまさにこのこと……帽子がないと、熱中症で倒れるのは時間の問題だろう。

菅谷がフェンスに近づいて行くと、警備員がすっと寄って来た。表情は険しく、敵意さえ感じさせる態度である。自分はそんなに怪しく見えないはずだと思いながら、菅谷は英語で話しかけた。

「中を見学できないか？」

警備員は反応しない。というより、言葉が通じていない様子だった。英語が世界の共通語ってわけじゃないからな、と菅谷は内心苦笑した。以前、メキシコに取材に行った時、ホテルと高級なレストラン以外ではまったく英語が通じなかったことを思い出す。

この警備員とは、英語で意思を疎通させるのは難しそうだ。かといって、こちらもギリシャ語はさっぱり分からない。こちらへ来る前に簡単なギリシャ語会話集を買ったのだが、とても覚えられそうになかった。菅谷はバッグから「ＰＲＥＳＳ」の腕章を取り出した。

「プレス、ＯＫ？」

ノー、らしい。警備員は首を横に振るだけだった。続いてスマートフォンを取り出し、翻訳アプリを立ち上げる。スマートフォンに向かって「日本のメディアです。中を見学できますか？」と言って、翻訳音声を再生させた。

なかなか優秀な翻訳アプリで、警備員は納得したようにうなずいた。それを見て菅谷は出入り口に向かおうとしたが、警備員は両手を広げて押しとどめる。それから早口で何か喋った。翻訳アプリがその声を拾い、日本語に翻訳する。

「見学や取材は許可されていない。ここから先へは入れない」

「誰に許可を取ればいいいか」

「許可は出ない」

「その件を誰に確認すればいいいか」

「私は知らない」

何だ、このやりとりは——むっとしたが、すぐに仕方ないと諦める。この警備員は下っ端の下っ端——決定権を持つ人間との間には、十枚ぐらいの壁がありそうだ。

菅谷はタクシーに戻り、他の施設を回るように運転手に頼んだ。オリンピックスポーツコンプレックスの敷地内にはどうしても入れないようなので、外側をぐるりと回るだけだが……屋外に設置されているプール、テニス会場などは確認できたものの、全容はよく分からない。全体にコンパクトな構成になっていることだけは把握できた。

ベテランの運転手は、少し英語を話せた。二〇〇四年のアテネオリンピックの時もタクシーを走らせていて、その時はずいぶん儲けた、と自慢げに言った。

「今回は？　ザ・ゲームの関係者を乗せることもある？」

「あるよ」運転手があっさり認めた。

「どんな大会なのか、分かってる?」

「全然。本当にやるかどうかも分からないね。オリンピックとは違う」

いったい何なのだろう……関係者だけが全てを知っていて、メディアに対しては完全に閉鎖的――これまでのスポーツ大会ではあり得ない運営だ。

菅谷はホテルに戻り、自室から東京の上野に連絡を取った。東京は午後六時。ちょうど原稿が集まり始めてデスクは忙しくなる時間帯だが、上野は今日は、紙面作りの担当ではないはずだ。

「どうだ、そっちは」

「クソ暑いですね」ホテルの部屋に入ると、急に汗が引いて寒いぐらいになったのだが。海外のホテルの例に漏れず、ここも冷房が効き過ぎている。今は半袖のポロシャツだと寒いぐらいだった。「スタジアムの中に入れません。見学も取材も拒否だそうです」

「その件だが、各国のメディアで、ギリシャの文化・スポーツ省に取材の申し入れをすると決まった。一致団結じゃないけど、主なメディアはやることになる」

「うちはどうなんですか？」

「日本のメディアは置き去り」

結局アメリカとヨーロッパのメディアが中心になるわけか……まあ、それも仕方ないかもしれない。日本のスポーツ紙など、世界的に見ればまったく知られていない存在なのだ。世界の世論を動かすメディアといえば、アメリカやヨーロッパの老舗の新聞、通信社、そしてアメリカのテレビ局である。

「黙って見てるだけですか」

「こういうの、過去に例がないだろう。日本と違って記者クラブがあるわけじゃないから、総員一致で何かできるわけでもない」

「分かりました。その動きは注視しておきます。でも、このままだと事前取材もできないままに本番になりますね。取材関係についても、まだ情報がないんです」

「取材は一切させないつもりか」

「取材しなければ、ニュースで流れませんよ」

「ニュースにする必要もないと思っているのかもしれない」

「そんなこと、あります？　我々を排除して、何かいいことでもあるんですか？」

「ＳＨＱもネイピアも取材に応じない以上、意図が分からない。取り敢えず、公式サイトの発表に注意しておくしかないな」

それこそコタツ記事だ。アテネに来た意味がないではないか……上野と今後の取材の打ち合わせを終えると、同じ画面に礼香が入ってきた。彼女はアテネ派遣から漏れて露骨にほっとした表情を浮かべていた――面倒がる感覚が菅谷には理解できない――が、日本でザ・ゲームの取材を続けている。

「ちょっと変な情報を聞いたんです」

「何だ?」

「常田さん、知ってますか? 常田大吾さん」

「もちろん」元オリンピアンの大学教授。しかし東京五輪の時にテレビ番組で過激な発言を繰り返して、メディアから排除された。「常田さんがどうした?」

「アテネにいるらしいですよ。ザ・ゲームの関連で……詳しいことは分かりませんけど」

「何で常田さんが?」菅谷は、常田の過激な発言を思い出した。オリンピックとメディアに対する批判――あれは何となく、ザ・ゲームの方針と合致している感じがする。

「分かりませんけど……」

「調べてくれないか? ちょっと気になる」

「ええ? こっちにいたら分かりませんよ」礼香は、もう役目は終わったとでも言いたげだった。

「そう言わずにさ。何かヒントはないのか?」あの世代はこれだから、と思いながら菅谷は頼んだ。

「うーん……」礼香が考えこんだ。「常田さん、ラーメン好きらしいですよ」

「ラーメン?」

「昔のブログが残っていて、見てみました。ラーメンの食べ歩きが趣味みたいです。アテネにも、ラーメン屋ぐらいあるでしょう」

「おいおい――」電話は切れてしまった。

当時、東日スポーツでも常田への取材を試みた。突然あんなことを言い出したのだから、真意を確かめるのは当然である。しかし東日スポーツも含め、常田の取材に成功したメディアはなかった。それどころか、常田は日本から姿を消してしまったのだ。表向きはアメリカの大学に移ったという話だったが、それを信じた者はいない。日本にいづらくなって海外に逃亡したのでは、ともっぱら言われていたものである。ただし、それぐらいで日本から逃げ出すのはあまりにも大袈裟ではないだろうか。しばらく息を潜めていればいいだけでは……レスリング協会やJOC、大学と確執があったのではと噂されていた。

そんな人物が、どうしてアテネに？

原稿の予定はなかったので、昼飯にすることにした。アテネに来て二日目、早くも食事には苦労しそうな予感がしている。すぐ近くのイタリアなら、毎回食事を楽しめるのだが、ギリシャ料理は幅が狭い。世界的に展開しているファストフードのチェーン店のお世話になるだろう。菅谷が泊まっているホテルの近くには中央市場があって、そこなら食材は何でも手に入るはずだが、ホテルの部屋には自炊の設備がない。

ホテルでも食事は摂れるのだが、何となく避けたかった。外で探そうと決めて、猛暑の中にまた足を踏み出す。菅谷のホテルは、アテネの中心部にしては珍しく新しい建物で清潔だったが、一歩表に出ると、いかにも下町らしいごちゃごちゃした雰囲気に呑みこまれる。中国語の看板が目立つのだが、この辺は一種の中華街なのだろうか。

道路は狭く、人は溢れている。そして治安はあまりよくない。「割れ窓理論」だな、と思う。建物の窓が割れたままになっている街は、治安が悪くなる。積極的に窓を修繕することで、治安回復の第一歩になる——という感じだっただろうか。この辺では建物の窓こそ割れていないが、落書きだらけである。特に、閉まっているシャッターはひどい。実際、ほとんどの建物に落書きがしてあるようだった。こうなると落書きではなく、この街を飾るアートの一種ではないかと思えてくる。

ひときわ落書きが激しいビルに、下に向かう階段があった。覗きこむと、地下はレストランになっている。こういう街で建物の地下に入るにはかなり勇気がいるのだが、階段の下にドアはなく、外気と陽光が入りこんでいるようだし、比較的綺麗に見える。萱谷はここで昼食を摂ることにした。あまりにも暑いので、これ以上歩き回る気力も失せている。

中に入ると陽射しが遮られ、エアコンも利いているのでほっとした。そして意外な発見——階段のすぐ近くのテーブルに、見知った顔を見つけたのである。萱谷はそちらへ近づき「よう」と声をかけた。

「ああ」相手が惚けたような声で応じる。ニチスポの田川。萱谷と同い年で、やはりアマチュアスポーツを担当しているので、これまでもあちこちの現場で顔を合わせてきた。

「お前も来たのか」

「ああ」田川が嫌そうな口調で言った。「日本は今頃、オリンピック一色だろうなあ」

「外されたのか」

「ザ・ゲームも、無視してるわけにはいかないだろう。それにお前だって、オリンピックの取材、やらせてもらえないじゃないか」

「俺はもう、だいぶ前に担当を外れてるよ」

「こんなクソ暑いところで……」文句を言いながら、田川がハンカチで汗を拭った。

「ここ、いいか」

「ああ」

丸テーブルについた彼の向かいに座る。よく見ると、テーブルは丸だったり四角だったり、まったく統一されていない。椅子もばらばらだった。そして各テーブルにはビニールのクロス。これで、この店の「格」が分かった。ギリシャの大衆食堂だ。

「何頼んだ？」

「お任せにした。メニューもないんだよ」

「チャレンジだなあ」

「しょうがない。そういう店なんだろう」

初老の男性店員が寄って来た。ギリシャ語の早口でまくしたてるので、何を言っているのかまったく分からない。顔は笑っているのだが、声だけ聞いていると何か叱責されている感じだった。菅谷は翻訳アプリを通じて、「彼と同じものを」と注文した。スマートフォンの人工的な音声がギリシャ語を発すると、店員が大きくうなずく。

ほどなく出てきた料理は、色味からしてトマト味らしいスープ、サラダ、焼き魚だった。焼き魚は、完全に日本のイワシの塩焼き……大きく切ったレモンが添えられているぐらいが違いだろう。ギリシャでは、日本のように魚の塩焼きを好んで食べると聞いたことがあるが、早くもそれにご対面、というわけだ。

スープから食べてみる。予想通りトマト味で、野菜がたっぷり入っているので、これだけで腹が膨れそうだった。サラダは——これが本場のギリシャ風サラダというものだろうか。大ぶりに切ったきゅうりやトマト、赤玉ねぎの上に、黒いオリーブが大量に載っている。こちらは塩味も酸味も十分に効いていて、遠くでオリーブオイルの香りがする。決して悪くない。野菜が新鮮で、体が内側から潤ってくる感じがするし、何より塩漬けのオリーブが美味かった。

魚の塩焼きにはレモンをたっぷり絞った。レモンの酸味以外は、日本で食べる塩焼きそのものである。魚が新鮮なせいか、身が引き締まっているし、炭火でついた焦げ目も美味い。

「今日、スタジアムに行ってきた」菅谷は打ち明けた。

「俺も昨日行ったけど、警備員に止められた」田川が渋い表情で告げる。

「そうなんだよ。このままだと、取材もできないんじゃないか?」

「どうもそういう感じだな。選手と連絡、取ってるか?」

「メールと電話で……どっちも反応ないんだけどな」岡山でさえ。

「俺もだよ。何だか、置き去りにされたみたいな感じじゃないか？ あるいは馬鹿にされてるみたいな」

「確かにそれはある」菅谷はうなずき、愚痴を零した。「何のためにここに来たのか、分からないよ」

「ニューヨーク・タイムズ、ル・モンド、タイムズ」田川が順番に指を折った。「それにアメリカの三大ネットワーク、CNN、AP通信とロイターが、共同でギリシャ政府に抗議するそうだぜ」

「それは俺も聞いた。でも、ギリシャ政府は、単なる施設の管理者だろう？」

「とはいえ、マスコミを入れるか入れないかについては、施設管理者にも責任がある」

「まさか、本当に俺たち、取材できないのかな？」

「だったら、何のためにここに来たか、だよ」田川の表情は晴れない。「街も、でかいスポーツの大会をやるような雰囲気じゃないしな」

「そうなんだよな。オリンピックだったら、こんなのは考えられない」菅谷の経験では、開会一ヶ月前になると、開催都市は急にオリンピック一色に染まる。メディアが取り上げるニュースは急に増え、街はオリンピック用の化粧直しを終える。歩いているだけで、「いよいよオリンピックか」という感じになるのだ。しかし今、アテネは特にそういう「化粧」をしておらず、街のどこを歩いても、「ザ・ゲーム」の文字すら見えない。たぶん街の人も、まったく意識していないだろう。そもそも開催を知らない可能性もある。

「まあ、何ができるか分からないけど、やるしかないよな」食べ終えた田川が話をまとめにかかったが、いかにも元気がない。

「お前だって、ここへ飛ばされたと思ってるだろう」菅谷は指摘した。

「お前だって同じじゃないか？」急に怒りを露わにして、田川が逆に訊ねた。「オリンピックだっていうのに、何でこんな得体の知れない大会の取材をしなきゃいけないのか——そもそも取材できてないし」

田川は、会社に対する文句を言い始めた。昔から愚痴が多い男なのだが、聞いているうちにうんざりしてくる。菅谷は早々に「引き上げよう」と提案した。店を出てすぐに、田川と別れる。これから取材するにしても、誰かと会うこともできない。ホテルの部屋に籠って、選手にメールやメッセージを送り続けるしかない……虚しい作業だ。

ふと、常田の存在が気にかかってくる。オリンピアンが、オリンピックとメディアを否定するようなことを言い出したのは何故だろう。その彼が、本当にザ・ゲームに絡んでいる？　一度気になりだすと、どうしようもない。歩きながら、菅谷はスマートフォンの電話帳を呼び出した。以前、取材した時に教えてもらった、常田の携帯の番号。今もこのスマートフォンを使っているとは思えなかったが、念のためにかけてみる。まったく知らない人が出た。謝って、常田と連絡を取る方法を考え始める。礼香にもう一度きっちり頼んで、動いてもらおう。日本にいる方が、情報は取れそうな気がする。

ホテルへ戻る道すがら、菅谷は一軒のカフェに入った。昨日も入った店で、ホテルに近いから頻繁に通うことになるだろう。メニューに英語表記があるし、値段もそんなに高くない。エスプレッソのシングルが二・五ユーロというのは、納得の値段だった。しかし今日は暑さに耐えかねて、冷たいコーヒーにする。これが三ユーロ。本当は、コーヒー粉や砂糖を煮立てて作るギリシャコーヒーを試すべきだろうが、菅谷は普段からコーヒーには砂糖を入れないので、チャレンジする気にもなれなかった。

グラスを持って、空いているテーブルにつく。歩道にもテーブルが並んでいるのだが、このクソ暑い中、頭を焼かれながら外でコーヒーを飲むことを想像しただけで、頭痛がしてくるようだった。冷房の効いた店内で、常田と連絡を取る方法を考えよう。

一口飲んで、ほっと一息ついたところで店内を見回すと、隣のテーブルに意外な人物を見つけた。どういうことかと考える前に、思わず声をかけてしまう。

「小柴さん」

ネイピア日本法人の小柴。今日は軽装――ポロシャツにジーンズという格好だったが、観光なのか仕事なのか分からない。小柴がこちらをちらりと見て、嫌そうな表情を浮かべた。

「東日スポーツの菅谷です。一度お会いしました」

「分かってますよ」小柴がうなずく。

「やっぱり、ザ・ゲームは開催するんですね」

「そうですね」

「あなたは否定した」厳密に言えば彼は「把握していない」と言っただけなのだが、菅谷はつい非難してしまった。「嘘をついた、ということですか」

「本社からの指示には逆らえませんよ」小柴が肩をすくめる。

「小柴さんは、どうしてここに？」

「まあ、これも本社の指示です」

「小柴さんは、ザ・ゲームの運営担当なんですか？」

「そんなに大層なものじゃありません。雑用係です」

「この大会は」菅谷は一瞬黙って次の言葉を探した。「異様です。これまでの大会とは全然違う。公式サイトでも、情報が細切れに出てくるだけで、選手への取材も制限されている。我々に取材させないのがザ・ゲームの方針なんですか」

「ちょっと歩きませんか？」

「はい？」

「せっかくアテネに来たのに、まったく街を見てないんですよ。少しぐらい見物したいじゃないですか」

「しかし――」

「行きますか？　行きませんか？」

「――行きます」菅谷はアイスコーヒーを一気に飲み干した。

菅谷は小柴と並んで、人混みを縫うように歩き出した。小柴はスマートフォンを手にしている。行き先は決めているようで、まったく迷わなかった。小走りに近い早歩きで、菅谷は彼と会話を交わす余地もなかった。

　十分ほど歩くと、ぽっかりと空いた場所に出た。いかにも観光客然とした人たちがぶらぶらしている。

「ここ、何なんですか」菅谷はしばらくして小柴に声をかけた。

「ローマのアゴラ。遺跡というか、今では観光名所ですね」

「アゴラ……」

「市場でもあり、民会を開く場所でもある。民主主義はここから生まれたんですよ。もっともここは、古代ギリシャ時代ではなく古代ローマ時代に作られたものだそうですけどね。二千年ぐらい前かな」

　そう言われると、いかにも遺跡という感じがしてくる。列柱の跡が残り、八角形の塔、四本の柱で支えられた門などが確認できた。

「そうですか」彼は歴史好きなのだろうか。しかし、こんな講釈を聞くために付いて来たわけではない。菅谷は話を本筋に引き戻した。「ＳＨＱが新しい大会を作るのは、分からないでもないです。でも、ネイピアはどう絡んでくるんですか？　これから本格的にスポーツビジネスに取り組む気なんですか？」

「それはないでしょうね」小柴がやんわりと否定した。

「ただ金を出すスポンサーということですか？　オリンピックのワールドワイドパート

ナーのように？」

「ネイピアは、そんな無駄なことはしませんよ」小柴が苦笑する。「金にならないことは悪だ、というのが会社の信条ですから」

「拝金主義ですか」菅谷はつい皮肉を吐いた。

「一部では真実です。しかし研究活動には金を惜しみません。人類を進歩させる――生き延びさせるためには、テクノロジーの発展が必須ですからね。ネイピアが今、環境問題にどれだけ金を注ぎこんでいるか、ご存じですか？　そんなことをしなければ、私の給料は今より三十パーセントは上がっているはずだ」

二人は、アゴラの中をぶらぶらと歩き回った。一部に石畳が残っているが、大部分は土が剝き出しで、決して歩きやすいわけではない。面積的には、現代のサッカー場より少し広いぐらいだろうか。ここに全アテネ市民が集まれるわけではないはずで、民会の仕組みはどうなっていたのだろう。小柴は知っていそうだが、話を振ったら止まらなくなるかもしれない。

「あなたは、ずいぶん早くザ・ゲームについて取材していた」小柴が指摘した。

「ええ。結局特ダネにはできませんでしたけど」

「特ダネにどれだけの価値があるか、私には分かりませんが……あなたが一生懸命やっていたことは理解しています。だから、一つだけ教えますよ。ただし、今は書かないでいただきたい。間もなく、本社サイドから公式に発表があるはずです」

「どういうことですか？」

「ネイピアにとって、これはあくまでビジネスです」

「スポーツビジネス、ということですか」

「いえ、スポーツはコンテンツの一つに過ぎない」

その言い草にかちんときた。コンテンツの一つ――それに全てを捧げ、命を削るような毎日を送っている選手を馬鹿にするような言い方ではないか。

「世の中には、生で観たいイベントがたくさんありますよね？　でも、全ての人がその場に集まれるわけではない。コロナ禍の時に、世界中の人がそれを思い知ったでしょう。しかも今、新型インフルが流行りつつある。だから現場に行かずにイベントを観る様々な試みが盛んです」

「それは知っています。オンラインでの中継もそうですよね」

「ネイピアは今、VRとメタバースの技術で、世界の最先端を行っているんですよ。最高のシステム――VRチェアを使えば、本当にその場にいるような体験ができます。演劇、コンサート、それにスポーツの大会。コロナと新型インフルのせいで、こういう動きは加速しました」

「それは分かります。現場に行かずに、安全に楽しめる、ということですよね」

「ええ。まあ、ここからさらに二歩、三歩の技術革新は必要でしょうけどね。VRチェアは、現在では最高の環境を提供しますが、いかんせん高い。システム総額で五十万円は、なかなか手が出ないですよね」

VRチェアの話は菅谷も聞いている。まさに椅子なのだが、座るだけで様々なイベントを臨場感たっぷりに体験できるというのが売りだ。頭全体をシールド――ネイピアは「VRヘルメット」と呼んでいる――で覆い、視覚的・聴覚的にバーチャル体験ができると同時に、椅子部分では振動などで体感も得られる。確かにリアルな体験はできるかもしれないが、やはり五十万円は高過ぎる。菅谷は体験したことはないのだが、ネイピアがそれ専用のショールームまで開設したニュースは聞いていた。ネイピアといえば、あくまで「サービス」の会社で、ハードウエアの開発・販売に乗り出すのは珍しい。それだけ注力している証拠なのだろうが。

「ザ・ゲームは、VRチェアの大きなコンテンツになります」

「つまり――テレビ中継の代わりに、VRチェアでザ・ゲームを体験しろ、ということですか」

「もちろん、全てのユーザーがVRチェアを購入できるわけではない。旧態依然としたストリームによる配信も行います。あなたもそちらで観ることになるでしょう」

「私は――スタジアムで生で取材しますよ」

「それはできません」小柴が平然と言って、首を横に振った。

「何故ですか？　大きなスポーツの大会にはメディアの報道がつきものです。メディアによって、結果や人間ドラマが伝えられるんじゃないですか。スポーツとメディアは、手に手をとり合って発展してきたんですよ」

「二十世紀まではそれでよかったでしょう。でも今は、二十一世紀だ。スポーツの伝え方も変わって然るべきなんですよ」

「我々も、様々な工夫をしてきましたよ」

「いや、オールドメディアの限界は既に見えている。我々は、スポーツのまったく新しい楽しみ方を提供するんです」

「じゃあ、我々はもはや必要ないということですか」菅谷は食い下がった。

「いや、報道したいならご自由に、ということです。ただし、これまでの大会と同じような会場での取材はご遠慮いただきます」

「それじゃ、取材にならない」

「試合結果は、誰が観ても同じでしょう。ネイピアでは、過去の大きな大会――オリンピックやワールドカップなどの報道をビッグデータ化して分析しました。その結果、内容にはほとんど差がないことが分かったんです。もちろん、取り上げる人間ドラマに関しては、多少の差は出るでしょう。しかし果たして、そういうものが必要かどうか」

「誰でも、人間ドラマは大好きですよ」菅谷もそこに命を賭けている。

「とにかく、大会期間中の取材は駄目です。選手には、競技に集中してもらいたいですから……もちろん、選手に取材拒否をしろとは言いません。受けるかどうかは自由です。でも、こちらで誰か取材に応じた選手はいましたか?」

菅谷は黙りこむしかなかった。足も止まってしまう。先を歩いていた小柴が振り返り、「まあ、既存メディアを否定するものではありません」と言った。あまりにもとってつけたような言い方に、またむかついてしまう。

「とにかく、今回のやり方はあまりにも異常だ。報道各社からは抗議がいきます」

「らしいですね」平然とした表情で小柴がうなずく。「言うのは自由です。しかし無駄でしょうね。抗議されても、こちらは答えようがない。主催者として、現場での取材は許可しないと決めているんです。それをひっくり返す材料はないと思いますよ」

「この大会を待っている人のために——」

「それは誰ですか?」挑みかかるような口調で小柴が言った。

「スポーツファンは世界中にいます」

「選手は見せ物じゃない。プロスポーツの選手は違いますが……しかし、それもこれから変わっていくでしょう。我々は、基本に立ち返ろうとしているだけなんだ。百年前と比べてご覧なさい。スポーツはまったく変わってしまった。今の状態がいいと、あなたは言い切れますか」

ふと、自分がアゴラにいることが不思議に思えてきた。古代ギリシャの時代には、ここに多くの市民が集って議論を交わしたのかもしれない。今は自分対小柴の戦いだが、完全に劣勢だと意識する。古代ギリシャでは、議論で負けた人はどうやって引き下がったのだろう。

「まあ、VRチェアやストリーミングで、ザ・ゲームを楽しんで下さい」一転して気楽な口調で小柴が言った。「選手が取材に応じるかどうかは選手次第――それが全ての答えですよ」

「この件を仕組んだのは誰なんですか？『彼』の理念に共鳴すると言う人が何人かいる。個人の主催者がいるんですよね？しかも彼というからには男性だ」

「ノーコメントです。そんなことを報道する意味があるとは思えない」

それを決めるのはこっちだ、と思ったが、小柴はさっさと踵を返して去っていった。

2

菅谷が小柴に会った二日後、ニューヨーク・タイムズがザ・ゲームを激しく批判する記事をウェブ版に掲載した。

大会自体を完全無観客開催とし、マスコミに競技会場での取材も許さない。この件に関して抗議したが、主催者側は一切の回答を拒否。世界中から選手を集め、大きな大会を開催するというのに、選手に対してもスポーツファンに対しても失礼ではないか。施設を管理するギリシャ当局も「取材拒否」で、マスコミとファンは完全に置き去りにされている、等々。

この記事には、出場する選手――公式サイトでようやく公表された――のコメントは一つもなかった。ニューヨーク・タイムズでも、選手への取材には苦労しているのだろう。

しかし、アメリカを代表するメディアにこんな風に激しく批判されて、ザ・ゲームは上手く運営できるのだろうか。しかも批判はニューヨーク・タイムズだけに止まらなかった。イギリスのタイムズもフランスのル・モンドも批判記事を載せ、CNNはかなりの時間をかけてたっぷり悪意のある特集を流した。とうとう上野からも注文が入った。

「現在分かっていることで、明らかにおかしいことをまとめておけよ。この段階で一度、批判記事を掲載しよう」

「分かりました」メディア排除——小柴から聞いた話を使っていいかどうか、迷う。こういう場合「大会関係者によると」という書き方をして、名前を出さないのが普通だ。書かないでくれと言われてもいるし、書くとしても「匿名にするからいいか」と相手に確認しなければならない。まあ、今回はいいだろう。万が一小柴が俺の記事を見てクレームをつけてきたら、「あなた以外の人から取材した」と言い張ればいい。それを嘘だと証明する術は、彼にはないはずだ。

ギリシャ・アテネで開催される国際大会「ザ・ゲーム」について、各国メディアの批判が高まっている。メディア排除とも言える大会運営には謎が多く、実際に大会が開催されるかどうかすら定かではない。「ザ・ゲーム」の問題点を、4つのポイントにまとめた。

①無観客：ザ・ゲームは、２００４年アテネ五輪で使われたアテネ・オリンピックスポーツコンプレックスを中心に開催されるが、一般観客は会場で観戦できない。

代わりに、主催者の米ＩＴ企業ネイピア社が推奨するのは、同社が普及を進めているＶＲチェアによる観戦だ。現在のＶＲ技術の集大成で、これまでにない臨場感が味わえるとしているが、ＶＲチェアはシステム全体で50万円程度と高額で、簡単に手が出せるものではない。多くのスポーツファンは、ストリーミングで観戦することになりそうだ。

②取材拒否：主催者は、競技会場にはマスコミも入れないとしている。競技そのものを取材させないのは、極めて異質なものだ。選手への接触は自由としているが、実際には現地入りしてから取材に応じる選手はほとんどいない。実質的に緘口令が敷かれているものとみられ、このままだと試合結果に対する選手のコメントすらない、極めて異例の大会になる。

ここまで書いて、菅谷はノートパソコンから顔を上げた。あと二つ――選手の負担、アテネ市民の無関心も書かねばならないが、思い返して頭の中でまとめようとしているだけでむかつき、考えがまとまらない。しかし締め切り時間は迫っている。ギリシャは現在サマータイムで、日本との時差は六時間になる。こちらの時間で昼ごろまでには原稿を書き上げて送らねばならない。

頭を振ってペットボトルの水を一口飲み、続きに取りかかった。三十分後、何だか愚痴を連ねたような原稿が出来上がる。今のところはこれで仕方あるまい。読者には、少なくともザ・ゲームの異様さは伝わるはずだ。

送信して、ひとまず仕事は終了。何か問題があれば、上野から問い合わせが入るだろう。三十分待っても何もなかったので、菅谷は外へ出た。ちょうど昼飯の時間なのだ。ろくに仕事もしていないのに腹が減るのかとむかつく。もっとも、朝飯もほとんど食べていないのだが……経費を節減するために、前日の夜に買っておいたパンを、馴染みになったカフェのコーヒーで流しこむだけの毎日である。味気ないことこの上なかったが、三食外で食べていると懐が危うくなる。海外の長期出張の際の自衛策だ。

しかし、ギリシャ料理にも飽きてきた。海外にいる時はなるべくその土地のものを食べるようにしているのだが、一週間も経てば日本食が恋しくなってくる。アテネは国際観光都市なので、日本食レストランも少なくない。大半は中国人の経営のようだが、意外に本格的な和食も出すらしい。ラーメンと寿司が一緒に供される店も、ファミレスのようなものだと思えば違和感はない。

そうか、ラーメン屋か……礼香は、常田はラーメン好きだと言っていた。先日見つけたラーメン屋をちょっと覗いてみようか。ついでに自分もそこで昼食にしよう。値段は十ユーロ弱だから、そんなに高いわけでもない。狭い店で、歩道にもテーブルが置いてあるが、内も外も一杯——ちょうどランチタイムだから仕方ないと思い、少し外で待つことにした。強烈な日差しに脳天を焼かれていると、ラーメンじゃないよな、という気分になってくる。冷やし中華はあるだろうかとぼんやり考えている内に、店から二人連れが出て来た。男は——常田。まさか、と偶然に驚いたが、すぐに気を取り直して観察する。スーツ姿でブリーフケースを持っているので、商談途中で食事を済ませた感じだ。

常田は菅谷よりも十歳ほど年上で、既に五十歳になっているはずだ。しかし背筋はピンと伸びており、逆三角形の体型を保っている。今でも毎日、激しいトレーニングをしているのではないだろうか。

気になって、菅谷は昼食を延期し、そのまま二人の尾行を始めた。常田に同行している女性は、彼とほとんど背の高さが変わらない。こちらも非常に綺麗な歩き方だった。かなりヒールの高い靴を履いているのに——しかもアテネの歩道は凸凹しているのに——きちんと背筋を伸ばし、姿勢は一切ぶれない。人出が多いので、二人は近づいたり離れたりしているが、始終話はしている様子だった。ただし距離はそれほど近いわけではなく、あくまでビジネスの相手同士、という感じである。

二人は一軒のホテルの前まで同行した。女性は常田と握手を交わして去って行く。どうやら行き先が同じ方向で、途中まで一緒だったようだ。

菅谷は思わずスマートフォンを取り出し、礼香に電話をかけた。こちらは午後一時過ぎ、日本は午後七時……礼香は電話に出た。

「常田先生を見つけた」つい声が弾んでしまう。「本当にラーメン屋から出てきたよ」

「そうですか……頑張って下さい」あっさり言って、礼香は電話を切ってしまった。何なんだ……気勢を削がれて、菅谷は嫌な気分になった。

常田を追って、菅谷はホテルに入った。アメリカ資本の大きなホテルではなく地元のホテルで、ロビーも狭い。常田はフロントに向かい、係員と何か話し始めた。クレームをつけているわけではないが、厄介な頼み事でもしているようで、話が長引きそうな気配がある。係員が奥へ引っこんでも、常田はフロントに残り、カウンターに両手をついていた。右手の人差し指で、こつこつとカウンターを打つ様を見ていると、気が短いことが容易に想像できる。

菅谷は調べておいた常田のキャリアを確認した。アメリカへ行ってからの情報は限られていて、具体的に何をしているかは、よく分からない。大学の教授紹介ページにも最低限の情報しかないし、個人ではSNSなどもやっていないようだ。どうも、外へ活動を明かさないような方針でいる感じがする。

スマートフォンから顔を上げると、ようやく常田はフロントでの用件を終えたようだった。ここはチャンスだ——思い切って声をかけてみることにする。

「常田先生」

常田が顔を上げてこちらを見る。菅谷は急いで近づいて一礼した。

「東日スポーツの菅谷と申します」

「ああ、ここで取材ですか」常田は慌てる様子もない。

「はい、ザ・ゲームの……先生は、こちらで何かお仕事ですか？」

「まあ、仕事といえば仕事かな」常田が人差し指で顎をかいた。エラが張った顔は、よく日焼けしている。

「少しお話、聞かせていただけませんか」

「いいですよ」意外なことに、常田は取材に応じる気になったようだった。

二人は、ロビーの一角にあるソファに並んで腰を下ろした。いざＯＫとなると何を聞くべきか、迷う。東京オリンピックの後の話から始めるべきだろうか。

「今、アメリカの大学で教えておられるんですよね」

「ええ」

「日本には戻らないんですか」

「スポーツ関係の研究は、アメリカの方がずっと進んでいますからね」

「先生の専門のスポーツマネジメントというのは、コーチングとかそういうことですか」

「いや、チームの運営について、ですね。野球やサッカーだけではなく、個人競技の選手を支えるチームの運営や経済問題についても研究しています。テニスとかゴルフとかね」

「プロテニスの選手は、自分のチームを抱えていますからね」菅谷は話を合わせた。

「それで……今回は、どうしてこちらに？」

「あなたは、ザ・ゲームの取材に来ているんですよね？」常田が確認した。

「はい」

「どうですか？　まったく新しい大会は」

「取材に難儀しています。これまでの常識がまったく通じません」

「そうでしょうね。それでも取材するわけですか」

「大きな大会があれば、取材します」

「これまではね」

その一言で、小柴の言葉を思い出した。この人も、自分たちをオールドメディア扱いするのだろうか。

「まあ、頑張って下さいとしかいいようがない。これまでの取材方法では難しいでしょうけど」

「常田先生、何かご存じなんですか」

「マスコミのことは、ある程度は知ってますよ」常田が話をはぐらかした。

「東京オリンピックの時、先生は急にメディア批判を始めました」

「しかし私の言うことなど、誰も聞かなかった。そして今も、スポーツとメディアの関係性はあまり変わらない。スポーツ界の意識が変わらないのだから、当然かもしれませんが」

「それはどういう――」

「開会式、来ますか」

「行っても中に入れないでしょう」

「でも、近くまでは来られる」

「ええ」この人は何を言い出すんだ？

「開会式が始まる頃、現地でお会いしましょう。もっとも、開会式も、あなたが想像しているのとはまったく違うものになるでしょうが」

「先生、ザ・ゲームに絡んでいるんでしょう？　ＳＨＱやネイピアに協力しているんじゃないですか」

「今はノーコメントにしておきますよ」常田が立ち上がった。「開会式の時に話しましょう」

「あそこで先生を見つけられるとは思えません。携帯の番号を――」菅谷も慌てて立ち上がり、名刺を取り出した。しかし常田は、右手を上げて突き出し、受け取りを拒否した。

「私の方であなたを見つけますよ。ご心配なく」

「しかし――」

「それでは」常田が丁寧に頭を下げる。態度は丁寧だが、有無を言わさぬ感じだった。

謎の人物が一人、増えてしまった。

メーン会場を訪れるのが菅谷の日課になった。泊まっているホテル近くから地下鉄

——ほとんど地上を走っているのだが——で、会場の最寄駅まで乗り換えなしで行けることが分かったので、大して金もかからない。

最寄駅は、今は、スポーツコンプレックスへ行くためというより、近くにある大学へ通うために利用する人が多いようだ。駅はスポーツコンプレックスの北側、オリンピックスタジアムは南側にあるし、敷地内に入れないので大きく迂回して歩かなければならないが、ちょうどいい運動だ。

今日は西回りで、競泳会場を遠目に見ながら行くことにした。ここも、かなり曰くつきの施設である。競泳プールは屋外にあり、両サイドには一万人以上が収容できるスタンドが設置されているが、本当は屋根付きの競技場になる予定だったという。それが工期の遅れで屋根の設置が間に合わず、結果的に屋外プールになった。しかしオリンピック後は、メインテナンスが満足に行われずに荒れ放題になった。ここだけではなく、野球が行われたベースボール・センターも……元々野球がメジャースポーツではない国なので、オリンピック後はサッカースタジアムに改装され、さらにその後は難民キャンプになってしまっているという。

これもオリンピックの大きな問題だ。せっかく本番に向けて施設を造ったのに、その後利用者数が減り、維持するための金が出ていくだけになる。やがては維持さえできなくなり、廃墟化……オリンピックのレガシーという言葉は、概念上のものであり、実際にはなかなか実現しない。

スポーツコンプレックスの周りには報道陣が目立つ。菅谷は、レポートしている女性記者の姿を横目に見ながら通り過ぎた。どこのテレビ局だろう……女性はフランス語で話している。

オリンピックスタジアムの前に来ると、最初に来た時に会った警備員が今日もいた。目が合うと、ニヤリと笑う。「どうせ入れないのにご苦労様」と馬鹿にされているような気分になった。

しばらく立ち止まってスタジアムを見ていると、一人の男性がフェンスに向かって走って来た。日本人男性……ジーンズに派手なオレンジ色のポロシャツという軽装だが、その走りは妙に本格的である。まるで長距離の選手のように軽やかだった。

警備員と一言二言言葉を交わすと外に出て、停めていた車に近づく。その車のボディには、菅谷にもお馴染みの「カジマ」のロゴが貼りつけてあった。カジマ？　日本最大のスポーツ用品メーカーがこの大会に関係しているのか？　菅谷は思わず、その車に駆け寄った。

「すみません、カジマの方ですか？」

声をかけると、男が驚いたようにこちらを向く。

「ええ」男――菅谷より少し年下のようだ――が、怪訝そうな表情でうなずいた。

「東日スポーツの菅谷と言います。もしかしたら、ザ・ゲームの関係で仕事されてるんですか？」

「ああ、それは……」男がさっと視線を逸らした。「ちょっと、ここでは話せません」

「他の場所で話せませんか」菅谷は食い下がった。

「これからどこかへ行くんですか」男が訊ねる。

「視察しているだけです。取材もままならないので」菅谷は自虐的に言った。

「私はダウンタウンへ戻りますけど、乗って行きますか？ ついでです」

親切な男は運転席に落ち着くと、すぐに名刺を取り出した。カジマ国際営業部の朝倉（あさくら）功（いさお）。ふと、彼の名前が頭の片隅に浮かんできた。

「ええと、間違っていたら申し訳ないんですが、朝倉さん、箱根駅伝で、学連選抜で走ってませんでしたか」

「よく知ってますね」朝倉が苦笑した。

「学連選抜で二位——ぎりぎりまで優勝争いしたんですから、すごいですよね。はっきり覚えてますよ。そうだ、山城さんに会いました」

「え」ハンドルを握る朝倉の手がぴくりと動いた。「話をしたんですか」

「しました」

「たまげたな。まともに話、できました？」

「まともじゃなかったです。山城さんと話すのは至難の業ですね」

「でしょうね」朝倉がうなずく。「僕もまだ、普通に話せません」

「今も会うんですか？」

「たまには。でも、あの時のメンバーの中で山城さんとまともに話せるのは、城南大の浦さんぐらいじゃないですか。浦さんも苦労してますけど」

「分かります。山城さんみたいな人、なかなかいませんよね。何か、今はあちこちの大会を観戦しているようですけど」

「らしいですね。趣味、みたいなものでしょうか。しかし、山城さんと話せたということは、菅谷さんは相当優秀——人間的に信用できる人だ」

「いやいや……」

こんなことで信用してもらっても……ただし、向こうの思いこみは上手く利用しよう。

「アテネには慣れてるんですか？」スムーズな運転ぶりに、つい聞いてしまった。アテネの道路事情はかなり厳しい。地元のドライバーは運転が乱暴だし、道路も走りやすいわけではないのだ。

「いやあ、全然。今回が初めてです。半月前に来たばかりですよ」

「でも、車の運転、地元の人みたいじゃないですか」

「出張が多いんですよ。荒っぽい運転には慣れてます」

「アテネはどうですか？　荒っぽさのレベルという点では」

「七十点ぐらいですかね。イタリアを百点とすれば」

軽口はこれぐらいにしないと。朝倉は営業マンらしく話題は豊富そうで、しかも話が上手い。放っておいたら、このままずっと雑談で終わりそうだ。

「ところで、こちらにはどういうお仕事で？」

「ああ……口封じされてるんですけど、別にいいかな」

「本当にいいんですか？」口の軽い男なのだろうか。もしもそうなら、簡単に信用するわけにはいかない。

「何か……ザ・ゲームは変な感じでしょう？　今までの国際大会とは全然違う。前々から私も疑問に感じてたんですよね」朝倉が打ち明ける。

「例えばどんなことを？」

「今回のウエアやツールは、すべてカジマの提供なんです。選手に強制はしませんけど」

「初耳です」菅谷は思わず両手を拳に握った。「それって、『UG』の時みたいに公平性を狙ってのものなんですか」

「ええ。ただし、カジマの製品が使われるのは今回だけです。次回からは必ず別のメーカーになるという話で……順番に回していくんじゃないですか？　何回も続けばの話ですけど」

「どういうことなんですかね」

「オリンピックは、スポーツ用品メーカーにとって最大の戦場なんですよ」

「それは分かります」

「でも基本的には、二社か三社がほぼ独占してきました。今回の主催者は、そういうのはよろしくないと考えているようです。自由競争しろ、ということなんでしょうけど、それなら一社独占で用具を提供するのも、ちょっとおかしな話ですよね」

「意味が分かりませんね」菅谷は同意して首を傾げた。自由競争とは真逆ではないか。

「まあ、いきなり指名されてたまげましたけど、うちとしては張り切らざるを得ませんよね」朝倉はどこか誇らしげに言った。

「でも、次からは他のメーカーになるんでしょう?」

「そういう話です」

「だいたい今回、広告効果は望めるんですか? テレビ中継もないわけですから、今までと状況は違うでしょう」

「あー、でも、正直言って、テレビの効果はもうそれほど期待してないんですよ」朝倉が打ち明けた。「広告費に関しては、ネットがテレビをとっくに追い越しましたからね」

「今回、代理店も絡んでませんよね」菅谷は指摘した。

「そうですね」左手で顎を掻きながら、朝倉が言った。「ただ、総合的には悪くない話なんです。カジマはずっと、世界進出が大きな課題でしたから。これがいいきっかけになると思います」

陸上関係では、短距離、長距離とも技術革新が進められ、今やシューズがタイムを左右するとまで言われている。この分野でカジマは昔から世界をリードする存在ではあるが、いかんせん宣伝が下手だ、というのがマスコミ業界内での評判だった。

「まさか、カジマさんがザ・ゲームに絡んでいるとは思いませんでしたよ」菅谷は正直に打ち明けた。

「絡んでいるというか……うちにとっても、いきなりでしたからね。話がきたの、三ヶ月前ですよ」

「そんなに急に？」

「主催者側も、いろいろ大変だったんじゃないですか。要するに、慣れていない人たちが四苦八苦してたんですよ。ばたつくのも当然でしょう」

「何とかなりそうなんですか？　そもそも選手は、この状況に納得してるんですかね」

「それは、我々には分からない。うちと契約している選手は、今まで通りということで問題ないでしょうけどね」

アマチュア選手も、スポーツ用品メーカーから様々な用具の提供を受けている。メーカーとしては、ウエアなりシューズなりがテレビ中継で映し出されることが大きな宣伝で、選手は広告塔の役目を担うことになるわけだ。たまには齟齬が生じることもあるが……例えば駅伝のチーム全体があるメーカーと契約していても、個々の選手はそれ以外のメーカーのシューズを履きたいと望むこともある。そういう時は、監督やコーチが間に入って調整するのだが、最終的にはだいたい、選手の希望が通る。履き慣れたシューズ以外で走れと強制されたら困るだろう。

「カジマのシューズを履かない、という選手がいたらどうするんですか？」

「どうでしょうねえ」朝倉が首を捻る。「そこは、我々が口を出せることではないですから。でも、最終的には選手判断になると思いますよ。さっきも言いましたけど、強制はしないという話でしたから」

奇妙な話になってきた。主催者側の狙いもよく分からない。UGのように公平性を狙ってのことかもしれないが、選手にはいつ、このことが知らされたのだろう。出場を決意しても、ツールが限定されてしまえば、気持ちを覆す選手も出てくるかもしれない。現代のアスリートにとって、ツールは記録に直結する極めて重要な要素なのだ。どうもやり方がまずい、というか素人じみている。

「大会期間中はずっとこっちに張りつくんですか？」菅谷は訊ねた。

「そうなるでしょうね。何が起きるか分かりませんから、トラブル対応です……東日スポーツさんもですか？」

「そうなりますね。ろくに取材もできていないんですけど」

「らしいですね。取材拒否というか、マスコミ排除というか。皆さん、困ってらっしゃるんじゃないですか」

「正直、困ってます」菅谷は認めた。「私も二十年近く記者をやってますけど、こんなこと、初めてですよ。大会期間中、一本も競技の原稿を送らずに終わるかもしれない」

「世間はオリンピック一色ですしね」

それを言われるとやはり辛い。オリンピック担当を外れても、本番になれば様々な仕事が回ってくるものだ。現地に取材に行けないにしても、日本でやれることはいくらでもある。オリンピックの紙面作りに参加しているだけでもいいのだ。

放り出された感じが否めない。部長も、ザ・ゲームに興味を持っているふりをして、俺をオリンピックの仕事から完全に外すために、こちらの取材を命じたのではないか？被害妄想かもしれないが、考えれば考えるほど、自分が追いこまれていると感じる。そんなに、上層部に嫌われることをしただろうか？

「そんな暇はないかもしれませんけど、こっちにいる間に呑みに行きませんか？」

「ああ……そうですね」菅谷はぼんやりと応じた。

「ワインは美味いし、ウーゾとかもいいですよ」

ウーゾがギリシャ独特の酒だということは知っていたが、とても呑む気になれない。誘ってもらって申し訳ないが……しかし、大会の主催者に比べれば口が軽い彼と話していれば、何か重要な情報が手に入るかもしれない。

彼は、暗闇の中を歩く自分にとって、一筋の光明になるだろうか。

3

七月三十一日。開会式を翌日に控え、菅谷は日課の会場訪問をしていた。人の出入りは日に日に激しくなっており、報道陣の姿も目立つようになってきた。顔見知りになった各国の記者は、全員が怒っている。主催者であるＳＨＱとネイピア、それにギリシャ政府も依然として取材に応じず、選手も同様である。「これでは何のために来たのか分からない」と嘆く記者もいたし、「引き上げるように本社に許可を求めている」と弱気になる記者もいた。毎日が愚痴大会のようだった。

スタジアムの正面入り口に当たる場所は、他よりも人の出入りが多い。スタジアムの改修・清掃をしているらしい業者の車が盛んに出入りしているので、菅谷は次第に心配になってきた。オリンピックでは突貫工事も普通だが、前日まで作業が続いたという話は聞いたことがない。二〇〇四年のオリンピックで使われたプールも、屋根の工事が間に合わずに結局屋外プールになってしまったことを考えると、ギリシャというのは全体にズボラな国なのかもしれない。

アメリカのテレビ局の男性記者が、スタジアムをバックに早口でまくしたてている。

「――この大会に関しては、ネイピアが自らのVRビジネスの宣伝材料にしているだけという見方もあり、批判が高まっています」

それはそうだよな……選手も、そういう状況を知らないわけがない。知っていて敢えて大会に参加しているのは、ネイピアのビジネスを受け入れているという意味になる。要するに広告塔ではないか。

スタジアムから少し離れた道路を歩き出す。普通のオリンピック、あるいは国際大会なら、開会式前日は会場での準備に忙殺される。記者席の位置を確認し、原稿を送るテストをして、ミックスゾーンでの取材が混乱しないように他の記者たちと予め打ち合わせをしておく――今回は、そういうことが一切ない。

ふと、向こうから走って来た一人の選手の姿が目に入る。岡山――ちらりと腕時計を見ると、ゆっくりとスピードを落としてクールダウンに入った。横を走っていた車が停まり、中から飛び出して来た若者が、飲み物の入ったボトルとタオルを差し出す。岡山はボトルを受け取って一気に飲み、タオルを頭に載せた。右手をひらひらさせて顔に風を送っているが、ほとんど効果はないようだった。

菅谷に気づくと、一瞬驚いたような表情を浮かべたが、頭を下げる礼儀は残っていた。

菅谷はすかさず近づき、「岡山さん」と声をかける。

岡山に飲み物とタオルを渡した若者がさっと前に出て、菅谷と岡山の間に割って入った。壁になろうとしたようだが、岡山が若者の肩に手をかけて下がらせる。

「いいんだ」

「取材は駄目じゃないですか」若者が警告する。

「それは、俺たちの判断に任されているから……先に行っていてくれ」

若者は不満そうだったが、それでも岡山の指示に従った。岡山が、ボトルに口をつけて渇きを潤しながら、近づいて来る。

「彼は……」

「ワンホテル時代の後輩です。だいぶ前に現役を引退して、今はスポーツマッサージの仕事をしています。俺も普段からお世話になってるんですよ」

「トレーナーとして連れてきたんですか?」

「ああ。あと、瀬川さんも来てます」

「瀬川さんって、ワンホテルのコーチだった? 今、大学でコーチをやってるんじゃないんですか」

「特別に頼みました」

「チーム岡山は計三人ですか」

「食事には苦労してますよ」岡山が苦笑した。

「どうしてるんですか? 選手村もないのに」

「キッチンつきのホテルを借りました。自炊なんて、久しぶりですよ。毎日、嫁さんに料理の作り方を聞いてます」

「そんなことに気を遣っていたら、調整できないじゃないですか」

「そうでもないですよ。調子はいいです」実際、岡山の表情は明るかった。

「何度もメールしたし、電話もしたんですよ」菅谷は泣き落としにかかった。「一度ぐらい、応答してくれてもいいのに」

岡山が申し訳なさそうに頭を下げた。

「それについては、悪かったと思ってます。菅谷さんには散々お世話になったのに……」

「恩に着せるわけではないですけど、話ぐらいしたかったです」

「すみません」岡山がまた頭を下げた。「集中したかったんです」

「だったら、今も私は邪魔ですか」菅谷はつい自嘲気味に言った。

「いや、ちょうど今日の練習が終わったので」岡山が顔の汗をタオルで拭った。「こっちの暑さにも慣れました。本番と同じ時間に何回も走ってます」

「相当きつそうですね」湿気がないせいか汗はかかないが、菅谷はまだこの暑さに慣れていない。

「まあ、何とかなるものです。早めに現地入りしていてよかったですよ」

「いつ来たんですか?」

「三週間前」

「本番までは、まだ二週間ありますよ」言いながら、菅谷はあることに気づいた。「こんなこと聞くのは失礼でしょうけど、費用の面は大丈夫なんですか」

「ああ、それは……」岡山が微妙な表情を浮かべる。答えにくいようで、すぐに唇を引き結んでしまう。

「スポンサーがついたんですか?」それは特に禁止されていなかったはずだ。自費参加の「自費」をどこから持ってこようが、問題はないはずである。

「本村社長です」どこか申し訳なさそうに岡山が言った。「本村社長が、全面的にバックアップしてくれました」

「何か取り引き材料があるんですか」

「ワンホテルに戻ること――時期は分かりませんが」

「だけど、今はチームはありませんよ。ワンホテルの社員として働く、ということですか？」

「いえ。社長は、陸上部の復活を目指しているんです。コロナ禍のマイナスもようやく取り戻せたようですし、自分が元気なうちにもう一度チームを持ちたい、ということみたいですね。そこへ、監督で戻ってくれという話です」

「現役を引退する前提ですか？」監督やコーチ兼任ということもあるが、岡山の場合、年齢も年齢である。

「そうなりますね」

「ザ・ゲームが終わったら、ですか？」

「いや、もう少し先になるでしょうね。JSに対する恩義もありますから、その辺をちゃんとしてからです」

「引退は決定的なんですか？」こんな状況でも、菅谷は記者の本能に囚われていた。かつての日本記録保持者・岡山の引退となれば、扱いは小さいにしても特ダネにはなる。

「これは取材じゃないですよね」岡山が心配そうに言った。「雑談ですよね？　雑談は記事にしないでしょう？」

「ああ……そうですね」こういうのは、言った言わないのトラブルになりがちだ、と菅谷は気を引き締めた。

「今日はたまたま会って立ち話をした、それだけですから。絶対に記事にしないで下さい」岡山の声は穏やかだったが、決然としていた。

「取材もＮＧですか」

「レースが終わったら話す……かもしれません。ちゃんと会見しないと、むしろ大変です」

「勝ったら取材が殺到しますよ？　ちゃんと会見しないと、むしろ大変です」

「会見しない権利もある、ということで。菅谷さんは特別――お世話になりましたから」

独占インタビューということになるだろうか。それなら特ダネになるからいいのだが、どうにも釈然としない。試合を終えた選手に取材が殺到して混乱するのは、火を見るより明らかだった。

「ここへ来るの、大変だったんじゃないですか。色々な人と軋轢もあったでしょう」

「自分で決めたことです。自分で責任を取ります」岡山が毅然と言った。

「勝てると思いますか」

「どうかなあ」岡山が、雲一つない空を見上げた。汗がこめかみから顎に垂れる。「コースはかなり難しいし、暑いし……何とも言えませんね。当日の天気を気にしながら、調整しますよ――それじゃあ」

一礼して、岡山が車に戻った。菅谷は彼の背中に向かって頭を下げながら、依然として釈然としない気分を味わっていた。

さまざまな問題をはらんだザ・ゲームが、現地時間8月1日午後6時（日本時間2日午前0時）に開幕する。1日はアテネ・オリンピックスタジアムで開会式が行われ、競技は翌日からスタートする予定だ。

今回行われるのは、陸上、競泳、ウエイトリフティング、レスリング、フェンシング、テニス、射撃、自転車の8競技。全て第1回近代オリンピックでも行われた競技で、公式サイトでは「原点に立ち返るため」と説明している。

選手は全て個人参加となり、陸上、競泳のリレー競技は実施されない。テニスではダブルスも行われる予定だが、国籍に関係なく、選手同士の自由な話し合いでペアが組まれるという。

また、今回は日本のスポーツ用品メーカー、カジマが全ての用具を提供する。選手はカジマが用意した試合用ウエアやシューズを使うことになっているが、その意図について、主催者は取材に応じていない。

これまでの国際スポーツ大会とはまったく方向性が違うため、トラブルも予想される。


まず本記の原稿を送り、菅谷はすぐに解説原稿に取りかかった。

関係者によると、ザ・ゲームは、「スポンサーなし」「テレビ中継なし」「メディアの取材なし」「無観客開催」「選手は個人資格で自費参加」など、これまでのスポーツ大会とはまったく異なるコンセプトで開かれることになる。

この中で最も批判を浴びているのは「テレビ中継なし」と「メディアの取材なし」である。試合の模様に関しては、全ての競技がストリーミング配信される予定だが、実際には主催のネイピアが開発・販売している「VRチェア」の普及が目的ではないかと言われている。「VRチェア」は、これまでにないバーチャル空間体験を提供するのが売り物だが、価格の問題もあって、まだ普及はしていない。ネイピアが、ザ・ゲーム自体を、「VRチェア」を普及させるためのPRとして考えているという指摘もある。

選手への取材に関しては、全面的に禁止されているわけではなく、選手が個人として応じるのは自由としているが、試合を終えた直後、選手の生の声を聞くのは難しくなる。「選手を試合に集中させるため」という理由からの措置だが、メディアの取材が選手に悪影響を与えるのでは、という言い分には理論的な根拠はない。

選手の自費参加に関しても、負担を強いるものではないか、と批判が強い。逆に、ザ・ゲームに参加した選手は金銭的に豊かな「スポーツ貴族」ではないかという指摘もあり、スポーツ選手と一般のファンの間に亀裂を生じさせる可能性もある。

解説原稿を二回読み返して、送信。少ししてから、オンラインで上野と話した。

「もらった。取り敢えず、このまま通すからな」上野は淡々としていた。

「日本でのザ・ゲームに対する反応はどうなんですか？　こっちにいると、読めないいんですよ」

「基本、黙殺、だな。どこもオリンピック一色だ」

それは菅谷も確認していた。東日スポーツの紙面はオンラインで確認できるのだが、一面、裏一面は当然オリンピック一色である。その他のページも多くが、オリンピック関係の記事で埋まっている。いつものオリンピック期間中、という感じで、菅谷は自分が「外されている」ことを強く意識せざるを得なかった。自分はここで、まともな取材もできずに何をしているのだろう？　このままではオリンピック担当になど戻れない。

「それで、どうなんだ？　最後までそこにいて取材する意味はあるのか？」上野が突然、後ろ向きの話をしだした。

「せっかく来たんだから、最後までいますよ。経費は節減して使ってますから」言われると菅谷もむきになってしまう。

「しかし、全然盛り上がっていないのに、そこに張りついて伝える意味があるのかね――ちょっと待て」

上野が画面から離れ、誰かと話し始めた。マイクは声を拾ってくれるが、内容全部は分からない。しかし「会見」と言っているのは聞こえた。ザ・ゲーム関係で、誰かが会見するのだろうか。

「――悪い」上野が画面に戻ってきた。「そっち時間で午後四時から、ＩＯＣが会見するそうだ」

「アテネで、ですか？」

「ああ」

「オリンピック期間中に？　現地でやるんじゃないんですか？」

「それがよく分からないんだが、アテネのオリンピックスタジアムでやるそうだ」

まさか……あそこは、メディアは立ち入り禁止になっている。それを開放する？ザ・ゲームの主催者から見れば、ＩＯＣは否定されるべき存在なのではないか。いわば敵に場所を提供する？　意味がまったく分からない。

「取材、行けるか」

「行けます。どうします？」

「終わったらすぐ記事にしてくれ。四時だとこっちは夜の十時か……会見が一時間として、遅版には間に合うだろう」

「分かりました」

しかし、それまでに情報収集はしておかないと。菅谷はまず、ＪＯＣの関係者に接触した。担当を外れて長くなった今でも話せる、事務方の人間はいる。今は日本にいるのか、オリンピック会場に入っているのか……電話をかけると、その相手、冨永(とみなが)はすぐに出た。

「菅谷さん？」冨永は露骨に驚いて、ガサガサした声は少し甲高くなっている。「どうしたんですか？　何年ぶりですかね」

「何年ぶりかは覚えてませんけど、ちょっといいですか？　今、アテネにいるんですけど」

「ザ・ゲームの取材ですか」冨永が、警戒するような声で訊ねた。

「そうなんです。IOCの関係者が、これからアテネで会見するそうですけど、誰が話すか、聞いてますか？」

「ああ……北見さんですね」

「北見さんが？」北見は現在、唯一の日本人IOC委員である。八〇年代から九〇年代にかけてスキージャンプ競技で活躍した選手で、菅谷も何度か取材したことがあった。

「何で北見さんなんですか」

「それは、我々には分からないけど」

「北見さん、オリンピックの会場にいるはずですよね？　本番中だし、総会も開かれるでしょう」IOCの総会は、オリンピックがある年には、その開催都市で開かれることになっている。

「急遽アテネへ向かうことになったようです。まあ、日本から行くよりは近いですから」

「何なんですかね？　こっちも今聞いたばかりで、困ってるんですよ」

「内容については、我々も聞いてないんです」冨永も弱り切っていた。基本的にいい人で、こちらの無茶な取材も正面から受け止めてくれるのだが、真面目過ぎるのが問題だ。

「誰か、話を聞ける人、いませんか？　本番までに情報を仕入れたいんです」

「分からないですね……申し訳ない、今、うちもばたついていますから、菅谷さんに協力するのは難しいです」

「冨永さん、そもそも今どこにいるんですか」

「私は日本ですよ。留守番役で」

「そうですか……何か分かったら教えてもらえますか？　急にとんでもない話が出たら困りますから」

「それは、ねえ……」冨永も歯切れが悪い。

「そもそも、ザ・ゲームに関して、ＩＯＣもＪＯＣも態度をはっきりさせてませんよね。黙殺というか。少なくとも今まではそうだったでしょう」

「言いにくいの、分かるでしょう？　現役の選手が絡んでいるんだから、正面から否定するのは難しい。出ないように圧力をかけるわけにもいかないでしょう？　今は、そういうことをするとすぐに問題になってしまいます。それでなくても、うちは評判が悪いですからね」冨永が自虐的に言った。

「言いたい奴には言わせておけばいいと思いますけどね」

「マスコミも批判を受けるけど、我々とは圧が違うでしょう。東京オリンピックの時は、悪の秘密結社みたいに言われましたし」

　それはある意味、否定できない。ＩＯＣもＪＯＣも、その中身はブラックボックスである。意思決定などのプロセスは明るみに出ず、幹部の発言は世間の常識とずれまくって、ＳＮＳなどで大批判を浴びた。しかしそれがまったくダメージになっていない……

恐るべき鉄面皮とも言われたが、そもそも感覚が一般人と違うのかもしれない。実際菅谷も、取材していて微妙な違和感を抱くことはあった。

「北見さんなら、そんなに無茶は言わないでしょう。穏健派の代表みたいな人だから」菅谷は言った。

「まあ、何を話すかまでは、私たちには分かりません。現地で直接聞いて下さい。でも、菅谷さんも大変ですねえ」

「オリンピックが懐かしいですよ」同情されて、菅谷はつい本音を吐いた。オリンピックでは規制は多かったが、整然と取材ができた……。「ここの取材は、意味が分からないことばかりです」

「ですよねえ」冨永が同調する。「何なんでしょう。スポーツじゃない別のイベントみたいな感じもします」

「確かに……」

電話を切ると、どっと疲れを感じた。一体何なんだ？　ザ・ゲームに関して、何度こういう疑問を感じただろう。明日が開会式だというのに、未だに全容が分からない。

菅谷は念の為に、小柴の携帯に電話を入れた。ＩＯＣの会見で、おそらく批判されるような立場。反応なし——出ないようにしているのだろう。さらにメッセージとメールも送ってみたが、返事は来ないだろうと半ば諦めていた。

とにかく会見で話を聞くしかない。そこでどんな話が出てくるか——興味深いような怖いような、何とも言えない気分だった。

4

オリンピックスタジアムの前に行くと、既に各国の報道陣が集まっていた。派手なピンク色のオフィシャルウエアを着たスタッフが、現場で記者たちを誘導している。さばき切れるかどうか分からないが、どうやら全員を中に入れるつもりらしい。確かにオリンピックスタジアムなら、広さ的には問題ないが……それにしても、フィールドで会見するのだろうか？　菅谷はオリンピックの度に、選手やＩＯＣ役員の会見を取材してきたが、それらは全て、きちんと会見場が設置されたメーンプレスセンターやサブプレスセンターで行われていた。それにしても、ＩＯＣの会見をザ・ゲームのスタッフが手伝っているような感じだが、どういうことだろう。両者は完全に対立しているはずなのに。

午後四時前、スタッフの誘導で報道陣がスタジアムに入って行く。菅谷はそこで、顔見知りになっていた例の警備員を見つけ、軽く会釈した。フェンスに寄りかかった警備員は、「ここは自分の仕事場ではない」と言わんばかりに肩をすくめるだけだった。

報道陣は、メーンスタンド前に集められた。本当にこんなところで会見をするのか、と呆れてしまう。狭いながらインドアのホールもあるはずなのに。

会見はすぐには始まらない。待つ時間を利用して、菅谷はスタジアム全体を見回した。

波打つように特徴的なデザインの屋根、それを支える支柱は、内側から見ても印象的である。芝は青々として、トラックもきちんと整備されており、いつでも競技を開始できる雰囲気だ。しかし今は、陸上競技用ではなくサッカー……今回、サッカーは実施競技に入っていないのに、きちんとラインが引かれ、ゴールも設置されている。

気になるのはスタンドだ。ここは七万人以上を収容できる大規模スタジアムなのだが、客席の傷みが目立つ。基本は白色で統一されているのだが、すっかり灰色にくすみ、壊れているところもある。トラックやフィールドはきちんと整備し直したようだが、スタンドは手つかず――無観客だから当たり前か。現在はサッカーのギリシャ・スーパーリーグのチームの本拠地であるのだが、根本的に整備が追いついていないのだろう。

会見は、IOCのスタッフが仕切るようだった。背の高いアフリカ系の女性スタッフが、マイクの前に立つ。微妙に不機嫌な面持ちで、英語ネイティブではない人間らしい訛（なま）りがあった。

「それではこれから、IOC委員のミスタ・タケル・キタミが会見を行います。会見は二十分程度を予定しています。最初にミスタ・キタミがIOCの声明を発表し、それに関して質問を受けつけます。ミスタ・キタミはこの後、すぐにオリンピック会場に戻りますので、時間が限られていることをご了承願います」

女性スタッフが一歩引くと、メーンのエントランス――サッカーの試合ならキックオフに向けて両チームの選手が出てくる場所だ――から、北見が姿を現した。両側には、筋骨隆々の若者が二人、ボディガードのようにつき添っている。

北見は、今年六十二歳になるはずだが、未だに若々しい雰囲気を放っている。贅肉のない体をブレザーと白いパンツに包み、足取りは若いアスリートのように力強い。顔にはさすがに皺が目立つが、よく陽に焼けていて健康そうだ。帽子からはみ出した髪も黒々としている。

マイクの前に立つと、報道陣をざっと見回して、ブレザーのポケットから折り畳んだ紙を取り出した。ゆっくり、丁寧に広げてさらにマイクに近づき、流暢な英語で話し出す。

「IOC委員のキタミです。IOCを代表して声明を発表します」そこで日本人らしい一礼。「今回のザ・ゲームについて、IOCの見解を申し上げます。IOCとしては、ザ・ゲームの開催が伝えられてから、特に公式のコメントは出していませんでした。各委員や関係者の個人的なコメントが一人歩きして、IOCがザ・ゲームに反対しているような印象を与えてしまったことを非常に残念に思います。IOCとしては、ザ・ゲームには一切関与していませんし、正式にコメントする立場にもありません。IOC、並びに現在のスポーツ界とは関係ないイベントと認識しています。ただし、オリンピック期間と重なっていることで、オリンピックに出場可能だった選手がザ・ゲームを選ぶケースが何件かあり、それについては非常に残念に思います。また、ザ・ゲームは、各競技団体が公認した大会ではありません。それ故、ここでどのような記録が出ても、それは公式なものとは認められないことを申し上げておきます——ＩＯＣからの公式コメントは以上です」

つまり、完全無視ということか。しかし菅谷は、意外に「弱い」コメントだと判断した。強い「不快感」を表明してもおかしくなかったと思う。あるいはさらに一歩踏みこんで「非難」。選手たちを混乱に陥れたのは間違いないのだから、それに関しては一言あって然るべきだろう。敢えて何も言わなかったのは、ＩＯＣとしてはザ・ゲームなど眼中にない、という無言の宣言なのかもしれない。

すぐに質問が飛んだ。百人以上の報道陣が集まっているから、混乱するばかり……しかし司会役の女性スタッフが、てきぱきとさばいていく。

「オリンピックの出場を回避して、ザ・ゲームに出場する選手が何人もいます。ＩＯＣとして処分は考えていますか」

「ＩＯＣとしては考えていません。各国オリンピック委員会の判断に任せます」

「ＩＯＣとして、一定の指針も示さないんですか」

「各委員会に一任します」

「ザ・ゲームの主催者とは、何らかの話し合いを持ちましたか」

「ＩＯＣ側から、事情を聞きたい、という申し出は何回もしました。その都度『必要ない』『話すことはない』と回答されるばかりで、話し合いは実現していません。それ故ＩＯＣでも、現段階ではザ・ゲームの全容を摑んでいません。ザ・ゲームに関する知識は公式サイトで入手できることばかりで、皆さんと同等です」

「今後、ザ・ゲームの主催者と話し合う予定はありますか」

「呼びかけますが、向こうから返事があるかどうかは分かりません」

「ザ・ゲームは、いずれはオリンピックに取って代わる大会になる可能性を指摘されていますが、それについてのお考えを聞かせて下さい」

「オリンピックには長い歴史と伝統があります。その理念は、時代が変わっても引き継がれます。オリンピックとザ・ゲームが目指しているのは、我々とはまったく違うもののように思われます。

「マスコミを排除し、無観客で行う大会というのは、かなり異常だと思いますが」

「それに関しては、我々にはコメントする権利がありません。しかし我々は、マスコミの皆さんと常に協力関係を保って、スポーツを発展させてきました。会場に来られる観客の方に試合を楽しんでもらえる工夫もしてきました。しかしザ・ゲームでは、そういう狙いはないようですね」

質問はいつまで経っても終わりそうにない。菅谷は、報道陣の塊をかき分けて、何とか前方に進み出た。質問したくても、後ろの方にいたら見つけてもらえない。

「時間が迫っているので、最後の質問にしたいと思います」

菅谷は勢いよく手を挙げた。幸い、女性スタッフの目に留まり、指名してもらえた。

「日本の東日スポーツの菅谷です」日本語で言ってしまった。しかし北見は静かにうなずくだけで何も言わない。菅谷はすぐに英語に切り替えて質問を発した。「ザ・ゲームは、選手を守っていると思いますか？　取材を制限することで、競技だけに集中できる環境を作っているようですが」

「取材を受けるのは、トップ選手の義務でもあると考えます。そこは織りこみ済みで、選手たちは活動しています。それをわざわざ省く理由は、私には分かりません」

「以上で質疑応答を終わります。皆さん、ありがとうございました」

女性スタッフに促され、北見が一歩下がる。しかしすぐに何かを思い出したようで、再度マイクに近づいた。

「最後に、もう一つだけ。これはＩＯＣの公式見解ではありません。あくまで私の個人的な考えだということをご理解の上、聞いて下さい。私は、ザ・ゲームというのは、ネイピア社が自社の金儲けのために開催する大会だと考えています。ネイピア社は、世界最大のＩＴ企業でしょうが、どれだけ大きい会社でも、自社の利益のためだけに選手を集めて大会を開催するのはいかがなものかと思います。スポーツは集金の手段ではない。多くの人の無償の協力で開かれるのが、巨大なスポーツ大会であり、我々はそれで多くの財産を手に入れたのです。金儲けのために行われるザ・ゲームに、いかなる理念があるか、明確に説明してもらいたいと思います」

これは激烈な批判だ。菅谷の疑問を裏づけるものでもある。ザ・ゲームは、所詮ネイピアの金儲け。こんな大会に理念があるとは思えない。メディア排除、取材させないというのも、自社のVR技術のPR、そしてストリーミングによる独占配信が狙いだろう。要するにザ・ゲームは、ネイピア丸抱えのイベントなのだ。ゴルフの高井が、オリンピックは集金・分配システムと言っていたが、ザ・ゲームは純粋に集金だけのイベントだ。ザ・ゲームの方が、よほど選手を金儲けに利用しているのではないか？

二人のボディガードにつき添われて、北見がゲートに姿を消す。しかしその直前、飛び出してきた一人の男とぶつかりそうになった。北見はその年齢にそぐわない軽い身のこなしで避け、出てきた男と短く言葉を交わした。その場で立ち止まって振り返り、フィールドに出て来る男の背中を見守る。目には、かすかな怒りが見えた。

ネイピアのジェイムズ・ファン・ダイク。スーツ姿で、きちんとネクタイを締めている。しかしタイピンで押さえていないので、時折吹く強風にネクタイが煽られ、顔を叩いた。出てきたのはファン・ダイクだけではない。アンリ・コティともう一人……SHQの創立メンバーの一人で、現在の代表でもある元プロゴルファーのロイ・L・サイモンではないか。非常に奇妙な取り合わせだと思ったが、考えてみればザ・ゲームの主催者たちである。

解散しようかとざわついていた報道陣の間に、再び緊張が走った。

ファン・ダイクがマイクの前に立った。これはIOCが用意したもののはずだが、あまりにも自然だったので、誰も抗議しようとしない。ファン・ダイクは余裕たっぷりの笑みを浮かべて、少し早口で話し始めた。

「ネイピアの新規事業立ち上げ本部の責任者、ジェイムズ・ファン・ダイクです。我々は今回、メディアの取材には応じない方針でここまできましたが、誤解なきよう、一つだけ言わせていただきたい」そこで一呼吸置いて、報道陣の顔を見渡す。「ザ・ゲームに対して、ネイピアは多額の投資をしています。今回も様々な形での収益を見こんでいますが、完全に赤字になる予定です。それを覚悟で開催するのは、ザ・ゲームがアスリートによるアスリートのための大会を目指しているからです」

「それはどういう意味ですか」質問が飛ぶ。

「それについては、答えるつもりはありません」

「選手に参加費まで払わせることが、アスリートのための大会だとは思えませんが」批判めいた発言が続いた。

「回答しません。それでは」

ファン・ダイクが踵を返し、さっさとゲートの方に歩き出す。それで報道陣が納得するわけもなく、すぐにファン・ダイクを取り囲むようにして一緒に歩き出した。菅谷も遅れじと、歩みを合わせる。

「コティ、どういうことか教えてくれ！」

コティにも質問が飛んだ。コティは急に振り返り、後ろ向きに歩きながら肩をすくめる。

「ザ・ゲームは、オリンピックみたいな集金と分配のシステムじゃないよ。だって、問違いなく赤字になるんだから。それでもやる。それ以上は、ギャラをもらわないと話さないよ」

ジョークなのか？　分からない。やがて全員がゲートに到着したが、そこから先は追えなかった。ザ・ゲームのスタッフが何人も控えていて、報道陣を押し戻し始めたのだ。

「ふざけるな！」

「ちゃんとした会見を設定しろ！」

罵声が飛んだが、ファン・ダイクたちは足を止めもしない。暗い通路の奥へ、ゆっくりと消えていった。最後にコティが振り返り、投げキスをする。

あれは失敗だ……おそらく、一度ぐらいは報道陣の前で喋らないとまずいと思ったのだろうが、完全に逆効果になってしまった。中途半端にコメントを出して、一切質問に応じないということでは、報道陣は納得しない。ゲートの前に取り残された報道陣の中では、聞くに堪えない罵詈雑言が上がった。

それを無視して、菅谷はフィールドに戻り、日本にいる上野へ電話をかけた。

「今、会見が終わりました」頭の中を整理しながら話し出す。

「CNNの生中継で見てたよ。その後の、ネイピアとSHQの乱入は何なんだ？」

「分かりません。まったく予定外でした」上野も聞いていたはずだが、菅谷はファン・ダイクのコメントをかいつまんで説明した。かいつまむほど長くはなかったのだが。

「そいつも織りこんで原稿を作ってくれ。写真は？」

「ＩＯＣの会見、ネイピアのコメント、どちらも写真は押さえてあります」

「二枚とも送ってくれ。遅版に突っこむから、原稿は一時間以内にな」

「何とかします」

　観客席に座って原稿を書こうと思ったのだが、すぐに追い出されてしまった。誘導されて、駐車場からも出される。仕方なく、広い歩道に出て、円筒形の車止めに腰かけ、膝の上でノートパソコンを広げる。


「ザ・ゲーム」開催に関して、ＩＯＣの北見健委員（62）が31日午後、メーン会場のオリンピックスタジアムで記者会見し、ＩＯＣとしてはザ・ゲームに一切関与していないと強調した。また、ザ・ゲームで出た記録に関しては、公式記録として認められないと明言した。

　ＩＯＣを代表して会見した北見委員は、「ＩＯＣがザ・ゲームに反対しているような印象を与えてしまったことは非常に残念」とした。また、これまでザ・ゲームの主催者と何度か接触を試みたものの、拒否されていたことを明らかにした。さらに、オリンピックではなくザ・ゲームを選んだ選手に関しても「非常に残念」と遺憾の意を表明した。

　さらに個人的な見解として、「ザ・ゲームというのはネイピア社が自社の金儲けのために開催する大会だと考えています」と断言。オリンピックとはまったく違う大会だということを強調した。

この会見が終わった後、ネイピアでザ・ゲームの運営を担当する部署の責任者、ジェイムズ・ファン・ダイク氏、SHQの代表で元プロゴルファーのロイ・L・サイモン氏、アルペン競技と馬術の二刀流でオリンピックに出場し、今は俳優としても活躍するアンリ・コティ氏が突然スタジアムに登場。ファン・ダイク氏は、北見委員のコメントを否定するように「ザ・ゲームはアスリートによるアスリートのための大会を目指している」と説明した。ただしそれ以上の説明は拒否し、会見は一方的に打ち切られた。

ザ・ゲームを全面的に批判する内容になってしまったが、これは致し方ないだろう。あんないい加減な会見はない。

記事を見直して送信、さらに会見の様子の写真を二枚、みつくろって送った。念の為、もう一度上野に電話をかける。遅版の締め切りも迫っており、確認が必要だった。

「今見てる……ちょっとこのままつないで待ってくれ」疑問点があれば、このまま確認するつもりだろう。締め切りぎりぎりの作業ではよくあることだ。上野は必死に原稿を見ているだろうから話しかけることもできず、菅谷はただ黙って待った。午後五時前、まだ陽射しは強烈で、じりじりと頭を焼かれる。スマートフォンを耳に押し当てたまま、ペットボトルの蓋を開けて水を一口飲んだ。ぬるくなってしまっていて、まったくすっきりしない。

「よし、OKだ」

「写真ももう送っています」

「ゲラを送るから確認してくれ」

　今は、紙面は専用サーバーにつながった端末で作っており、慣れた整理記者なら、五分ほどで一ページ分を組み上げてしまう。特に一面、裏一面は写真を大きくあしらって文字数が少ないので、あっという間だ。細かい記事を大量に押しこむ中面の方が、作るのに時間がかかる。菅谷も研修の一環として一年ほど整理記者をやったことがあるが、自分には向いていない、と思い知らされただけだった。

「ザ・ゲームの側で、ＩＯＣに喧嘩を売った感じになるのか？」

「そういう面はあると思います。しかし一切取材に応じませんでしたから、喋った以上のことは分かりません」

「誰か、この会見について話を聞ける相手はいないか？　今日の紙面には間に合わなくても、後で使えるかもしれない」

　ファン・ダイクにもコティにも以前取材している。しかし二人と話せる確率は極めて低いだろう。

「一応、問いあわせてみますけど、期待しないで下さい」腰が引けた発言だと意識しながら菅谷は言った。

「この会見はチャンスだったんだけどな。怒らせて、もっと喋らせる手もあった。そういうテクニックも使わないと」

あの場で、自分一人で頑張ってもどうにもならない——しかし菅谷は言い訳しなかった。今は、自分の情けなさを噛み締めるだけである。記者としての二十年近いキャリアがまったく生きていない感じではないか。部長の小村も、こういう自分を物足りなく思っているのかもしれない。

ここにいても誰かに会える可能性は低いから、取り敢えずホテルに戻ろう。配車アプリを使い、タクシーを呼んだ。アテネ市内では無人タクシーの運行が始まっており、配車アプリでは有人、無人、どちらでも好きに選べる。今は有人タクシーが二十分待ちだったので、仕方なく無人タクシーを選んだ。こちらへ来て何度か乗ったが、菅谷はまだ慣れない。もしも暴走したら、と考えると恐怖を感じる。自動運転タクシーは管制センターにつながり、万が一の時には遠隔操作で有人運転に代わるというのだが、運転席に人がいないことに変わりはない。

五分後、自動運転のタクシーが走ってきて、菅谷の前ですっと停まる。ドアが自動でスライドして開くのは海外のタクシーらしくないが、自動運転になってからはこれが「仕様」として定着したようだ。乗りこんで、フロントシートの背中にくっついたタッチパネルで行き先のホテルの名前を入力する。音声認識もできるのだが、認識の精度が低いのか菅谷の発音が悪いのか、別のホテルに連れていかれたことがあった。

エアコンの効いた車内でシートに背中を預けると、とろとろと眠くなってくる。それだけ自動運転を信用し始めた証拠だな、と思った。この自動運転、日本では東京オリンピックを契機に一気に普及させる算段だったというが、結局そんな話はどこかに吹っ飛んでしまっていた。

思えば東京から、オリンピックは大きく変わってしまったのだ。いや、そうではない。オリンピックは頑なに変わろうとせず、社会が変わったのだ。コロナ禍の中でのオリンピックも、開催後の世論調査では「開催してよかった」という声が多数派だったが、菅谷はそれをそのまま信じられなかった。日本選手は大活躍して空前のメダルラッシュになったものの、状況があまりにも特殊過ぎたから、それまでの大会とは比較できない。

結局、あの東京オリンピックをどうすれば正解だったのか、菅谷には今でも分からない。中止すべきか、一年ではなく二年延期すべきだったのか、あるいは予定通り二〇二〇年に開催すべきだったのか。今となっては何とでも言えるのだが、正解はないだろう。パラリンピック終了後に陽性者数が一気に減ったので、何となくオリンピックを無事に乗り切った——オリンピックのせいで感染拡大したわけではない——という感じになり、プラスの見方が広がったのかもしれない。

しかし現場で取材していた菅谷は、今でも違和感を拭えない。無観客もそうだが、ネットに上げた記事の反応がとにかく鈍かったのだ。「日本人は本番になれば盛り上がる」と言われていて、それは過去のオリンピックではテレビの視聴率、ネットの記事閲覧数などに如実に表れていたのだが、東京オリンピックでは鈍かった。まるで普通の人とは関係ない別の世界で、トップアスリートが集っていたような……。

考えが漂うのに任せていると、スマートフォンが鳴った。上野から問い合わせかと思ったが、知らない番号が表示されている。しかし電話には出た。

「ハイ、ミスタ・スガヤかい？」

アンリ・コティだ。思わず背筋が伸び、一気に目が覚めてしまう。何なんだ？

「スガヤです、ミスタ・コティ」

「さっき、スタジアムにいたね？　話ができなくて残念だった」

「あなたはさっさと帰ってしまった。それに、ギャラをもらわないと話さないって言ったでしょう」

「あれはジョークだよ」コティが爽やかに笑った。「知らない顔ばかりだから、ちゃんとした取材を受ける気にもなれなかったんだ」

「それで……どうして私に電話を？」

「君は、ミスタ・ファン・ダイクの説明で納得したか？」

「していません」菅谷はすぐに否定した。「アスリートによるアスリートのための大会？　意味が分からない。そもそも、全ての大会はアスリートのためのものでしょう」

「本気でそう思っている？」

「それ以外に何もないでしょう」

「スポンサーの意向に縛られ、テレビ局の都合でおかしな時間に試合をさせられ……それがどうしてアスリートのためになるかな。誰かを儲けさせるためでしょう。選手は集金・分配システムに組みこまれていて、それを認めたくないだけだ。本当は、純粋に試合をして、純粋に誰が一番か決めたいだけなのに」

「オリンピックこそ、そういう場でしょう」

「ふうん」どこか馬鹿にしたようにコティが言った。「あなたもあまり、ザ・ゲームのことは考えていないようだ」

「考える素材がない」

「まあ、いい。明日は開会式です。生で観ることはできないけど、明日、スポーツの歴史は変わります」

「どんな風に？」

コティはもう電話を切ってしまっていた。

5

開会式当日、スタジアム前には大勢の報道陣が集まり、バスやタクシーが道路に長蛇の列を作っている。そこから続々と降りて来る選手たちに声をかけても、一切返事がない。選手たちは談笑しながら自分たちの世界に入りこみ、完全に報道陣を無視している。だいたい、いつもよりもはるかに警備が厳しく、報道陣は駐車場と道路を隔てる金網のフェンスにさえ近づけないのだった。

菅谷はカメラを双眼鏡代わりにして、スタジアムに入って行く選手たちを観察する。こういう大きな大会の開会式では、選手はバスなどで国別にまとまって移動する。しかし今回はあくまで個人参加。国としてのユニフォームもないわけで、全員がばらばらの格好だ。まるで、市民マラソンの開会式のようである。

岡山を見つけた。少し痩せた感じがする。本番前にかなり追いこんだ練習をしてきたのだろう。マラソンのレースまでは二週間あるが、それまでにベストのコンディションに戻せるかどうか。絞りこめばいいというものではないのだ。

他にも、見知った選手たちが続々とスタジアムに呑みこまれていく。いよいよ開会式という高揚感……単にそれだけではない、と菅谷は感じていた。選手たちの表情は明るく、そしてどこか緩んでいる。確かに開会式は楽しいものだが、これから始まる厳しい戦いのことを思えば、どうしても緊張感は消せないものだ。しかしここには、そういう独特の雰囲気がない。

あれだ、と菅谷は急に思いついた。これは、小学校の運動会じゃないか。あの時の、運動の得意な子どもたちの顔。おそらく自分も、三十年前にはあんな顔で、弾むような足取りで学校に向かっていたのだろう。小学校五年生、六年生の頃は、短距離では常に校内トップだったのだ。

「菅谷さん」

声をかけられ慌てて振り向くと、常田が立っていた。濃緑色のポロシャツにオフホワイトのジャケット、下は薄いグレーのパンツという格好で、真夏の正装という感じだった。

「常田先生……」

「こちらへ」

常田がうなずきかける。周りは海外メディアばかりで、常田に気づく人間はいない。菅谷は報道陣の輪を抜け、彼と一緒に歩き出した。

「先生、どちらへ――」

「いいから、一緒に来て下さい」

常田は、スタジアムの東へ向かって歩き始める。道路が緩い下り坂になり、やがて短いトンネルに入る。トンネルの壁は落書きだらけ……歩道は狭く、行き交う車がうるさくてならなかった。歩道橋の下をくぐると、スポーツコンプレックスの敷地へ続く階段が見えてくる。常田は階段を駆け上がり、その先にある金網のドアの前に立った。ここにも警備員が二人。常田が首から下げたＩＤカードを差し出すと、警備員がＰＯＳのリーダーのような機械をカードに当て、さらに常田の顔に向ける。ＩＤカードと顔認証の二重チェックのようだ。それが終わると、ドアが自動的に開く。常田はジャケットのポケットからカードを取り出して、菅谷に渡した。菅谷の顔写真がプリントされている。

「あなたは登録済みです」常田が告げた。

「人の顔を勝手に登録したんですか？」

「ネイピアの日本法人を取材する時に、顔写真を登録したでしょう。あれを使っています」

理屈は分かるが、釈然としなかった。そもそも常田がそういう事情を知っているということは……しかし菅谷はカードを受け取って、入場の手続きを済ませた。中に入れるなら、入ってしまえばいい。

オリンピックスタジアムをこの角度からちゃんと見るのは初めてだった。思わず歩調を緩めて見上げてしまう。やはり威容——汚れてはいても、その大きさを間近に感じる。

常田が腕時計を一瞥(いちべつ)して、さっと振り向いた。

「急ぎましょう」

菅谷は慌てて駆け出し、常田の脇に並んだ。

「どこへ行くんですか、先生」

「スタジアムです」

「どうして私が——」

「それは、中に入ってから説明しましょう」

常田は早足で歩き続けた。バックストレッチ側の入り口へ向かい、もう一度カードを提示して中に入る。菅谷も後に続いた。

昨日、会見で見た時とは打って変わった光景——参加選手たちが、続々とグラウンドに入って来る。オリンピックの開会式のような国別の入場行進もないわけだ。選手たちはグラウンドの上であちこちに固まり、ある者は立ったまま、ある者は芝の上に座って談笑している。まことにのんびりした光景で、これから世界的な大会が始まるとは思えない。

常田はトラックの中を歩いて、ホームストレッチ側に向かった。開会式を待つ選手たちの間を抜けて行くのは非常に奇妙な感じがしたが、誰も気に留めない。トラックをほぼ半周して正面まで来ると、階段を上って一階席の一番奥にある記者席に入る。ここへ来るのは初めてだったが、菅谷にはお馴染みの光景だった。広い長テーブルには電源とLAN端末。椅子は素っ気ない折り畳み式で、陸上の大会などで朝から夜まで取材していたら、間違いなく尻が痛くなりそうな代物だ。

記者の入るボックスは三つある。菅谷は真ん中のボックスに入ったのだが、ここだけで百五十人ぐらいの記者が座れそうだ。テレビ・ラジオの中継用のブースはこの上部、二階席にある。これも、巨大スタジアムではごく普通の配置だ。

記者席には誰もいなかった。報道陣シャットアウトというのは本当なのだと、改めて実感する。しかし自分は今、スタジアムの中にいる……訳が分からず、菅谷は思わず常田を問い詰めた。

「ここ、記者席ですよね？　取材していいということですか」

「ノー」常田が素っ気ない声で答える。

「だったらどうしてここへ？」

「観戦は構いません。ただし、取材はNGです。これから三時間ほど、ここから出るのを禁止します」

「それじゃ、監禁じゃないですか」菅谷は思わず抗議した。

「ザ・ゲームが、マスコミの取材を受けないということは、もう承知してもらいましたよね？」

「納得してはいませんよ」

「取材NGのルールは変わりません。しかし私は、特別にあなたに開会式を見てもらうように取り計らった」

「何故私なんですか？」

常田が椅子の座面を下ろして腰を下ろす。両手を組み合わせてテーブルに置き、グラウンドを見下ろした。菅谷は立ったまま……開会式を生で観ていい、という誘いはかなり魅力的だったが、それでも常田の意図が分からない以上、簡単に受け入れるわけにはいかない。いつでも逃げ出せるように準備が必要だ。座っている場合ではない。

「座りませんか」

「いえ」

短く言って、菅谷は敢えて背筋をピンと伸ばした。立ったままだとグラウンド全体を完全には見渡せないのだが、それでも雰囲気は分かる。整然とは程遠い、ただざわついた雰囲気。烏合（うごう）の衆、などという言葉を思い出すほどだった。あろうことか、踊り出している一団がいる。それを観て笑っている他の選手たち……やがて踊りの輪が広がり、完全に収拾がつかなくなってきた。菅谷は呆れて思わず溜息をついてしまった。オリンピックの「雑然とした雰囲気を出す演出」とはまったく違う、本当の混沌。

「それは……一言で答えるのは難しいですね。担当していることによって、まったく違います」我ながら逃げの答えだ、と思った。

「私の個人的見解を話してもいいでしょうか」

「どうぞ。ここは常田先生のフィールドです。話すも話さないも先生の自由です」菅谷は自棄になりかけていた。

「ジャーナリストは、歴史の目撃者であるべきだと思う」

「そういう風によく言いますね」大袈裟だ、と菅谷はいつも思っているが。少なくとも現場で取材する記者は「今が時代の変わり目だ」などと意識することはないだろう。

「歴史は、人の都合によって改変されてしまいます」常田が淡々とした口調で続ける。

「例えば革命が起きた時、倒された体制側にすれば、革命勢力は悪です。一方革命勢力にとっては、旧体制派こそが倒すべき悪だ。さて、どっちが正しいのか――当事者は自分の主観でしか物事を捉えられませんから、どちらが正しいかは、後世の検証が必要になる。しかしそれは、近代以前の話でしょう。新聞やテレビなどのメディアが登場して、ジャーナリストが職業として成立してから、ジャーナリストの究極の仕事は、歴史の転換点を客観的に観て記録することになったと思います」

「これが歴史の転換点だと言うんですか？」

「ええ」

たかがスポーツの大会が？　スポーツ界では大きな出来事でも、それで世界が変わるとは言えまい。

「あなたにはこれを観て、しっかり記憶して欲しい。ただし、現段階で記事にするのは厳禁です」

「だったら取材の意味はない」

「取材ではなく、目撃です。何年か経った後にこのことを書くのはいいですが、すぐに記事として書いてはいけない」

「強引に書いたらどうします？」

「然るべき措置を取ります」

「然るべき措置とは？」何だか話が堂々巡りになってきた。

「法的措置も含めて検討します」

「脅しですか？」こんなことで裁判が起こせるとは思えないが。

「そうならないことを願います」常田が首を横に振った。「私はあなたにチャンスを提供したつもりだ。今ではなく、何年か後に書いて欲しい。それが歴史の記録ということですよ」

「どうして私にそんな役目を負わせるんですか」

「実は、ザ・ゲームについて最も早く取材を始めた記者があなただったんです。全世界で一番早かった」

「そうなんですか？」そう言われると、少しだけ誇らしくなる。いや、こんなことは自慢にはならない。情報をキャッチしても、結局は最初に書けなかったのだから。

「メディアに取材を許可しないことは、最初から決まっていました。しかし、客観的に観る人間がいてもいいのではないかという声もあったんです。開会式も競技もアーカイブで映像は残りますけど、生で観るのとは違うでしょう」

「違いますね。全然違います」

「あなたの特権だと思って下さい。あなたは歴史の目撃者になる。ただし、写真や動画の撮影は遠慮して下さい」

「それじゃ取材にならない」

「取材ではなく目撃です。自分の目で観て下さい」常田が釘を刺した。

「観客ですか」

「目撃者です」

「それで――先生がアテンドしてくれるんですか」つい皮肉を吐いてしまう。

「私には今日、別の仕事があります。あなたは基本的に、記者席にいて下さい。外に出て観ることもできますが、その際はスタッフがつき添います」

「監視ですね」

「迷わないようにご一緒するだけです。それと、終わって出る時は、写真や動画を撮影していないかどうか、確認します」

「カメラチェックですか……でも、クラウドに上げたら分かりませんよね」

「東日スポーツさんは、『Nクラウドビジネス』を使っているでしょう。菅谷さんも、個人用の『Nクラウド』を使っていますね？　そういうことをしたら、すぐに分かりますよ」Nクラウドは、ネイピアが提供している世界標準とも言えるクラウドサービスだ。

「それは、規約違反ではないですか？」菅谷は慌てて訊ねた。「クラウドの内容をチェックするのは、利用者のプライバシーの侵害です」

「その件は、各国で裁判になっているそうです」常田がさらりと言った。「プライバシーを重視した判決が出ることもありますが、ネイピアの管理者としての権利が認められることもあります。ポルノやテロに関する情報がクラウドに上がっているのは、管理者としては看過できませんからね」

「先生、ネイピアと何か関係しているんですか？」やはり常田が主催者の「彼」ではないのか？

「今言ったことは一般論です——いずれにせよ、訴訟になったら面倒なことになると思いますよ。こちらは、現場を観る権利を提供したんですから、それで納得して下さい。もちろん、出て行くのもあなたの自由です。その場合は、この歴史的瞬間を目撃するジャーナリストがいなくなるわけで、我々としても残念ですけどね」

「だったら、この状況を書かせて下さい。今すぐ」

「我々が必要としているのは、ライターではなくジャーナリストです……どうぞ、お座り下さい」

このまま常田と言い合いを続けることもできたが、好奇心が優った。菅谷は常田を睨んだまま、ようやく椅子に腰を下ろした。視線が低くなると、グラウンド全体がはっきり見えるようになる。

「それでは、私はこれで。後で飲み物を届けに来ると思います。サービスです」

「結構です」菅谷は、持ってきていたペットボトルをわざとらしくテーブルに置いた。もう三分の一ぐらいしか残っていなかったが。「それより、一つ聞かせて下さい」

常田はイエスもノーも言わなかったが、菅谷は構わず続けた。

「無観客にしたのはどうしてなんですか？」

「新型インフルのせいですよ。感染症の危険性は、常にあります。そういう時に慌てて対策を取るようでは、スポーツは生き残れない。根本的に、選手と観客は分けて考えるべきだ、というのが我々の考え方なんです。そのために、スタジアムに来なくても、生に近い臨場感溢れる観戦を可能にする――それが今回のＶＲチェアにつながってくるんです」

「要するに、ＶＲチェアの宣伝じゃないんですか？」

「それもありますが、無観客開催も、リスク軽減のテストなんです。新型インフルは、コロナほどではなくても、脅威ではある。そして今後も、こういう未知の感染症は出てくるでしょう。我々は、どんな状況下でも楽しめるスポーツ観戦を模索しているんです。オリンピックは中途半端に対策を取っているようですが……では」一礼して常田が立ち上がり、記者席から姿を消した。一人取り残された菅谷は、ノートパソコンを立ち上げ、スマートフォンを取り出した。今日もデスク席で夜中まで待機している上野に電話をかけ、事情を説明する。

「大チャンスじゃないか」上野が興奮した声を出した。「中にいるなら、開会式の原稿、書けよ」

「向こうが法的措置を仄めかしているんです」

「何だ、それは」上野の声から一気に熱が引く。

「観せるけど書くな、ということです。現場を目撃するだけだと」

「それは……無理しない方がいいか」短いやり取りの間に、上野はあっという間に腰が引けていた。「分かった。どうせ中継があるから、開幕原稿はこっちで用意しておく。お前はとにかく観ておけ。一つも見逃すな」

「結局、俺がここへ来る意味はなかったんじゃないですか」

「意味があるかないかは、お前の取材次第だろうが」

上野が電話を切った。何だか一人で取り残された気分……海外で、たった一人で取材したことは何度もある。そういう時も、決して孤独を感じたことはない。

　しかし今は、これまでに味わったことのない孤独感が胸にあった。

6

　開会式はいきなり始まった。しかし、何の演出もないこんな開会式があるのか？　オリンピックなら、開会式こそが見どころであり、各国のアーティストたちが様々な見せ場を提供するのに。

　ザ・ゲームの開会式は、まさに開会を宣言するだけだった。

　挨拶に立ったのは、実行委員長でもあるＳＨＱの代表、ロイ・Ｌ・サイモン。ホームストレッチに設置されたマイクの前に立ち、まず両手を上げて選手たちを静かにさせてから、朗々たる声で開会を宣言する。

「本日、真のワールドスポーツ大会、ザ・ゲームを開幕します。今回の趣旨に賛同して参加していただいた選手の皆さんに感謝します。これが、新しい時代のスポーツのスタンダードを作って行くものと信じています。皆さん、ありがとう！　これは皆さんのための大会だ！」

　サイモンが右腕を高々と突き上げる。グラウンドのあちこちに散った選手たちが拍手と歓声でそれに応える。これも、今まで見たことがない光景だった。まるでコンサート終盤のMCのような感じ……。

続いて、菅谷の知らない女性——実行委員会のスタッフだろう——がマイクの前に立ち、注意事項の説明を始める。

「これまで皆さんには、様々なお願いをしてきました。既に、ザ・ゲームの趣旨と運営方式についてはご理解いただいていると思います。メディアの取材に関しては、競技会場では完全に遮断しています。取材はありません。その他の場所で取材を受けることは制限しません。皆さんの判断で、受けていただいても拒否しても構いません——では、これより開幕マッチを行いますので、観戦したい方は、スタンドへ移動して下さい」

開幕マッチ？　何か特別な試合があるのか？　しかし選手たちは、拍手したり歓声を上げたりしながら、グラウンドからスタンドに移動して行く。菅谷の目の前、メーンスタンドの一番いい場所にも、何百人もの選手が陣取る。その中で、菅谷は岡山の姿を見かけた。彼はスタンドには上がらず、ゲートに消えて行った。この「開幕マッチ」の観戦は、強制ではないようだ。実際にスタンドに来た選手は半分ほどだろうか……自分の調整がある選手は、さっさとこの場を立ち去ったようだ。

ほどなく、ゲートから選手たちが出て来た。サッカー？　サッカーだ。記者席にいると、選手たちの背中しか見えないのだが……右側の選手たちは青、左から出てくる選手たちは赤のユニフォームを着ている。菅谷が見た限り、どこかのチームのユニフォームではないようだ。カメラの望遠レンズを双眼鏡代わりにして見ると、すぐに異常性に気づく。赤チームの最後に出てきたのは、去年現役を引退したばかりのエステバン・ペレイロではないか。ミッドフィルダー、フォワードとしてヨーロッパの複数のクラブチームで長年活躍し、スペイン代表としては五十得点を記録している。愛称「エル・レオン」＝ライオン。百九十センチの長身で、ゴール前での猛攻のイメージからファンがつけたものだ。引退して間もないとあって、足取りも軽い。まるで主役が最後に出てくるような感じで、観客席に陣取る選手たちが一斉に歓声を上げた。大観衆というわけではないが、熱狂ぶりはワールドカップの決勝さながらである。

グラウンドに散った選手たちの姿を追っていく。いるいる……ペレイロだけではない。イギリス代表のゴールを長く守ったクレイグ・デイビス。テレビ番組のお遊び企画で百メートルのタイムを計測してみたら十秒一二を記録したドイツの俊足サイドバック、トニー・コーラー。ディフェンダーながらアメリカ代表として二十ゴールを記録しているテッド・ベイカー。菅谷世代の名選手——三十代後半から四十代の選手が集まっている。菅谷はその中に、宮里の姿を見つけた。赤チームのユニフォームの背番号は「7」。ユベントス時代、それに日本代表で背負っていたのと同じである。あの人は……菅谷は思わず歯軋り（はぎし）りしていた。日本で取材した時の素っ気ない態度が思い出された。

確認できる限り、引退直後から十年ぐらいまでの選手が集まった感じだった。その中で宮里は最年長の部類に入る。まだまだ体が動く人、そろそろ危なくなってきた人……見ると、両チームのベンチにはやけに人が多い。五人という通常の交代枠を無視して、何人でも交代可能にしたのかもしれない。スペシャルマッチ故の特別ルールだ。

選手が紹介される。名前と、そして国——いや、あくまで「出生地」を言っているだけだ。宮里は「From Japan（日本から）」ではなく「Born in Japan（日本生まれ）」——「国籍」を紹介しないことに違和感がある。

何の予告もなく、突然試合が始まった。プロサッカーの試合では、場内アナウンスが試合を盛り上げるのだが、それもない。ただ、巨大な電光掲示板に、両チームの先発選手が紹介されている。とんでもないメンバーだ……全員現役だったら、年俸総額はどれぐらいになるのだろうと、菅谷はつい下世話なことを考えてしまった。

引退した選手たちの試合だから、緩い感じになるのでは、と想像した。こういうエキシビションマッチではよくあることだが、ただ「かつてのスーパースターの顔見世」になりがちなのだ。往年のプレーを彷彿させる動きが出れば歓声が上がり、コミカルな場面が生じれば笑いを誘う。

しかしこの試合は、「本気」だった。

開始早々、赤チームのトニー・コーラーが左サイドをドリブルで駆け上がる。さすがに現役時代のスピードには及ばない感じだが、それでも青チームの選手たちを軽々と振り切っていく。途中、宮里とのワンツーでゴールライン間際まで一気に攻めこみ、正確なセンタリング——長身のテッド・ベイカーとエステバン・ペレイロの競り合いになり、ペレイロがヘディングをヒットさせる。ボールは枠内へ——しかしクレイグ・デイビスが、横っ飛びで辛うじてボールに触り、シュートを枠外に押し出した。コーナーキック。

菅谷は息をし忘れていたことに気づき、そっと息を吐いた。今の攻防は本物だ。引退した選手たちの集まりだから、今のようにスピード感溢れるプレーがこの後も見られるかどうかは分からないが、今のは金を払う価値のある時間だった。自分は金を払って観ているわけではないが。

コーナーキックは宮里に任された。現役時代と変わらぬ鋭い目つき。宮里といえば、正確無比なコーナーキックが売り物だったが、この日もピンポイントでペレイロに合わせる。しかしデイビスとの競り合いになり、デイビスがパンチングでピンチを逃れた。空中で衝突した二人が、同時に倒れこむ。先に立ち上がったペレイロがニヤリと笑い、デイビスに手を差し伸べる。デイビスがその手を握り、勢いよく立ち上がった。

いかにもエキシビションマッチらしい、友好的な雰囲気。だがプレーは真剣そのものだ。NBAのオールスターゲームのようにほとんどディフェンスなし、シュート打ち放題という感じではない。必死に攻めて必死に守る。

菅谷はいつの間にか、試合に引きこまれていた。空気感を生で感じるため、ハーフタイムにスタンドに出て行く。スタッフが二人、すっと近づいて来て「監視」を始めたが、無視して観客席に陣取った。結局何も言われなかったが。

前半が終わって1－1。赤チームの1点は宮里のアシストから生まれた。いいゲームだ、と菅谷は笑顔が浮かんでいるのを自覚した。

三列前に小向アリスが座っているのに気づき、菅谷は迷わずそちらへ移動して声をかけた。

「小向さん」

アリスがちらりとこちらを見たが、菅谷を認識している様子はない。

「東日スポーツの菅谷です。前に、ザ・ゲームのことで取材させてもらいました」

「あら」意外なことに、アリスが笑みを浮かべる。屈託のない笑顔だった。「お久しぶり」

「本当に開幕したんですね」

「そうですね」

「私が取材した時に、もう全て決まっていたんでしょう?」

「そんなこと、言えませんよ」アリスが悪戯っぽい笑みを浮かべ、唇の前で人差し指を立てた。「そういう約束で進んでいたんですから」

「メディア排除ですか?」

「でも、普通に誰でも観られるんだから、問題ないでしょう? この試合も中継されてるはず」

「観ました」記者席のパソコンで確認していた。ザ・ゲームの公式サイトで、ストリーミング中継中。しかしこれも、かなり不思議な感じだった。実況・解説の声が一切入らない。サッカーの中継というと、どこの国でもアナウンサーがどれだけエキサイトして伝えるかの競争のようになっているのだが、それがないのだ。カメラワークはしっかりしており、ポイントを逃さず伝えているのに……どこかに、実況の音声を出すリンクでもあるのかと探してみたのだが、見つからない。実況や解説さえ不要、ということなのだろうか。

「面白いでしょう？　実況も解説もなしで」アリスが言った。

「おかしな感じですよ」

「でもちゃんと観ていれば、試合の展開は分かるでしょう？　だいたい、スタジアムで観戦する時は解説なんかないんだし」

「何の意図があるんですか？」

「さあ」アリスが肩をすくめる。「AIで実況する、みたいな計画もあったそうだけど、それは間に合わなかったみたいで、中止になったそうよ。だから今回は、実況なし」

この試合も、VRチェアと同じようなネイピアの実験なのだろうか。確かに、マスコミの世界にもAI化の波は確実に及んでいて、企業の広報文などを自動的に記事化するシステムは、かなり前から実用化されている。今度はAIによる実況か……それが自然な感じで聞けたら、アナウンサーは失職する。サッカーのように動きの激しいスポーツだと難しそうだが、野球など、間があるスポーツでは可能ではないだろうか。

「最後まで観るんですか？」アリスが訊ねる。

「終わるまでここから解放してもらえないようです。監禁されているんですよ」

「じゃあ、しっかり観て下さい。あなたは歴史の目撃者なんだから」

またその話か……しかし、この試合がスポーツ史でどういう意味を持つのか、菅谷にはよく分からなかった。

「これ、ただのエキシビションマッチですよね」

「そうですね」

「何の意味があるんですか？」

「それ、私に聞かないで下さい」アリスが肩をすくめる。「私は発起人だけど、実行委員会には入っていないし。ただ、彼の理念に賛同しただけです。彼は、本当に尊敬できる人です」

「彼？」また彼か……。「今まで、『彼の理念』ということを言う人が何人もいました。彼って、誰なんですか？」

「あなたはもう、会ってると思いますよ」

「誰なんですか」菅谷は繰り返し訊ねた。

「いえいえ……」

アリスが口を濁して立ち上がる。長身の彼女から見下ろされ、菅谷は落ち着かなくなった。

「行くんですか？」

「私には準備がありますから」

「内田選手のコーチですか？」内田さくらもザ・ゲームへの出場が決まっている。スクールの主宰者であるアリスがコーチ役を務めるのは自然だろう。

「そうです。勝たせますからね」

「勝ったら会見しますよね？」

「それは勧めないわ」

「どうしてですか？」

「私は、あなたたちの興味本位の取材を受けるのが嫌で引退したんです。あんなことに真面目に対応していたら、メンタルは削られるばかりだから」彼女が噂を追認した。

「そういう話は聞いていますけど、本当なんですか？」

アリスが薄い笑みを浮かべてうなずく。

「スクールの子を、私のような目に遭わせるわけにはいかないから。さくらは私より、メンタルは強いけど……では」アリスがさっとうなずいて去って行った。

他に話ができそうな相手もおらず、菅谷は試合後半を観ているしかなかった。予想通り選手は次々と交代し、それ故に全体にはスピード感が衰えないまま展開する。両チームとも激しく攻め、厳しく守り、追加点がないまま——終了間際の八十五分に赤チームが勝ち越しのゴールを決めたが、その二分後、カウンターから青チームが同点に追いつき、そのまま試合は引き分けに終わった。こんなぎりぎりの時間で得点が動くのは出来レースの臭(にお)いさえするが、両チームの動きを観ていた限り、本気の勝負の結果なのは間違いない。

いい試合だった。

さすがに終盤に近づくと、足が止まる選手も出てきたが、ＯＢ選手のオールスター戦としてこれだけの試合を観せてもらえれば、文句はない。何より顔ぶれが豪華だった。試合後には、チームに関係なく、選手たちは肩を組んでフィールドから去っていく。

スマートフォンをチェックすると、上野からメールが届いていた。「サッカーの原稿もこちらで書く。ただし明後日の朝刊回し。この試合の意図だけ現地で取材してくれ」

一番難しい仕事が回ってきた。この後、常田に会ったら話を聞けるかもしれないが、彼が姿を現す保証はない。実際、菅谷を「監視」していたスタッフ二人が、すぐに出て行くようにと圧力をかけてきた。居座っていても取材ができるわけではないので、仕方なく荷物をまとめる。

来た時と同じように、バックストレッチ側から外に出る。ホテルに戻るか……妙な疲れを感じて、菅谷はタクシーを呼んだ。ホテルの狭い部屋はずっと牢獄のように感じているのだが、今はあそこぐらいしか寛げる場所がない。

これから二週間、どれだけ脅かされ、どれだけ疲れるのだろう。

ホテルへ戻ると、既に午後十時になっていた。夕飯は食べていないので、何か腹に入れておきたい。しかしこのホテルの界隈は治安が悪く、夜の一人歩きには身の危険を感じる。かといって、ホテルのレストランが凄まじい味なのは、何度か食べて分かっていた。

空腹を我慢して寝てしまおうかと思ったが、今夜は興奮と緊張のせいですぐには寝つけそうにない。周りを用心しながら歩けば、危険なことはないだろう。治安は悪いが、銃撃戦が起きたというニュースは聞いていない。何かあっても、ダッシュでホテルに駆けこめば逃げ切れる……はずだ。

ホテルの向かいにある中華料理屋に出向き、フライドライスと春巻きをテークアウトする。味は期待できそうにないが、取り敢えず腹が膨れればいい。周囲を見回して、大急ぎでホテルに戻る。何もなくてホッとして、それだけで気が抜けてしまった。

フライドライスは、米が長粒種でパラパラしているので、何となく食べられる。春巻きは巨大なものが三本……二本残して、明日の朝食に回してもいいぐらいだ。ミネラルウォーターで食事を流しこみながら、テレビを眺める。CNNで、ちょうどザ・ゲームの様子を流していた。開幕のサッカーの試合を紹介しているのだが、画面がどうもおかしい。ネットの動画をそのままテレビで使っているのだと分かった。現場で撮影できていないから当たり前か。

試合はダイジェストで紹介され、その後はスタジオから。キャスターがかなり激した口調で、ザ・ゲームの批判を始めた。依然として取材が許されず、何が起きているかはネットで確認するしかない。しかも無観客で行われるこの大会は、いったい誰のためのものなのか。新しい観戦方法と言われても……という感じだ。

菅谷はパソコンで公式サイトにアクセスした。開会式の動画もアーカイブされている。しかしこれが、開会式と言えるのだろうか？　それぞれ自分の好みのウエアに身を包み、整列もせずにグラウンドに散った選手たち。ロイ・L・サイモンの短い挨拶。それだけで一大イベントと言えるオリンピックの開会式に慣れた身としては、不思議な印象だ。そう言えば、閉会式の話がまったく出ていないが、どうなるのだろう？　全競技が終了した時点で自動的に終わり、となるのか。全競技の掉尾（とうび）を飾るのは男子マラソンだ。

それにしても、オリンピックとは何から何まで違う。一番違うのは選手たちの顔——開会宣言を聞く顔も、サッカーの試合を観る顔も、全て笑顔だ。普通は、緊張して険しい表情をしている選手が相当数いるものだが、今回はまったく見当たらない。

そんなに楽しいのか？

菅谷は首を振り、明日の原稿に取りかかった。時差があるのだが、取り敢えず日本の時間に合わせて書くしかない。サッカーの試合は日本で書くと言っていたが、その意義はこちらで探らないと。しかし上手い取材相手が見つからない。

ザ・ゲームでは、主催者は広報チームを置いていない。公式に取材を受けるセクションがないわけで、結局は公式サイトの記載をそのまま日本語に訳して記事にするしかないのだった。試合はストリーミングで観る……取材はホテルの部屋内で完結してしまう。

ザ・ゲームの開会式に引き続きオリンピックスタジアムで行われたサッカーのオールスターによる試合について、公式サイトでは「選手は全員個人資格で参加した。第1回のザ・ゲームは主に個人競技を中心に展開されるが、この試合は、将来的な集団競技開催の試金石になる」としている。

ザ・ゲームは「個人資格での参加」を大きな柱にしており、このため国単位で対抗戦を行うチームスポーツの開催は不可能と見られていた。

ここまで書いて、キーボードの上で手が止まった。国際大会では、選手が「どの国の人間か」が重視される。これによる弊害もある。代表として出場しやすい国を求めて、国籍を変更する選手さえいるのだ。そして「国」が問題を起こせば選手は大会に出られなくなる。北京パラリンピックでロシアとベラルーシの選手団が排除されたのが典型だ。背景に国があるのは当たり前――オリンピックでは、菅谷も国別のメダル数を伝え続けた。しかしザ・ゲームの実行委員会は、選手を「国」からも解放しようとしているのだ、と気づく。チームスポーツに関しては、国代表ではなく、クラブチーム対抗戦のような形での実施を検討しているのだろう。恒久的なチームではなく、その都度結成されたチーム同士の戦い……とはいえ、現役世代の選手がそのような形でザ・ゲームに参加するのは難しいはずだ。となると、今回のように既に引退した選手による大会になるのだろうか。今日の試合はなかなかレベルが高かったが、それでもワールドカップやオリンピックに比べれば見劣りはする。他のチームスポーツでも同様だろう。そう考えると、ザ・ゲームはオリンピックのようなハイレベルの大会にはなり得ない。

とはいえ、それは菅谷の想像だ。この辺の話を聞くには……スマートフォンの電話帳をスクロールし、話が聞けそうな相手を探す。常田はかなり詳しく状況を知っていそうだが、話してくれるかどうかは分からない。スタジアムでの態度を思い出す限り、アリスには話す気はない――そもそも深い部分は知らないだろう。小柴、あるいはネイピア本社のファン・ダイク……二人には順番に電話してみたが、予想通り出なかった。選手が取材を受けるのは自由と言いながら、肝心の主催者はほぼ表に出てこないのも不思議だった。

菅谷は思いきった手に出た。一度取材した宮里に話が聞ければ――試合を終えた彼は、電話取材には応じてくれるかもしれない。

出た。

「宮里さん、お疲れのところすみません。東日スポーツの菅谷です。ザ・ゲームの関係で一度お会いしました」

「ああ」宮里はすぐに思い出してくれたようだが、何となく居心地が悪そうだった。

「結局、ザ・ゲームはこんな形で実現したんですね」

「あの時話せなかったのは、申し訳ないと思ってますよ」

宮里が謝ったので、菅谷は少し焦った。宮里は、マスコミの人間に謝罪するようなタイプではないと思っていたのだ。

「宮里さんは、あの時既に、大会の全容を知っていたんですよね？」

「いや、必ずしも全部が決まっていたわけじゃない。舞台裏はバタバタだったんですよ。慣れない連中ばかりだから」

「どうして代理店やイベント運営会社を使わなかったんですか？　彼らなら、この規模の大会ぐらい、簡単に仕切ってくれるはずです」

「今はオリンピックで、そういう会社には余裕がまったくない。それに、敢えて使わなかった、ということでもあるんです。旧体制との訣別ですよ。これまでのような運営方式はやめるんです」

「今のところ、上手くいっているかどうかは分かりませんよね。開会式では、混乱はなかったようですが」

「決め事がないんだから、混乱するわけがない」宮里が軽く笑った。「選手は指定された時間までに会場に来て開会宣言を聞いて、その後のサッカーの試合は観るも観ないも自由。いつ退場しても構わない――マニュアルなんか必要ないでしょう。人の流れだけ誘導できれば、それでよかったんです」

「今日の試合について伺いたいんですが……」

「ああいう試合を真面目に振り返れと言われても困るな」宮里は本当に困っている様子だった。

「かなり本気の試合に見えましたよ。レベルは高かった」

「引退して間もない選手は、まだまだ動けますからね。僕は途中で死にそうだったけど」

「1点目には絡んだじゃないですか」

「あれがピークだったかな。正直、後は流してた」

「そうですか……宮里さん、これって今後につなげようという企画なんですよね？　将来は、クラブチームの対抗戦みたいにするつもりじゃないんですか？」

「あー、どこまで言っていいのかな……」宮里が言い淀む。「まだ決まっていないことが多過ぎるんでね」

「今回がテストケースだったんじゃないですか？」

「僕から話が出たことにはしないで欲しいんだ」

「関係者によると、でいいですか？　それなら間違いないし、宮里さんが喋ったことは表には出ませんよ」

「それだけ守ってもらえれば……とにかく、次に関しては何も決まっていないけど、あなたが言った通りです。国や所属チームに縛られず、気の合った仲間同士でチームを作って出場する。選手が全部決めるんです」

スマートフォンを左手で持って耳に押し当てたまま、菅谷は右手だけで、先ほどまで書いていた原稿の終盤に取りかかった。これなら読んだ人も、ある程度は納得してくれるのではないだろうか。

「——分かりました。それで、最後の質問です。ザ・ゲーム、次はあるんですか？」

「今回の運営や金の問題を精査してみないと分からないけど、そうですね。やることは、実行委員会の中では既定のことになっている。四年後です」

「また夏のオリンピックにぶつけるんですか？」

「どうかな。喧嘩するつもりはないと思うけど」

「オリンピック潰しじゃないんですか」

「そういう意図はないですよ。ただ、オリンピックが必要だと思ってる人、どれぐらいいるんですかね」

「世界中の人が楽しみにしてますよ」菅谷は反論したが、自分でも分かるほど口調は弱い。

「そうですか……世論調査でもやったんですか？」

「世界を対象に世論調査をやったわけじゃないですけど、オリンピック期間中の記事のヒット数や感想を見れば分かりますよ。あれだけ問題視された東京オリンピックだって、国内の世論調査では、『やってよかった』が多数派でした」

「そうですか……ちなみに、ちょっと個人的なことを言えば、今回は本当に楽しかった」

「ああいう——エキシビションマッチみたいなものは、現役時代にも経験されてますよね？」

「ええ」宮里が認める。「あれがもっと真剣になった感じかな。現役時代には、なかなか体験できないことでした。出てよかったな」

「この試合、いつから計画されていたんですか？」

「一年前？　僕が最初に聞いたのは、その頃でした」

そんな以前から？　菅谷がザ・ゲームの情報を摑んだのは、半年前である。そのさらに半年前から計画が動き出していたのに、よく表に漏れなかったものだと思う。とはいえ、現役を引退してもサッカー界のスーパースターたちは忙しいはずで、調整するだけでも一年ぐらいは必要だろう。

「お疲れのところ、申し訳ありません」

「いえいえ」妙に愛想がいいのは、本当に試合が楽しかったからかもしれない。

「次のザ・ゲームでサッカーをやるとしたら、出ますか？」

「それはどうかな。そもそも呼ばれるかどうかも分からないし」宮里が声を上げて笑った。「それに夏のアテネは、サッカー向けの気候じゃない。バテましたよ」

「それって……次回以降もアテネで開催するんですか？」

「あれ？　聞いてない？　会場はアテネ固定になる予定ですよ」

「初耳です」

「そこまで秘密主義にしないでもいいのに」宮里が皮肉っぽく言った。

「そうですよね……ちなみに、ザ・ゲームの本当の主催者は誰なんですか？『彼』の理念に賛同する、という人の話をたくさん聞きましたけど――その『彼』が誰か、分からないんです」

「ああ……あなたももう、会ってるんじゃないかな」アリスと同じようなことを言う。

「誰ですか？」

宮里の打ち明け話に、菅谷は仰天した。いったいどういうことなのか……取材を終えて、慌てて「彼」に電話をかけたが、出なかった。

気になったが、原稿が先だ。

関係者によると、開会式直後のサッカーの試合は、1年前から準備されていた。現役を引退した一流プレーヤーを集めて調整するのに、それだけの時間が必要だったと見られる。

この関係者によると、今回のサッカー競技は今後の試金石になるという。ザ・ゲームは国の枠を超えて行われる大会というのがモットーのため、「国の代表」がチームとして出場する団体競技は理念にそぐわない。それに合わせるために、選手同士の話し合いで臨時のチームを結成し、競う形を実現させたいということだ。

しかし、代表チーム以外の対戦が、国際大会でどのような意味を持つかは不明で、次回以降のチーム競技開催についてはまだ暗中模索状態だ。

菅谷は翌日、会場取材を諦めた。常田にもらったＩＤカードを使ってオリンピックスタジアムに入ろうとしたのだが、セキュリティを突破できなかったのだ。どうやら有効だったのは開会式だけで、その後無効化されたらしい。

仕方なくホテルに籠って、主な競技をオンラインで観戦する。これなら日本にいてもできたな、と情けなくなるが、今さら文句を言っても仕方がない。こうなることは、アテネ入りする前から分かっていたのだ。

しかしオリンピックと違って、競技数が限られているので、それぞれをじっくり観るにはちょうどいい。一応、自分で観た競技の内容はきちんと記事にする。しかし「仕事をした」感じがなく、菅谷は依然として、日本人選手、有力選手へのコンタクトを試み続けた。しかし返事はない……「取材を受けるかどうかは自由」というルールだと、スキップしようと考えるのが普通なのかもしれない。それだけ、取材は選手たちにとって負担だったのだろうか。

大会開始から三日目、菅谷はテニスの女子シングルスを観ていた。内田さくらが出場する一回戦。さくらは、アメリカのベテラン選手、エリザベス・リードを相手にフルセットまで戦ったものの、結局敗れた。第二セットは若さ故のスタミナを生かして長いラリーを何度も凌ぎ切るなど、大器の片鱗を見せた。しかし結局は、三十六歳のベテラン、リードの経験がものを言った。左右に振り回されるうちにスタミナを奪われ、セットカウント一対一まで持ち込んで粘りを見せたものの、最後は振り切られた。悪い試合ではなかったが、さくらとしては勝っておきたかっただろう。リードはかつて世界ランキング一位だったこともあるが、それは十年近く前である。現在もランキングはさくらより上とはいえ、勝てない相手ではなかったはずだ。

よし、さくらを狙おう。彼女のザ・ゲームはこれで終わりになるわけで、取材に応じる気になるかもしれない。もっとも、プロプレーヤーとして各地を転戦して試合をしているさくらには、取材に応じている余裕はないかもしれないが。

もしかしたら、試合後に会場近辺で会見に応じる可能性もある。そうだとしたら完全に出遅れだ――他社も取材は申しこんでいるはずだから、自分だけ間に合わないかもしれない。

急いで自動タクシーを摑まえ、オリンピックスタジアムへ向かいながら取材を申しこむ。テニス会場は、スタジアムと同じスポーツコンプレックスの中にあるのだ。

テニス会場に到着した瞬間、スマートフォンが鳴った。何と、さくらからの返事である。しかし、単独ネタにはならなかった。この後、午後五時からオンラインで会見を行う、という内容だった。ホテルに籠っているのが正解だったと悔いたが、今からホテルに戻ったら、単にタクシー代を無駄にしただけになる。とはいえ、会場近くだと、路上でパソコンを広げて、立ったまま会見に臨むことになり、メモも取りにくい。

菅谷は一度料金を精算し、乗ったままタッチパネルでホテルの名前を入力した。この辺、自動運転タクシーはまだ融通がきかないようだ。途中で行き先を変更したりするのは難しいのではないだろうか。音声認識がもう少ししっかりしていたら、途中で新しい行き先をインプットするのも簡単なはずだが、走っている途中でタッチパネルを操作するのは意外に難しい。

ホテルの自室に戻ると、会見が始まる五分前だった。間に合った……会見のURLにアクセスし、さくらが画面に現れるのを待つ。その間にも他の記者がどんどん入って来て、最終的には十五人になった。

指定の時間ちょうどに、さくらが画面に入って来た。カジマのウエアではなく、本来彼女がスポンサー契約しているメーカーのジャージ姿。この辺の選択も自由なようだ。

「オンラインですみません」さくらが自分で切り出した。この大会のオンライン会見では、特別に司会がいない場合、会見する人物が自ら切り出すのが普通になっていた。

「先ほど、試合が終了しました。残念な結果でしたけど、リード選手はやっぱり強かったです。二セット目まではやれる感触があったんですが、三セット目は振り回されてしまいました。今日の試合を糧に、ツアーでも頑張っていきたいと思います」

さくらの視線は、ちらちらと下を向いた。話すことを、予めメモにまとめてきたのだろう。コメント自体は三十秒ほどで終わった。自分で敗因も改善すべき点も分かっているせいか、淡々と冷静だった。彼女は今後も伸びるかもしれない、と菅谷は期待した。負けた時に感情的にならず、冷静に振り返れる人間だけが強くなれる。

「それでは……時間がなくて申し訳ないですが、質問を受けつけます。質問がある方は、映像をオンにして下さい」

菅谷はすぐには反応しないことにした。他社の質問を確認してからにしたい。

「ザ・ゲームに出場した感想について教えて下さい」口火を切ったのは、東テレのスポーツニュースでキャスターを務めている、若い女性アナウンサーだった。現場では一度も見かけていないが、彼女もこちらに来ているのだろうか？　あるいは東京からの参加かもしれない。

「素晴らしい大会だと思います。一試合しかできませんでしたけど、開会式も素晴らしかったです。何より、プレッシャーがなく、心の底から楽しめました」

「プレッシャーというのは、観客やマスコミの取材のことですか」女性アナウンサーが意地悪な質問をぶつけた。

「ああ、はい、あの、口べたなので」さくらが顔を赤くして認めた。「すみません。会見や取材は得意じゃないんです。そういうのがないだけで、気持ちは楽でした。リラックスして試合に臨めました」

　他の記者からも同じような質問が飛ぶ。ザ・ゲームで試合をした日本人選手の初めての生の声だったので、どうしても「ニュアンス」を知りたいのだろう。さくらは時に口ごもりながらも真摯に応えた。

「アリスからは、無理に会見する必要はないと言われました。でも、楽しかったことだけは伝えたいと思って」

　質問が一段落したところで、菅谷は自分の映像をオンにした。

「東日スポーツの菅谷です。今回、素晴らしい大会だったという感想ですが、第二回のザ・ゲームが開催されたら、やはり参加しますか？」

「はい」さくらの顔がぱっと明るくなる。「その時に参加資格があれば、ぜひ。他の大会の出場を整理しても参加したいです」

そこまで？ あまりにも前向きな態度に、菅谷は次の質問を失った。一瞬質問が切れたタイミングで、さくらが会見の終了を宣言する。記者たちの「ありがとうございました」の声が流れる中、さくらはあっさり画面から消えた。

ふっと息を吐き、菅谷は早速原稿の処理にかかった。急げ、急げ……現在、日本時間で午後十一時過ぎ。日本人選手の初めての会見だから、しっかり早版から突っこみたい。

【ザ・ゲーム　3日】テニス女子シングルス　内田さくら（19）が登場。一回戦でエリザベス・リード（36）（米）と対戦し、フルセットの末競り負けた。

内田は第1セットを4－6で落としたものの、第2セットは得意のベースラインでの打ち合いに持ちこみ、粘って7－5で競り勝った。しかし第3セットはリードの揺さぶりで体力を消耗し、3－6で落とした。

試合終了後、内田はザ・ゲームに参加した日本人選手として初めてオンラインでの会見に臨み、「素晴らしい大会だった」と明るい表情で語った。また、第2回の大会が開催されれば、ぜひ参加したいと明言した。

原稿と、先ほどのオンライン会見のログから切り取ったさくらの写真を送信して、今日の仕事は終了。

しかし……今の会見は本音だったのだろうか。主催者を慮って、持ち上げた？　いや、エキサイトした試合直後に、そんな配慮をするような余裕はあるまい。

一段落して、その日の他の試合のチェックを始めた。他に日本人選手が出場している競技は、レスリングだけである。ちょうど今試合が進んでいるところで、チェックすると、男子グレコローマン六十七キロ級の桜井健之助が勝ち上がっていた。三十三歳のベテラン・桜井も、オリンピック代表の選には漏れて、ザ・ゲームに出場したのだが……。

桜井は準決勝で、トルコの選手をテクニカル・フォール勝ちで下し、決勝に駒を進めていた。これで銀メダル以上が確定。勝てば、日本人としては今大会初のメダルだ。今日は、この試合で最後だな。

さくらの会見での失敗を教訓に、そのままホテルで観戦することにした。最近、予備のパソコンから部屋のテレビに出力し、大画面で観るようにしていた。これなら試合を観戦しながらメーンのパソコンで原稿も書ける。

決勝戦、桜井の相手はキューバの強豪選手。国際大会で何度も顔を合わせてきた相手で、互いの手の内は分かっているだろう。

二人がマットに上がり、さっと握手を交わす。会場自体は通常の大会と同じだが、観客席がほとんど空の光景には未だに慣れない。試合スタート。右下に出ている時間表示が百分の一秒単位で時を刻み始める――正面から組み合った瞬間、すっと体を沈めた桜井が、相手選手の胴に腕を回す。入った、と思った途端、綺麗な反り投げを見せた。このレベルの選手が簡単に投げられることはないし、桜井はどちらかというとじわじわと攻め、相手のスタミナを奪う展開が得意なのだが、今日は初めて見る速攻だった。

あまりにも綺麗に決まった反り投げで、相手選手は脳天からマットに落ちてしまう。桜井は素早く体を反転させて、柔道の上四方固（かみしほうがため）の体勢に入った。相手はブリッジで逃げようとするが、桜井は右手を首の後ろに回してブリッジを崩しにかかる。これでは決まるまい――と思ったが、桜井はそのまましっかり押さえこみ、フォールを奪ってしまった。どうやら相手選手は、落ちた時にかなりダメージを受けたようだ。

このレベルの試合で、こんなに綺麗な形での決着があるか？

立ち上がった桜井が両手を高く突き上げ、満面の笑みを浮かべる。汗もかかずに、とはこのことだなと思った。相手選手が苦笑しながら立ち上がり、首を横に振る。桜井の勝利が宣された後、二人はがっちり握手を交わして互いの健闘を讃えあった。まさかこんな風に負けるとは――相手選手の苦笑も、いつの間にか大きな笑顔に変わっている。

親善試合のようなものだから、こんなに簡単に決着がついた？　しかし二人が手を抜いていたとは思えない。桜井が、年齢を感じさせない素早い動きで相手を翻弄したのだ。ここまでしっかり体調を整え、調整してきた努力の賜物（たまもの）だろう。

試合をリプレイし、二人に「手抜き」はなかったと確認する。それからすぐに、桜井に取材に応じるよう求めるメッセージを送った。果たして金メダルの喜びに溢れたまま、取材に応じてくれるだろうか。

7

ニチスポの田川が、「何なんだよ」と文句とも疑問ともつかない言葉を口にした。これで何度目だろう？　ギリシャワインが回ってきたのか、目はとろんとしている。

田川が文句を言いたくなる気持ちは、菅谷にも理解できる。試合後に取材に応じてくれた選手たちの話をしてきたのだが、彼らが普段の大会では見せない表情が話題になったのだ。

「だいたいさ、普通の選手は負けたら悔しがるんだよ。取材には応じても、笑顔なんか見せない。それが今回は何だ？　内田さくらから始まって、他の選手もさ……」田川がぶつぶつと言った。

「参加することに意義があるっていうのはオリンピックだけど、ザ・ゲームこそ、まさにそんな感じだな」

「俺には分からないね」田川が力なく首を横に振る。「こんな訳の分からない大会に参加するのが、そんなに誇れるようなことなのか？　そもそも楽しいのか？」

「うーん……」菅谷は腕組みをして首を捻った。気持ちがもやもやしているせいか、今日はいくら呑んでも酔いが回ってこない。「俺も分からない」

「まったくな……ところでお前、開会式の時にオリンピックスタジアムの中にいたっていう噂を聞いたんだけど、本当か？」

「ああ……まあな」嘘をつくわけにもいかず、菅谷は認めた。

「本当にいたのか？　あのサッカーの試合も観た？」

「観た」

「だけど、開会式の記事もサッカーの記事も、生で観たようには書かなかったじゃないか」田川が指摘する。「せっかく中に入れたのに、何やってるんだよ。っていうか、どういう手を使って中に入ったんだ？」

「それにはちょっと、複雑な事情があるんだ」複雑というか、菅谷自身にも意味が分からない事情。「ネタ元との関係があるから、説明はできないけど」

田川がぐっと唇を引き結んで黙りこむ。「ネタ元」を引き合いに出されたら、それ以上突っこまないのが普通の記者の感覚だ。どうせ喋らないだろうと思うし、自分が聞かれても絶対に明かさない。

「何か、運動会みたいな感じ、しないか？」田川が言った。

「そうだな、オリンピックのイベント臭抜き、みたいな」開会式がまさにそうだった。あの豪華なオールスター戦がイベントだったとすれば、相当派手なものだが、あれはあくまで今後に向けてのテストケースだろう。

「素人臭いよな」

「まあ、そう言えばそうだな」菅谷は同意した。

「あと、ボランティアの話、あれって本当かね」

「ああ」その話は、試合翌日にオンラインでの会見に応じた競泳の江越陽菜が漏らしたものだった。前日の試合で銅メダルを獲得してテンションが上がっていたのか「次の大会では運営ボランティアをする」と言ってしまったのだ。突然の発言に記者の質問が集中すると、陽菜は急に真剣な表情になって「今のはなかったことにして下さい」と発言を取り消した。

そう言われても無視できるものではないが、他に同様の発言をする人間が出てこなかったので、うやむやなまま、どこも書いていない。

「選手に運営スタッフをさせるってことか？　大学じゃないんだから、あり得ないだろう」

「だよな」菅谷はうなずいた。「それに、二回目もやるっていう前提の話なんだろうけど、どうなるかね」

「やれるわけないだろう。そもそも大赤字じゃないのか？　ネイピアだって、二回目も援助するとは限らないだろう」

公式サイトでは、大会終了後に収支を完全に透明化して公表する、と発表している。

ファン・ダイクは、ネイピアにとっては赤字になると明言していたが、あの会社が収益につながらないことを続けるとは思えなかった。今回はVRチェアの普及という大目的があったが、「次」に大義名分を見出すかどうかは分からない。ネイピアが手を引いたら、選手の参加費——一人当たり一万ドルと高額だ——だけでは賄えないだろう。本当に、ずっとアテネを会場にして行うにしても、今回使用された各施設は老朽化が目立つ。将来的に、ギリシャ政府がメインテナンスを続ける保証もない。

「そういえば、クラファンもやってたよな」

菅谷はスマートフォンを取り出し、大会の公式サイトを確認した。大会が始まってからクラウドファンディングが始まり、寄付額は逐次更新されている。現在、二百二十一万ドル強——菅谷は溜息をついた。

「三億三千万円ぐらいか」

「それぐらいじゃ、焼石に水じゃねえか?」田川が白けたように言った。「大会終了までにはもう少し集まるかもしれないけど、これじゃ大した足しにならない」

「そうだな」

「何だか、いろいろおかしいんだよ。選手もミソをつけたんじゃないか? オリンピックじゃなくてこの大会に出て、競技団体から睨まれるかもしれない」

「競泳のギャリックスとか、もう睨まれてるだろう?」

「ギャリックスか……あれは変人だから、ザ・ゲームとは関係なく、問題になってるけどな」

オランダのヨハン・ギャリックスは、東京オリンピックで三冠――百メートル、二百メートル平泳ぎと四百メートルメドレーリレーの金メダリストである。今年二十八歳。ピークは過ぎたと言われているが、今回のオリンピックでもオランダ代表に名を連ねていた。しかしそれを蹴ってザ・ゲームに出場し、百、二百の平泳ぎで金メダルを獲得していた。しかも非公認ながら百は世界新、二百は五輪記録を上回るタイムだった。

「あれ、やっぱり変な薬やってるんじゃないか？」田川が疑わし気に言った。「アテネの警察に捕まった話、ヤバいよな」

「前代未聞だよ」

二百メートルで金メダルを獲得したその日の夜、ギャリックスはナイトクラブで大騒ぎし、店の備品を壊した疑い――日本で言えば器物損壊だろうか――で逮捕された。さすがにこれはニュースになり、世界中に配信された。ギャリックスは一晩警察に留め置かれた後釈放されたが、待ち構えていた報道陣に対して、笑いながら「パーティが派手過ぎた」という言葉を残して去って行った。罰金で済んだようだが、その後は逃げるように帰国している。

「だけど、前にも警察沙汰になっているし、絶対にヤバい薬をやってると思うぜ」

ギャリックスには何度も逮捕歴がある。いずれもパーティ絡みで、物を壊したとか、他の参加者と殴り合いをしたとか……それも世界各地で。しかし裁判沙汰にはならずに済んでいる。あまりにも頻繁だし、逮捕された後は異常にハイテンションなので、何度も薬物検査が行われたが、毎回「シロ」。ドーピング検査でも同様である。どうも彼は、薬物を使わなくても、脳内でドーパミンが大量に分泌されてしまうようだ。こういう人は時々いて、普通は「テンションが高い」で済んでしまうのだが、彼の場合、それが度を越している。

「検出されない薬物ってのもあるかもな」

「疑い出したらキリがない」菅谷は話をまとめにかかった。「しかし今回、全体に記録は悪くないんだよな」

ギャリックスだけではない。この大会の「目玉」である陸上のマイケル・ラムは、百メートルで九秒五六という世界タイ記録を出していた。その瞬間、スタンドで観ていた選手たちがフィールドに雪崩れこんできたのを観て、菅谷は目を丸くした。あんなこと、普通の大会ではあり得ない……。

日が長いアテネの夏。ようやく夕暮れという感じで、風は少しだけ涼しくなってきた。レストランのテラス席は、この時間、満席になっている。新型インフルを恐れてか、マスク姿の人もちらほら見える。

「しかし、もうすぐ終わりだな」田川がぽつりと言った。「何か、もっと揉めたりトラブルが起きたりするかと思ったけど、意外に何もなかった」

「おかしいんだよな」菅谷は首を傾げた。「普通、選手は選手村に押しこめられて、あまり外に出てこない。だからトラブルが起きにくいだろう？」

「オリンピックではな」田川がうなずく。「今回、選手は普通のホテルに泊まってる。でも、ギャリックスの件を除いては、まったくノートラブルなんだよな。ああいう連中はエネルギーが有り余ってるから、街中へ放り出すとだいたい騒ぎになるもんだけど」

試合前は別だ。試合に向けて意識を集中させ、練習で時間が潰れてしまうから、街へ出て一騒ぎ、という気にはなれまい。ギャリックスのように、試合が終わって気が緩んで大騒ぎ、というパターンがほとんどのはずだ。

「とにかく、いろいろ変な大会だった」田川がワインを呑み干し、ボトルから新しく注ぐ。

「そうだな」これには菅谷も同意せざるを得ない。

「お前、どうする？　俺、今回のまとめ原稿を書かなくちゃいけないんだけど、正直、何を書くかで迷ってるんだ」

「だよな」菅谷はうなずいた。「でも、批判的なトーンにはなるだろう？　こんな風にメディアやスポーツファンを馬鹿にした大会はないよ」

「ただねえ」田川が頬杖をついた。「公式サイトの動画の再生回数、すごいことになってるだろう？　テレビ中継がないから、その分ネットで観るしかないわけだし。観たい人がいるのは間違いないんだよ」

「でも、実況も解説もなしで、ただ試合の動画を流してるだけなんだぜ？」

「いや、それも評判は悪くないんだよ。SNSでは、テレビの中継より全然いいっていう声も結構ある。実際、うちの会社でビッグデータ解析をしてみたら、プラス評価が八十パーセントを超えてるんだ」

「そんなに？」

「まあ、テレビに対する考えも変わってきたんだろうな。テレビは、スポーツ中継があってこそ発展してきたと思うけど、今は変革期だと思う。データとの連動なんかは、やっぱりネットの方が便利だしな。そもそもテレビ——日本のテレビのスポーツ局の番組作りは古臭い。いつまで『感動をありがとう』をやってるつもりなのかね」

「まあな」

「俺たちだって、すっかり存在意義が薄れたよな。記事でスポーツを楽しむ人なんか、どんどん減ってる」

「そんなに卑下してもしょうがないだろう」

「だけど実際、部数は減ってるし」

「そうだけどさ……」

「ちょうど時代の境目で、俺たちは溝にハマりこんでしまったのかもしれないな」田川が一人納得したようにうなずく。「オールドメディアなんて言われて馬鹿にされたけど、オールドどころじゃなくて、いよいよ死体になるかもしれない」

「マイナスに考えたって、何にもならないぜ」菅谷は田川を諌(いさ)めた。菅谷自身も、ザ・

ゲームを取材するようになってから後ろ向きの気分になることが多い――自分たちは、スポーツにまったく必要ない存在ではないか？　しかしそんなことを考えても何にもならない。ザ・ゲームは特殊な状況を作り出したが、それ以外のスポーツでは、取材、報道のやり方はまったく変わっていないのだ。そして、スポーツに関して、文字情報で読みたがる人はまだたくさんいる。

そう考えないと、精神的にきつい。ザ・ゲームは、菅谷に大きな疑問符をつきつけたのだ。今までのスポーツ、そしてそれに関連する様々なもの――これまでの常識への疑問。

田川と別れ、ぶらぶら歩いてホテルに戻る。ようやく夜になってきた感じだが、まだ街は暗くない。それに、どこを避ければいいかも分かってきていた。アテネはやはり海外の街らしく、危険なところとそうでないところははっきり色分けされている。

ふと、街中で人だかりができているのに気づいた。行列や人だかりがあると、ついチェックしたくなるのは新聞記者の習性だろうか……そちらに近づくと、アメリカの競泳選手、マイケル・ハケットがいるのに気づいた。ハケットは百九十センチの長身なので、人の輪の中にいても目立つ。

街を歩いていて、ファンに囲まれたわけか。ハケットは今回、二百メートル個人メドレーで金メダルを獲得したのだが、俳優並みのルックスということもあり、昔からアイドルのような人気を誇っている。その彼が、アテネの街中で一人きり……大丈夫だろうかと心配になったが、顔を見る限り、危険は感じていないようだった。サインや写真撮影に応じ、ファンの言葉に笑顔を浮かべている。

ハケット自身楽しそうなのだが、そろそろ誰かが救出しないと危ないのではないだろうか。菅谷だけではなく、人だかりを見つけると、何事か……と参加してしまうのが人間の性である。どんどん人が集まり、身動きが取れなくなってしまうのではないだろうか。

しかしハケットは、何とかファンの輪を抜け出した。大股で歩き出す彼に向かって送られる拍手と歓声――ハケットは振り向き、後ろ向きに歩きながら、長い両手を大きく広げて振り、それに応えた。

「ハケットは、映画界にスカウトしてもいいな」

独り言のような声に振り向くと、コティが立っていた。白いTシャツにジーンズという高校生のような格好をしているのに、何故か様になっている。さすが俳優と言うべきか。

「本気でそんなことを?」

歩み寄って訊ねると、コティがニコリと笑ってうなずく。

「ジョニー・ワイズミュラーを知ってる?」

「ターザン」

アスリートから俳優に転身した人物の代表と言っていいだろう。ただし、ワイズミュラーが俳優に転向したのは、もう百年近くも前だ。

「ハリウッドでは、アクション俳優に対するニーズは常にあるんだよね。ハケットは、身長も体格も申し分ない。粘土をくっつけたみたいなマッチョも受けるけど、彼のようなナチュラルな肉体もいいね」

「あなたは、プロデューサーもやるんですか」

「まさか」コティが肩をすくめる。「映画の世界にいて、自然に学んだことだよ。今どんな人が必要とされているか、これから必要なのはどんな俳優か……だけど時代が変わっても、マッチョなアクション俳優のニーズは絶対になくならない」

「だったらあなたが目指せばいいのでは？」

「僕の身長だと、それはないな」コティが頭の上で掌をひらひらと動かした。実際、コティの身長は菅谷と同じぐらい——百七十五センチぐらいしかない。「僕は、ハリウッドではエトランジェなんだよ。フランスから来た、気取ったおしゃれ野郎。監督やプロデューサーが望むから、そういう役をやるだけだ。でも今は、アスリートも同じだからね」

「まさか」菅谷は反論した。「どんなアスリートも、最初に始めるのは自分の意志で、でしょう。その中で自分のプレースタイルや得意技を極めて、世界で戦うようになる。全て自分で——自分の体一つで勝負するのがアスリートでしょう」

「本当にそう思う？」コティが面白そうに言った。「アスリートは商品なんだよ。アスリート自身は、自分の試合だけに集中しているつもりかもしれないけど、周りの意図は違う。アスリートを使って金儲けをする、自分のキャリアをアップさせる——そんなことを考えている人が多いんだ」

「そればかりじゃないでしょう。純粋に、そのアスリートをトップに押し上げようと思ってやっている人がほとんどだと思う」

「まあ……機会があったらアンケートでも取ってみるといいんじゃないかな。一線で活躍している選手のところに、どれだけ多くの人が寄ってくるか——驚くほどだよ」

「あなたもそうだったんですか？」

「もちろん。貧乏貴族の末裔としては、そういうオファーがあった時には、正直舞い上がったね。これで僕も一流選手の仲間入りかって……実際、契約金も悪くなかった。でも、そういう契約をするのは、縛られるのと同じなんだね」

「しかし、それがビジネスでしょう」

「そう。CMや雑誌広告の撮影、イベントへの出席。公式の場に出る時は、スポンサーのウエアを着なければならない——最初は、それがプロとしての役目だと思ったんだ。でもある日突然、『パンとサーカス』なんて言葉を思い出してね」

「古代ローマの話ですか？」

「そうそう」コティがうなずく。「人を喜ばせるサーカス団員はこんな気持ちかな、と考えたね。僕はただ、自分が人より優れていることを証明したかっただけなんだ。プロとして成立しているスポーツならともかく……サッカー選手なんかは、自分を見せて金を稼ぐことを納得していると思うけど、僕はだんだん鬱陶しくなってきた。誰かを楽しませるとか元気にするとか、そもそも僕に、そんな大それたことはできない。本当に、自分のためだけに始めたんだから。当時の僕のマネージャーは貪欲で、いろいろなところと契約を結ぼうと話を持ってきたんだけど、結局全部断った」

「それでどれぐらいの金を儲け損なったんですか？」

「さあ」コティが首を傾げる。「五百万ユーロとか？　もっとかな？」

日本円にすれば八億二千万円ぐらいだろうか。コティが二つの競技で活動するための資金としても、十分だったはずである。

「全員が、あなたのようにできるわけじゃないですよ」萱谷は反論した。実際、アマチュア選手がどれだけ金策に苦労しながら競技を続けているか、萱谷はよく知っている。アルバイトを続け、睡眠時間を削りながら練習を続ける選手。貯金を切り崩し、食生活を切り詰めて遠征費用を捻出する選手。結婚したばかりの奥さんが「私が稼いだ分は使って」と内助の功を見せた選手――そういう話を、ウエットな人間ドラマとして記事にしたこともある。ＪＯＣで強化指定選手に選ばれれば助成金は出るが、それだけで活動できるわけではない。結局、所属チーム――企業からの援助が命綱になったりするが、マイナーな個人競技の場合、そういうことも望めず、ぎりぎりの生活の中で練習していくことになる。

「金なんか、いくらでも稼げるのに」コティが馬鹿にしたように言った。

「あなたのような貴族の末裔がそんなことを言うと、皮肉にしか聞こえない」

「貧乏貴族だって言っただろう」コティがニヤリと笑った。「でも、ちょっとした元手で投資はできるからね。日本では、学校でそういうことを教えないそうだけど」

確かに……「金融教育」ということも言われているが、効果が出ているわけではないだろう。日本で投資をしている人は、基本的に自分で勉強しているはずだ。

「金なんか、何とでもなる」コティが繰り返した。「スポンサー契約っていうのは、企業に自分の体を売ることだから。考えてみれば、人身売買だ。そんなことをしなくても、金は儲けられるよ」

「スポンサー契約は、ウインーウインの関係ですよ」

「そういう考えもあるかな」コティが肩をすくめた。

「今回だって、自費参加で苦労した選手はたくさんいます」

「でも、招待した選手の九割が参加してくれた。ただ自分のために——それが、ザ・ゲームなんだ」

コティがうなずき、菅谷に反論の言葉も許さず去って行った。何なんだ、と思いながら菅谷は立ち尽くした。追いかけて話をしようかと思ったが、スマートフォンが鳴ったのでそれはできなくなった。舌打ちして、ズボンのポケットからスマートフォンを引っ張り出す。画面を見て驚いた——岡山ではないか。

「岡山さん」

「ご無沙汰してしまって」

それほどご無沙汰ではない。ザ・ゲームの開会式の前日に一度話したし、その後も練習でロードを走る彼の姿を何度か見ている。敢えて声はかけなかったが。

「どうかしましたか？」

「最終日――レースの後で菅谷さんに会います」

「取材に応じてくれるということですか？」菅谷はスマートフォンをきつく握り締めた。

「ええ。会見はしたくないので、菅谷さんにだけ話します」

「ありがとうございます」菅谷は礼を言った。

「無礼なことをした、とは思ってるんですよ。何度も連絡もらって、でも返事しなくて」

「いえ」

「でも、おかげで集中して練習できました。最高のコンディションで本番に臨めると思います」

「期待してます」

「では――レースが終わったら連絡します」

「岡山さん」菅谷は慌てて岡山を呼び戻した。「一つだけ、聞かせて下さい。ザ・ゲームに参加して、どうでしたか？」

「最高です」

言い方だ。

岡山が電話を切った。最高……何かと慎重な岡山にしては、ずいぶんあけっぴろげな言い方だ。

岡山だけではない。試合中の選手たちの顔。会見に応じた選手の明るい表情。勝とうが負けようが、とにかく楽しかった、という感じなのだ。オリンピックなどの国際大会でも、選手たちは「楽しめました」とコメントすることが多いが、ザ・ゲームと比較すると、取ってつけたような感じがしてしまう。

岡山に話を聞いて、選手たちが盛り上がっている理由が分かるだろうか。

そもそも、たかがスポーツ紙の記者である自分に理解できるのだろうか。自分はあくまで「周辺」の人間だということを強く意識する。

8

ザ・ゲーム最終日。この日は、午前中に男子マラソンが行われて、全ての競技は終了する。菅谷たちが注目していた閉会式はなく、ゴールのパナシナイコスタジアムでマラソンのメダル授与式が行われるだけ、と分かった。

八月のアテネは、最高気温が三十五度近くになることも珍しくない。選手の負担を減らすため、マラソンは朝八時スタートになった。今日の天気予報では、午前八時時点での気温は二十三度。午前中は三十度までは上がらないということで、選手の負担はぎりぎりだろう。

今回は故事に則り、マラトンをスタートしてアテネのパナシナイコスタジアムをゴールとするコースだ。毎年行われるアテネスーパーマラソン、二〇〇四年のアテネ五輪と同じコース設定で、ゴールがオリンピックスタジアムではなくパナシナイコスタジアムというのは、第一回近代オリンピックのメーン会場がここだったことに因んでいる。

アップダウンが激しいかなりの難コースだし、気温も高いので、好記録は期待できないだろう。オリンピックのように、メダル争いの駆け引き中心のレースになるのでは、と菅谷は予想した。

マラトンで、スタートを見守る。スタジアムではなく路上からのスタートだが、最初は広い直線道路を走ることになるし、参加人数は少ないので、スタート時の混乱はなさそうだ。

さすがにギリシャ人の間でもザ・ゲームは浸透してきたようで、スタート地点は黒山の人だかりになっていた。参加選手は二十五人。大きな大会にしては少なめだが、これがレースにどんな影響を及ぼすか……菅谷はスタートを見届けた後、予約していたタクシーでアテネに戻ることにしていた。途中、公式サイトで五キロごとのスプリットタイムを確認していく。

速い。かなりのハイペースで、世界記録更新も狙えそうだった。途中でペースダウンする可能性が高いが。特に十キロ地点と三十一キロ地点の上りは強烈で、ここで多くの選手がペースを狂わせる。二時間十分を切るのは至難の業で、タイムアタック用のコースとは言えない。

マラトンからアテネへ向かう道路も混み合っており、途中で何度も渋滞に巻きこまれる。走っている選手たちより遅くなることはないだろうが……菅谷は、途中から地下鉄に乗ろうかとも考えたが、そう上手くマラソンコースとは重なっていない。念の為今日は、自動運転ではなく運転手が乗ったタクシーを頼んでいた。自動運転では、「渋滞を避けて裏道を抜ける」ような注文が難しい。ハンドルを握る運転手はベテランで、チップを弾むというと「任せておけ」と嬉しそうに言って、裏道を猛スピードで走り始めた。いつ事故が起きてもおかしくない運転で不安になったが、それでもレースの様子を公式サイトでチェックし続ける。

今回は、先頭集団をカメラがずっと映している。ハイスピードで展開したレースは、序盤は脱落者がないまま進んだが、十キロ地点の上り坂で半分以上が遅れ始め、トップグループは十人前後に絞られた。その中に岡山の姿がある。表情を見る限り、かなり苦しそうではあった。気温はすでに二十六度まで上がっており、条件は最悪だ。それでも足の運びに乱れはなく、ペースが落ちる気配もない。

十人のトップグループは、そのままペースを保って走り続けた。今回はペースメーカーもいないから、タイム的には期待できないはず……という読みは外れつつある。トップ集団の中間地点の通過タイムは一時間三分台。三十一キロ過ぎの上りを上手くクリアできれば、二時間十分を切ることも期待できる。岡山のベストタイムは、参加選手の中で三番目で、本人の調子とレース展開にもよるが、メダルもありうる。

彼がこんな風に自分らしい走りを見せるのは久しぶりだった。岡山の本来の走りは、粘りが特徴である。トップグループに食らいつき、勝負は後半の三十五キロぐらいから。スピードよりもスタミナ重視で、他の選手を上手く風除けに使うテクニックの持ち主でもあった。しかし調子を崩してからは、序盤から順位をキープできない展開がしばしばだった。走りそのものにも粘りがなく、レースを組み立てられない——しかし今日の岡山は、東京オリンピックで大失速する以前の、絶好調の走りを取り戻したようだった。マラソンランナーとしての基礎体力は落ちているはずなのに。

パナシナイコスタジアムに到着。スタジアム前の広場は既に、選手たちを待ち受ける人たちでごった返していた。しかしスタジアムの中は無観客……奇妙な光景だった。

パナシナイコスタジアムは、元々古代ギリシャ時代に行われていたパンアテナイア祭の会場として使われていたもので、十九世紀に発掘された後に修復された。その後は二〇〇四年のオリンピック用に大規模改修された。

現代の基準からすると奇妙な造りなのは、トラックが古代オリンピックにならって三百三十メートルという長さで設置されているせいで、しかも四つのコーナーは極端なヘアピンカーブになっていて、現代の陸上競技で使うにはかなり無理がある。スタンドは豪華に総大理石造りで、四万人以上の観客を収容できるのだが、必ずしも観戦しやすくはないだろう。ベンチというより階段に座る感じで、しかも硬いから、長時間の観戦には向いていない。

すり鉢状に造られたスタジアムは、道路の方に向かって開けた造りで、ゲートと低いフェンスがあるだけなので、前にある広場からはほぼ全容を見られる。今、この広場に集まった人たちは、フェンスに張りついて選手たちの帰りを待っている。スタジアム内には入れないが、ここにいればトラックを回ってゴールを目指す選手たちを直接見ることができるのだ。

菅谷も人垣に割りこもうとしたが、そこで声をかけられた。

「菅谷さん」

「常田先生……」

常田はポロシャツにブレザー、白いズボンという格好で、やけに爽やかな笑みを浮かべて立っていた。

「中に入らせてもらうわけにはいかないんですか」

「それはできません」

「開会式は入れてくれたじゃないですか」

「あれは特別です。あなたには、開会式の目撃者になってもらう必要があった。今日は、ここで閉会式をやるわけではない……立ち話でなんですが、ちょっと話しましょうか」

「いいんですか」

「選手たちが戻って来るまでです」

二人は広場の端の方へ移動した。トップの選手がゴールするまで、あと三十分ほどだろうか。レースの展開も気になるが、ここで常田と話せるチャンスを逃すわけにはいかない。

「あなた、東京オリンピックをどう思いました？」常田が突然切り出した。

「どうって……あの状況下でよくやったと思いますよ」

「やってしまえば、いい大会だったと言われる。喉元過ぎればなんとやら、の典型的な日本人の反応かもしれない。しかしああいう非常時に開かれたオリンピックこそ、しっかり検証すべきだったでしょう。ところがＪＯＣもマスコミも、まともに検証しなかった。私は当初から、開催反対派でした」

「覚えています」

「世界全体が、新型コロナという正体不明の敵と戦っていたんです。一度ぐらいオリンピックを飛ばしても、誰も文句は言わなかったはずだ。しかし関係者の面子（メンツ）と労力を無駄にしないためにと、私の感覚では強行開催された。コロナとは関係なく、オリンピックの性格も変わりました。東京オリンピックと、翌年の政治色が強く出た北京冬季オリンピックで、オリンピックは普通の人の感覚から大きくずれてしまったんだと思います。北京五輪では、不可解な判定やドーピングの問題が浮上しましたが、あやふやになってしまったことが多かった。オリンピックは大きくなり過ぎたんです。だから金や名誉

──様々な思惑が入り混じって、人の欲が露見してしまう」

「それで、東京オリンピックの最中のテレビ番組で暴言を吐いたんですか」

「あれは暴言ではない」常田が静かに、しかしはっきりと訂正した。「忖度なしに本音を言っただけです。ああいう場で言わないと、世間に取り上げられませんからね。しかし私の発言は途中でカットされ、その後、マスコミは私を使わなくなりました。それで私は、このままではいけないと思った」

「日本のマスコミを見限ったんですか？」気持ちのいい話ではない。

「日本だけじゃない。世界のマスコミを見切りました」

「だったらなぜアメリカへ？」

「アメリカも、スポーツに関しては必ずしもいい国ではないですけどね。アメリカのスポーツは、基本的に金で動きます。分かりやすいけど崇高な理念はない。そしてオリンピックを純粋なスポーツからかけ離れたものにしているのが、アメリカのテレビ局です」

「分かりますが……ザ・ゲームは、マスコミ批判が目的だったんですか？」

「マスコミも、現在のスポーツ全体も。特にオリンピックは……私は、スポーツ自体もマスコミも生まれ変わるべきだと思った。そのためには、選手による選手のための大会、ザ・ゲームが必要だったんです」

「先生、本当にそういう考えだけで、ザ・ゲームを企画したんですか？　オリンピックに対して厳し過ぎません？」

「萩谷保をご存じですか」

「もちろんです。ロンドンオリンピックのグレコローマン七十四キロ級の代表候補でしたよね」実際には、大会前に右アキレス腱断裂の重傷を負い、出場できなかった。

「彼は、私の大学の後輩なんですよ。私がコーチとして教えた最初の選手でもあります。厳しく鍛えて、ようやくオリンピック代表候補の座を摑んだんですが……残念でした。怪我はどうしようもありません」

「萩谷さんがどうしたんですか？」

「彼は現役引退後、オリンピックのスポンサー企業に入社しました。私がつないで就職したんですが、私がテレビで発言した後に、子会社に左遷されたんです」

「先生の発言が原因なんですか？」

「誰もそんなことは言わない。しかし、状況からして、それ以外には考えられない。馬鹿みたいな話じゃないですか？　オリンピックもスポンサー企業も、世間の常識とはかけ離れている。私はそれを思い知った。自分の愛弟子が、そういう歪みの犠牲になったことが許せなかった」

「萩谷さんのためのザ・ゲームなんですか」

「それもある」常田が真顔でうなずいた。「あの一件で、私の気持ちは固まった。今のオリンピックは、金で動いています。テレビ放映権料が絡み、開催都市のインフラや競技場の整備、さらに観光客誘致など、周辺では巨額の金が動くでしょう。そして選手もスポンサーに金で縛られます」

「分かりますが、スポンサー抜きで今のスポーツは成り立ちませんよ」言いながら、コティが自らの意志でスポンサー契約を打ち切った話を思い出した。あれは本音だったのだろうか？　ちょっとぐらい窮屈な気持ちになっても、活動資金を確実に手に入れる方が大事ではないか？

「選手には、競技だけに集中して欲しいんです。スポンサーを喜ばせたいとか、観ている人に勇気を与えたいとか、そんなことも考えて欲しくない。近代スポーツの原点に立ち返るのが、ザ・ゲームの目的ですよ。オリンピックなどの国際大会で、金に関わる問題を全て排除したらどうなるか——そう考えた末に私が出した結論が、ザ・ゲームでした」

「ザ・ゲームの構想を考えたのは先生なんですよね」菅谷はずっと抱いていた謎を持ち出した。「たくさんの人に取材して、しばしば『彼の理念に共鳴した』と聞きました。その内容が、先生がテレビで話されたオリンピック批判、メディア批判そのままなんです。先生が本当の主催者なんでしょう？」あちこちに当たった末、宮里が教えてくれたことだった。

「私は主催者ではない」常田が苦笑した。「理想とアイディアを提供しただけです。それに賛同する人たちが多くいて、思いのほか早く、ザ・ゲームは実現しました。ＳＨＱのメンバーも、現役時代から、自分たちが置かれた環境の異常さには気づいていたんですね。しかし現役時代には、それを打破する方法がなかった。だいたい、自分の競技のことで精一杯でしたから。ＳＨＱのメンバーは、全員がトップアスリートです。彼らが稼いだ金——経済効果がどれぐらいになるかは想像もできません。しかしメンバーの多くは、自分たちを使って金儲けをしている人間がいる、と感じています。つまり自分たちも駒に過ぎないのだ、と」

「それで、選手による選手のための大会、ですか。私には理解できません」

「スポンサーを排除する。テレビによる中継もしない。観客をスタジアムに入れない。選手は自分で参加費を払って参加するし、今後の大会では、引退した選手は運営ボランティアとして参加することを約束してもらっています。将来的には選手、そして競技経験者だけで大会を運営するわけですよ」

「それは選手にとって、大きな負担ではないですか？」

「最近のアスリートは甘やかされていると思いませんか？」常田が問いかける。

「そんなことはないでしょう」菅谷は即座に否定した。「練習も試合もハードですし、マイナー競技の選手は、活動資金稼ぎでも苦労していますよ」

「それでも昔の選手に比べればずっと恵まれている。昔は本当に、仕事や学業の傍らに練習していたものです。今の選手は、スポンサーとの契約を望んでいて、それが叶えば確かに金の心配は必要なくなる。でも、スポンサーに縛られてしまうことに気づかないんですね」

コティと同じようなことを言っている。常田も、彼と同じように窮屈な思いをしたのだろうか。

「大会自体もそうです。大会が大きくなればなるほど、スポンサーの影響力が大きくなってくる。しかし今、経済界のスポーツ離れが目立っています。それはあなたも知っているでしょう」

きっかけはやはり、東京オリンピックだった。緊急事態宣言下で行われた聖火リレーで、スポンサー企業の場違いなアピールが批判を浴び、イメージが悪化した。企業側としても、オリンピックに関わるメリットを感じなくなったと言われている。

「それと私は、負けた選手が謝るのが我慢できない。特に日本の選手はよく謝るでしょう」

「ええ」

「応援してくれるファンや国の期待を裏切った……でも、スポーツは本来、アスリートのためのものです。国を背負って欲しくない。国の代表でなく、個人で参加すれば、あんな謝罪をしなくて済む。今のアスリートは、いろいろなことに縛られて、自由を失ってしまった」

「そうかもしれませんが……」

「オリンピックは、これから確実に衰退していくと思います」常田が衝撃的な一言を口にした。「あまりにも大きくなって、関係者が増え過ぎた。様々な人間の意向が入り混じって、純粋にスポーツを楽しむ場ではなくなりました。大きくなり過ぎた恐竜は、自滅していくものですよ。だから今こそ、スポーツの基本に立ち返って、選手による選手のための大会が必要だと考えたんです」

「それがザ・ゲームですか」

「選手には負担を強いるかもしれません。金を出せ、運営にも参加しろ……それでは大変だと考える選手もいるでしょう。しかし今回は、私たちが予想していたよりも多くの選手が集まってくれた。今後、契約しているスポンサーや競技団体との関係で、面倒なことになるかもしれませんが、そういうこともひっくるめて、全部変わってもいい時期じゃないですか。ザ・ゲームは起爆剤なんです」

「ネイピアは、あくまで自分たちのビジネスのためにこの大会を援助したんですね？」

「VR技術の普及のためという当初の目的を達成したと判断したら、二回目には参加しないかもしれません。ただしこれは、近い将来のスポーツ観戦のあり方の提言なんですよ。スポーツ観戦は現場に行ってこそ、というこれまでの考えも崩れるかもしれない。より安全な環境で、より多くの人がリアルに観戦できるようになる日は遠くない。家にいながら、実際にスタジアムで観るのと同じ体験ができるわけです」

「クラウドファンディングで資金を集めているのは、ネイピアが離れることを見越してですか？」

「そういうことです」常田があっさり認めた。「誰にも頼らず、選手のための大会を開く。そのためには、スポーツファンに協力してもらうのも手ですからね。最終的には全てのスポンサーを排除したい」

「しかし、我々に取材させなかったのはどうしてなんですか？　大会の様子を報道しないことで、何かメリットがあったんですか」

「これも実験です。一番大きいのは、選手が取材を受ける負担を減らすことでした。実際、多くの選手は取材を受けませんでしたね」

「ええ」

「試合後に会見を開いた選手は、全体の五パーセントです」

「統計を取ったんですか？」

「それに、各国の報道をチェックしました。選手の側としては、それで特に問題はなかった。それに、選手が苦しむSNSの炎上は、マスコミ報道がきっかけになって起きることが多いんです。私もそうでした。あのテレビでの発言を取り上げられ、どれだけ叩かれたか……記事を勝手な解釈で捻じ曲げて、悪意ある発言につなげる人は後を絶たない。記事が少なければ、SNSに材料を提供しなくて済む」

「メディアのあり方まで変えるつもりなんですか？」部外者が口出しするようなことではない……しかし、取材を受ける方が、それまでの方法を放棄してしまえば、変わらざるを得ないだろう。これにはやはり、逆らうべきではないか？　取材を受ける側がコントロールしようとするのを黙って受け入れていたら、メディアの存在価値はなくなる。

「あなたたちに考えて欲しいと思っていますよ。今までの取材のやり方、報道の仕方がベストなのかどうか。取り上げられることで喜ぶ選手もいますが、全員ではありません。今回、会見を開いた選手が五パーセントしかいなかったことは、彼らの本音の証明じゃないですか？　彼らは、練習と試合だけに集中する方がいいと思っている。言いたいことがあれば、メディアを通さず、SNSを使えばいい。メディアの人に対して、直接そんなことは言えないでしょうが」

「しかし……」しかしと言ったものの、言葉が続かない。自分の根幹が揺らいでいるようだった。

「特に日本人選手は、会見で精神的にやられてしまうことが多い。謝る必要がないのに謝ったりしてね……現段階で総括は早いかもしれませんが、私はザ・ゲームは成功だったと思います。何より、選手たちの魂を救うことができた。絶対に二回目もやりますよ。その時は、あなたたちも新しい報道の仕方を考えて下さい。私は、メディア自体は絶対に必要なものだと思っている。ネットで無責任に流れる情報は信用できない。メディアが、取材というフィルタを通して、きちんと情報を伝える意義はあると思います。ただし、今の取材のやり方が正しいかどうか、そろそろ本気で検証した方がいいんじゃないですか。あなたたちのように、国際的な取材経験が豊富な人なら、それができると思います」

「そんな話も、今は書くなということですか」記者ではなく、歴史の目撃者。

「ここで話したことは非公式です。でも、何年か経ってから——例えば第二回のザ・ゲームの時にまとめて書くのは構いませんよ。私も改めて取材を受けるかもしれません。それこそ、黒幕としてでも」常田がニヤリと笑う。

「次もアテネなんですよね？」

「オリンピックの最大の問題点は、会場を毎回変えることかもしれません。誘致に金が絡んで不正が生じたこともあるし、最近はあまりにも負担が大きいことで、開催地に立候補する都市もなくなってきています。元々オリンピックは、開催地を単一の都市としていたのに、今はその条件は『複数の都市・地域・国』に変更されている。もう、単独の都市で開催できる状況じゃないんですよ。立候補都市がプレゼンして競い合っていたのも、もう昔の話です。例えばブリスベンオリンピックは、ＩＯＣが事前に『最有力』と発表して、決まってしまった。いわば一本釣りで、住人からすれば、どういう経緯で決まったのかも分からない。住む人の意向は反映されず、ただ負担だけが増えていく。開催する人間と地元の人の意識が乖離しているわけです。だから多くの人にとってオリンピックは、どこか他人事のイベントになってしまう。近代オリンピック発祥の地であるアテネに固定することで、開催費用は大幅にカットできます。ギリシャ政府も歓迎している。要するに、高校野球のようなものです。甲子園と同じように、アテネをザ・ゲームの聖地にすればいい」

それは一つの考え方――そして、オリンピックでは実現し得ないことだ。もしも開催地を固定したら、それはオリンピックとは言えなくなってしまう。

「そろそろですかね」

常田が時計を見た。菅谷もスマートフォンで公式サイトを見て、トップグループが既に四十一キロを通過したのを確認した。トップ争いは三人に絞られており、その中に岡山も入っている。タイムは……二時間六分を切れるかどうか、ぎりぎりのところだ。三十一キロ付近の上り坂も、レースのペースを崩さなかった。こんな条件の悪いコース、気候で、どうしてこんなにいいタイムが出るのだろう。

ほどなく、広場を埋めた人たちの歓声が、大波のように菅谷の体を洗うように響いた。大会スタッフが大勢出て、選手たちがスタジアムに走りこめるようにコースを確保している。

そこへ岡山がトップで飛びこんで来た。そのすぐ後ろから……二時間二分台のベストタイムを持つケニアのウィルソン・ムタイが続く。二人の差はわずか二メートル。最後はトラック勝負の、極めてシビアなレースだ。

しかし――岡山の表情は厳しい。体力の全てを、残り数百メートルに注ぎこもうと必死になっているのが分かる。ふいに、表情を緩めた。一瞬ちらりと振り返ると、ムタイもニヤリと笑う。再び正面を向いた岡山の表情はまた引き締まっていたが、トップを争う二人が笑顔で無言の会話を交わしたのは間違いない。

凄まじいデッドヒートの最終盤で、こんな笑顔を見たことがあっただろうか。勝負もタイムも、ぎりぎりの戦い――しかし二人はそこに、最高の喜びを見出したのだと分かった。選手による選手のための戦い。純粋に戦いにだけ集中できたことで、今までにない感覚を摑んだのかもしれない。

ザ・ゲームは選手にとって——少なくとも岡山にとって、競技生活最晩年に出会った最高の舞台になった。

歓声が二人のランナーを包みこむ。二人はスタジアムへのビクトリーロードを走り抜け、スタジアムに入る最後の最後になって岡山がさらにスピードを上げ、ムタイを引き離しにかかった。岡山は最後の最後に、ガソリンを残していたのだ。

「あれが答えですよ。二人の表情、見たでしょう」耳元で常田が囁く。

そう、あんなに嬉しそうに、しかし真剣に試合に臨む選手の顔は、なかなか見られるものではない。

岡山さん、これはあなたのための大会だった。あなたと、ザ・ゲームに参加した全ての選手は、自分で自分に祝福を与えたのだ。

エピローグ

「オリンピックを潰す存在」として4年前に議論を呼んだ「ザ・ゲーム」の2回目の大会が、7月21日、ギリシャ・アテネで幕を開ける。この大会の「仕掛け人」で元オリンピックレスリング日本代表の常田大吾氏が、東日スポーツの正式取材に初めて応じ、2回目の大会の狙いなどを語った。（聞き手・編集委員　菅谷建人）

――2回目のザ・ゲームは参加者も増え、前回よりも規模が大きくなった。

「趣旨に賛同する選手が増えたということです。我々は前回大会以降、世界のアスリートと、ザ・ゲームの理念について語り合いました。その結果です」

――前回に引き続いてネイピア社も主催者として参加し、今回もハイテク中継などが注目されている。

「ネイピアにはネイピアの思惑があると思いますが、大会の内容には一切関与していません。ネイピアは、ザ・ゲームを極めて重要なエンタテインメント・コンテンツと捉えていますが、運営方法などについては我々に任されています。主催者の一つとしては理想的な存在だと思います」

——多くの選手がオリンピックではなく、同じ時期に開催されるザ・ゲームを選んでいる。

「集まって、自分たちだけのために試合をする。その理念が広がった証拠だと思います。我々は、オリンピックを潰そうとは考えていない。それはマスコミの人たちの捉え方であり、ただ、アスリートのために新たな舞台を用意しただけです」

——今後はどのように続けるのか。

「会場はアテネに固定、選手にも運営に入ってもらう方式に変更はありません。ただ、百年先も同じというわけにはいかないでしょう。ザ・ゲームも変わっていくと思います。変わって、それがアスリートのためにならないとしたら、その時は新しいザ・ゲームを生み出す人が出てくるはずです。出てくるべきです。スポーツは選手のためにあるべきという理念に変わりはありませんが、スポーツを金や国威発揚のために使おうという人は必ず出てくるでしょう。ザ・ゲームがそういう風に利用される可能性もあります。そうなったら、やめればいい。ザ・ゲームを潰し、アスリートのためになる新しい大会を作ればいい。そういう理念を持った人は必ず出てきますし、そのためにザ・ゲームを語り継ぐのが、我々世代の役目だと考えています」

解説

西村章

オリンピックを殺す、とは物騒なタイトルだ。数々のスポーツ小説や警察小説で世の人々の血を熱く滾(たぎ)らせ、心を震わせてきた堂場瞬一の作品名は象徴的な短い言葉のものが多いが、本書は珍しく、ずいぶん直截的である。二〇二二年九月に刊行された単行本版では、オビに「五輪を潰せ！　祝祭の意義を問う衝撃のサスペンス！」「新たなスポーツ大会『ザ・ゲーム』の計画が浮上した。果たして黒幕は誰なのか。記者が、たどり着いた真相とは⁉」と記されている。書名とこれらオビの文字情報だけでも、どうやら一筋縄ではいかない作品であろうことは容易に察せられる。

まずは本作に関わる背景を整理しておこう。二〇二〇年に開催が予定されていた東京オリンピックに合わせ、堂場瞬一は〈DOBA2020〉というプロジェクトでオリンピックに関連したスポーツ小説を立て続けに発表した。二〇二〇年三月、あの「チーム」シリーズの最新作『チームⅢ』（実業之日本社）の刊行を皮切りに、四月にはNHKアナウンサー和田信賢を題材に採った『空の声』（文藝春秋）、五月はラグビーと円盤投げの〝二刀流〟で五輪出場を目指す『ダブル・トライ』（講談社）。そして六月には、デビュー作の野球小説『8年』の藤原雄大がアメリカ代表の監督になり東京で金メダルを目指す『ホーム』（集英社）。各作品について言及し始めると紙幅がいくらあっても足りないので控えるが、いずれも堂場スポーツ小説の魅力が遺憾なく発揮された名篇揃いだ。

さて、これらの作品が刊行された時期に、じっさいの東京オリンピックはどうなっていたのかといえば、ご存じのとおり新型コロナウイルス感染症の世界的蔓延で一年先送りとなり、二〇二一年に無観客で開催されることになった。さらには、開催前からロゴの盗用疑惑や関係者のパワハラめいた言動などが発覚して開閉会式の演出案が二転三転したり、大会終了後には談合・汚職事件で何名も刑事訴追されたり、うんざりするほどのスキャンダルが次々と起こった。それらの出来事を経て、二〇二二年秋に書き下ろしとして刊行されたのが本書『オリンピックを殺す日』だ。

この時系列からも想像できることだが、本書は直球のスポーツ小説というよりも、むしろジャーナリスティックな視点からスポーツを描いた小説、という特徴を備えている。作品の冒頭では、パンデミック下で開催された東京五輪の放送中に金権体質やメダル至上主義、礼賛一色の報道を辛辣に批判した大学教授が姿を消す。数年後、ある世界的IT企業がオリンピックに対抗するスポーツイベントを仕掛けているという情報を摑んだスポーツ紙記者が真相を追い始める。IT企業関係者や様々な競技の元オリンピアンたちを取材していくと、やがてその大会の全貌が徐々に姿をあらわしはじめる……。

世に数あるスポーツ小説の中でも、このような角度からオリンピックを取り上げた作品はきわめて珍しい。視点人物となる主人公に新聞記者を設定しているところにも、作者の意図が窺える。しかも作者は、この主人公に、ハードボイルド小説の伝統に則った観察者の役割を与えるだけではなく、彼のスポーツやオリンピックに対する考えや行動原理に、いかにも日本のメディア業界人らしい、ある特徴を付与してもいる。マスコミ企業の旧弊な装置産業的側面や、オールドメディアにありがちな無自覚で無邪気な特権意識、というその特徴が折々に挟まれることにより、読者が彼の思考や価値判断を無批判に受け容れて感情移入するのではなく、作品の奥に横たわる主題に対してさらに俯瞰した批評的視点と距離感を持つように作り込んでいる。じつに巧妙な仕掛けだ。

では、著者がこの作品で読者に問いかける主題とは何なのか。それは、世の人々が東京五輪関係者に何度も何度も訊ねながらも、ついぞ明快な答えが返ってこなかった問い――「オリンピックとはいったい誰のために、何のために開催するのか」という疑問だ。

じつはそのあたりについて、堂場さんご自身に話を伺ったことがある。拙著『スポーツウォッシング』を集英社から刊行した際に推薦文をお寄せいただいたことがご縁で二〇二三年秋に対談をさせてもらったのだが、その際に本書の成立事情を訊ねたところ、堂場さんはこんなふうに明かしてくれた。

「オリンピックをこれからどう見ていけばいいのだろうということがわからなくなりかけていて、その自分の気持ちに折り合いをつけて総括してやろうという気持ちで書きあげました。要するに、オリンピックは一人の作家のスポーツに対する純粋なマインドを歪めてしまった、ということですよ」

商業主義に傾く一方のオリンピックに対する批判は、たとえばすでに沢木耕太郎氏が一九九六年のアトランタを取材した『冠(コロナ)　廃墟の光』(朝日文庫、後に新潮文庫)のなかで、様々に辛辣な指摘をしている。また、マクロ経済学者のポール・クルーグマンも、経済性から見ればオリンピックの開催は合理的ではなく特定の利害関係者に利益をもたらすだけ、と厳しい評価をくだしている。堂場さんも上記の対談の際には、「そんなオリンピックに対する拭いきれない疑問、『今の形のままでいいのだろうか……』という違和感を小説に昇華させた」のが本書だったと話している。さらには、

「カタをつけるというか、決着をつけようという気持ちは確かにありました。そう考えて作品を書いていくと、今まで(の作品に)出てきた個性が強めのキャラクターたちに助けてもらわないと、ただの救いがない話になっちゃうんです(笑)」

とも述べているのだが、この言葉にもあるとおり、本作には堂場スポーツ小説を読んできたファンなら思わずニヤリとする人物が数名、いかにも、といった場面で登場する。それが誰と誰でどこに現れるのかをここで明かすのは未読の方々の興を削ぐことになりかねないので、まずは読んでからのお愉しみ、と言うにとどめておく。

それらの登場人物以外にも、本書とつながりを持つ作品がある。長距離ランナーと元オリンピアンの官僚を主人公にして、アスリートにとってメダルと国家の意味とは何なのか、と問うた『独走』(実業之日本社)がそれだ。二〇一三年に刊行されたこの作品で、オリンピックに対抗するイベントとして設定されている大会が、本書の冒頭にも登

場するUG（Ultimate Games）だ。その作中には、アスリートが競技中に独白する次のような一節がある。

> オリンピックのように派手に演出され、何万人もの目が見守る中で走ることこそ、祝祭——お祭り騒ぎなのだと思っていたのだが。
>
> 違う。
>
> 祝祭は、自分の体の中から溢れてきて、周囲をその色に染めるのだ。

この独白を敷衍し、オリンピックはいったい何のため、誰のためのものか、という大きな問いを小説として我々読者に投げかけた作品が、『オリンピックを殺す日』だ。

本書が第一級の娯楽作品であることは言うまでもない。ただし、他の堂場スポーツ小説群を読み終えたときに感じるカタルシスは、ここにはないかもしれない。それどころか、読者は容易に答えが見つからない問いを投げかけられて、むしろ複雑な思いを抱えてしまうかもしれない。だが、それこそが著者がこの作品に託したかったものであるはずだ。

容易に見つからないその答えは、本書を読み終えた我々ひとりひとりがこれからスポーツと向き合いながら見いだしていくべきものだ。また、堂場さん自身もきっと、今後の作品でその決着をさらに昇華させてゆくのだろう。

堂場瞬一という作家は、スポーツと小説に対して誠実な人だな、とつくづく思う。

（スポーツジャーナリスト）

オリンピックを殺す日

定価はカバーに表示してあります

2024年7月10日　第1刷

著　者　堂場瞬一
発行者　大沼貴之
発行所　株式会社 文藝春秋

東京都千代田区紀尾井町 3-23　〒102-8008
TEL 03・3265・1211㈹
文藝春秋ホームページ　http://www.bunshun.co.jp

落丁、乱丁本は、お手数ですが小社製作部宛お送り下さい。送料小社負担でお取替致します。

印刷製本・TOPPANクロレ

Printed in Japan
ISBN978-4-16-792243-6